U0141470

流光浮雲

朱嘉雯 著

目次

輯二——文人

輯三——行旅

輯四——書緣

輯五——聆曲

輯六——茶藝

【自序】

文學永遠不寂寞

此刻，我正從陝西扶風前往甘肅天水的路上，四個小時的車程經過了無數個隧道，一明一暗，一個接著一個。

在昏暗的旅途中，校訂這本散文集的書稿，唯一的辦法就是打開行動電話的手電筒，照亮紙本的局部，並且以抖動不已的手握著筆，非常吃力地改稿。

但是心頭是清亮而且歡快的！因為這本書終於要付梓了。我在邁入五十歲的時候，就立志要完成這本「五十自述」，為了記錄自己的「知天命」。但是這個願望卻整整延後了一年，為的是須得先完成兩本書的主編工作。

第一本是《從愛出發——李瑞騰教授七秩榮退紀念文集》，第二本是《愛的綿延——我的父親母親及家族故事》這是東華大學教授群的家族書寫。這兩本書都費了九牛二虎之力，在積極地敦促與鼓勵之下，將集結眾人文章的專著催生出來。既是承蒙同門師兄弟姐妹以及東華好同事的信任，就必須先以公事為重，個人小事，只能暫擱。所幸我是個很樂觀的人，凡事往好處想：既然是五十自述，那麼應該可以拉長時限的範圍，只要在六十歲以前出版這本書，應該都可以算是五十自述吧！

但我其實又是一個容易拖稿的人。因為經常覺得時間還早，心裡就不急，等到截稿日，噢不，是過了截稿日，才開始動筆。到那時，除了讓編輯等待，實在也沒有別的辦法。所幸命運之神，這次決定不給我拖延的時間了，原來聯合文學基金會與勇源基金會所主辦的「二〇二四臺灣文學巡禮」花蓮東華大學場，因為〇四〇三大地震的緣故，延期到今年九月二十七日。於是聯合文學出版社決定在這校園重建與文藝復興的好日子，出版這本書。

《流光浮雲》像是我的孩子，我很珍惜它的問世。而我也常常在各種演講場合同大家說：我衷心感謝生命中所有的貴人：曹雪芹在天上特別眷顧我；林語堂在過往二十多年來，經常欽點我在國內外進行以他為題目的演講；李清照暗自和我訴說她的心情；蘭陵笑笑生悄悄告訴我他的祕密；還有蘇東坡最喜歡和我輕鬆聊聊生命的意義……。我也要感謝《從愛出發》與《愛的綿延》兩本書的四十多位作者在我邁入五十大關的時候，給我力量，讓我更加確立今生的天命。感謝周昭翡總編輯和仁豪主編的支持與協助。感謝生育養育教育我的父母。

「二〇二四臺灣文學巡禮」之東華大學場將要登場。我寫了一篇短文刊登於《聯合報副刊》、《更生日報》以及《聯合文學》，介紹本次講座的主題：「閱讀《紅樓夢》，心靈大冒險！」這一回我決心再度顛覆聽眾對《紅樓夢》的想像及視野。編輯檯立刻給我一個回應：「超讚！真給力！文學永遠不寂寞！」

好個「文學永遠不寂寞」！

此刻從扶風到天水，汽車已穿過縐褶般千重萬重的秦嶺。而我們從小學習地理，已知道秦嶺是長江流域與黃河流域的分水嶺；長大以後，讀了許多書，又知道秦嶺乃是王維、杜甫、孟浩然、白居易等許多文人墨客以詩興寄的重要場域。此刻我在黝暗的隧道，猶如在文學之母的懷抱，它滋養我，而我準備孕育新生的作品。同時在埋頭書寫的過程中，我同時也跨過了人生的分水嶺，而且知道未來的生活將呈現不一樣的風景。

這是我的第一本散文集，集結了近年來所思所想所愛所苦……。手電筒的光依然照在校訂稿的一隅，我和我的散文集蜷縮在充滿魅惑的黑夜裡，靈魂深處的聲音在耳畔響起：只要繼續寫下去，文學永遠不寂寞……。

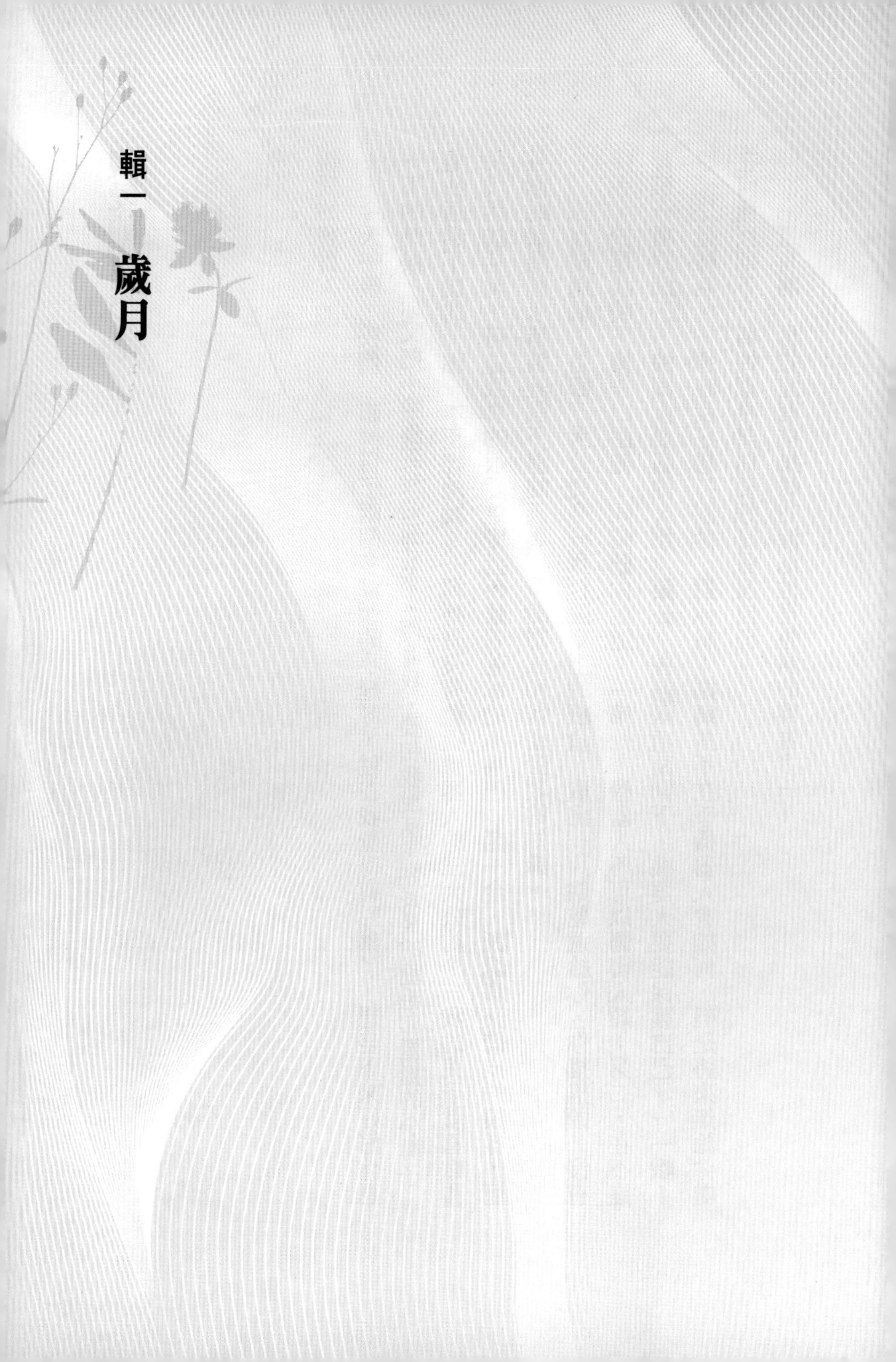

輯一 歲月

親愛的寶貝

親愛的寶貝：

今天午後，我們一起練習了兩個多鐘頭的小提琴，就在我覺得有點累了，想坐下來好好休息一下的時候，你又把小臉湊到我的面前來，纏著我，要和我說話。你長長的睫毛和挺挺的小鼻子，是我百看不厭的。你一本正經地說：「媽媽有沒有聽過機器人的三大公約？」我的兒子就喜歡和我沒話找話說。可是我真的很愛這麼近距離看著你的小嘴巴一開一合，既認真又俏皮的模樣，而且你的腦海裡永遠裝著數不盡的天馬行空的想法和雜學旁收的知識。

「沒聽過耶！是哪三大公約？」我打開桌上的紙盒，取出一片餅乾遞給你，你搖搖頭，沒有接手。於是我咬下第一口餅乾，同時聽你說道：「第一，機器人不可以傷害人類；第二，在不違背第一項原則下，機器人要服從人類；第三，在前兩項原則下，機器人要能保護自己。」「哦！原來是這樣啊。」那時我好想打個岔，對你說：媽媽並不在乎機器人會如何，但是將來無論你處在何種原則下，媽媽都希望你要好好保護自己。

「還有啊，你知道有些蜘蛛在游泳池裡憋氣的事嗎？」

「不知道耶！」

「是這樣的，有些蜘蛛可以在水裡長時間憋氣，人們以為牠已經淹死了，卻沒料到一伸手抓牠，就立刻中毒！美國已經有好幾個人在這種情況下死亡了！」

「噢，天哪！真沒想到？」

「其實蜘蛛是不會游泳的。牠們只是貼在游泳池的壁上，蟄伏著伺機而動。」唉，生活中危機四伏，從前我倒不十分警覺，卻是在有了孩子之後，才經常感到憂慮，就怕孩子有點閃失。

「說到蜘蛛，我又想起來了。」你喚醒了我的注意力。「牠們雖然有八個眼睛，卻不能同時看到八個地方，而是像我的眼睛一樣，只能聚焦在同一事物上。」這一點倒是蠻有意思的！我親愛的寶貝，當我們全部的專注力都集中在一件事物上時，無論那是什麼，我相信它都會因為受到注目，而昇華為世間難得的傑作。就像我全副的心靈之眼，都集中在你的身上時，你總會散發出獨特的光芒，尤其是在說故事的時候。

回想起我們倆相處的愉快時光，幾乎都伴隨著大量的故事細節。我清清楚楚地記得你幼年時第一次為故事所深深吸引，全副精神集中的神情和模樣。你為了某人的敘事，幾乎像個木頭人，久久地站立不動。那時我已知道，你的未來和我的過去一樣，離不開所有情節與細節。果不其然，往後的數年之間，我們經常手牽著手，繞著公園裡的小樹林，和溫州街的巷弄之間，竭力地找尋故事的靈感與題材。沒有錯，我們不是有一搭沒一搭地閒聊，而是刻意地、竭力地編織著故事。有一陣子，你非常喜歡星際間的探險題材，我很訝異，在故事的發展過程中，你從未想過要將它們導向外星球之間的大戰，而是積極地在宇宙的另一端建構新世界。於是你找尋可用的元素，也要我想像適當的素材。為此我們連吃飯時也七嘴八舌地發揮著創意，在幻想裡，拼造出一艘前所未有的太空遊艦。我還記得，我們連一根釘子，都討論了半天！

多年前，你跟著我開始閱讀武俠專題的小說及電影，我持續地備課，並且在課堂上分析古龍小說的現代性，這部分雖然你並未參與，然而你卻又發揮了前所未有的鑽研性格，縱橫在金庸、古龍、臥龍生等人的作品之間，竟然也寫起了武俠小說，有模有樣，一個十歲的孩子。對於我又是一驚！我突然翻箱倒櫃地想找出你七歲那年因貪看《西遊記》，而模仿吳承恩的駢文，所寫的那些打油詩，我想重溫你的寫作夢，想在你的夢裡入眠。

可是你卻煩惱了起來，像你這樣喜愛文學的小孩，竟然非常不樂意寫學校老師交代的生活週記與命題作文。於是有好長一段時間，你消極地抵制著學校的作業，你記流水帳，而且是超級無聊的流水帳，無聊到老師找我們做父母的到學校鄭重討論此事。我們告訴老師，你喜歡寫小說和古詩，雖然老師不敢置信，但是我相信你會找到解決之道。

終於有一天，你將那隻每天上學途中都會遇到的流浪狗，寫進了生活週記。牠的名字叫阿勇，你為你新小說裡的男主角取了一個好名字，既響亮又具有現實意義。從此，阿勇的故事持續連載於週記裡，牠的冒險精神和善良的性格，是你的延伸，也是你生命中另一個精采故事的開始。

親愛的寶貝，我和爸爸都喜歡你的每一個故事，如果你將一生都賦予了書寫和創作，如果你願意觀察生活周遭的小事物，並將它們轉變為屬於你的題材，那麼我的心就會化成千百雙眼睛，那千百雙眼都只為了看你。

媽媽

二〇一七年母親節

城東舊事

我應該來寫寫小時候的故事了。幼兒時期我念的是信義區虎林街的私立慧光幼稚園，這所帶有庭院，很可愛的小學校，如今還在，我也很懷念。當時我屬於梅花班，每天上學時，要穿上圍兜兜，別著一條乾淨的摺疊手帕。遇到生日當天，老師們用編織的網袋裝一顆水煮蛋，讓我們掛在胸前，表示這是本日的小壽星。

當時的園長以及幾位老師的樣貌，我今天閉上眼睛還能夠在腦海中很清晰地看見她們的身影。園長是一位典雅溫文的長者，不常對我們說話，我們隔著某種距離遠遠看著她，感覺園長就是擁有一股自然的領袖氣質。以她沉穩內斂的風度，如果是在今天，即便是擔任小學或中學校長，也都很適合。其他各班老師也是非常慈愛，我印象最深刻的是老師讓小朋友們圍成圈圈做體操，那時候我們的身體和骨骼都很柔軟，可以做類似瑜伽的動作。我很喜歡這樣的伸展運動，感覺和自己的身體親密接觸，能夠看到與觸摸到平常較少感知的部位。

以前的音樂課我們稱之為「唱遊課」，我也很喜歡，大家一起唱唱跳跳，很能帶來融洽而且歡樂的氣氛。我說老師們很慈愛，那是真的。當時我每天坐娃娃車上學，有一天為了響應「冬令救濟」，媽媽在我扁扁的側背書包裡，放進了一雙捲成球狀的毛料褲襪，讓我可以帶到學校去響應捐獻，使得冬季需要溫暖的人，得到適時的幫助。

那天我坐在娃娃車上，因為書包鼓鼓的，隨車老師便對我說：「早餐可以拿出來吃哦！」她說了兩遍，我還是不懂她的意思，哪裡有什麼早餐呢？

事後想通了，又覺得好好笑！我日常跟著媽媽吃早餐，餐點有兩種，一種是牛奶和雞蛋；另一種是臺灣小吃中很有特色的古早味米粉湯。這就要看媽媽當天早餐是要自己下廚，還是決定外食。如果書包裡那鼓鼓的玩意兒是我的早餐，那我豈不是要吃下一個大饅頭了！想到這裡，便打從心底笑了起來。

幼稚園裡的小朋友們，我現在幾乎沒有印象了。但是我很清楚地記得一件事情，有個小朋友邀請我去他家玩，我回家告訴爸爸媽媽，他們開始為我著裝打扮，粉色小洋裝外頭罩了一件鵝黃色的針織外套。頭髮也梳理好，別上髮夾，套上白襪子之後，我有兩種選擇，一雙是短筒的小馬靴，但那天我選了紅色亮面的娃娃鞋。應該還有個小手袋，裡面有我的手帕、紙巾。

一切準備妥當，我便出門了。走到幼稚園門口，在學校前前後後繞了幾圈，確定我根本不知道那個小朋友的家在哪裡，然後我就回家了。往事歷歷，如在眼前，如今已年過五十。日前向東華大學的老師們邀稿，我們共同寫作關於父母親那一輩的記憶與故事，書名訂為《愛的綿延——我的父親母親及家族故事》。我們每位作者都需要附上一些老照片，所以我回娘家翻箱倒櫃地找尋。看著老照片，便想起許多往事，我最記得小時候媽媽經常叫我：「傻ㄚ頭。」我可不就是傻嗎？不傻，怎麼能一頭鑽進自己喜愛的世界，一輩子只做自己想做的事？還拉著別人也跟我一起書寫，將來還指望著他們跟我一路走下去。

在翻找這些老照片的同時，我聽見媽媽有點抱怨的語氣說道：「妳那個時候可嬌了，這個不吃那個不吃，這個不要那個也不要……。」我問她記不記得早餐帶我去吃米粉湯，她說：「有這回事嗎？」

我真是喜歡看著老照片和她有一搭沒一搭地聊著陳年往事。當往事從塵封的記憶裡漸漸浮現，我們彷彿都看到了眼前有一個出口，那裡有一道光，引領我們一步一步地探索。此時此刻，童年的生活片段再度閃現，那些過往的愚騃、童稚與傻氣，到如今都成了最值得留戀和回味的細節，也是我們想極力捕捉的生命影像。

說傻話

每個孩子都會說傻話，而且都傻得可愛！我記得天行上幼稚園那會兒，有一天我們倆手牽手走進溫州公園邊上的日式拉麵店，坐定後，一起看菜單，小傢伙說：「我想要豚骨拉麵。」當然我們立刻就點了這一道。然後彼此說說話，喝口茶，等著餐點上桌。這時小傢伙突然神祕兮兮地對我說：「妳知道為什麼我點豚骨拉麵嗎？因為我想試試看海豚好不好吃。」

他是認真的！超卡哇伊！不是嗎？

我小時候也跟我媽媽說過傻話。大約也是幼稚園那麼大的時候，晚飯結束，我們外出散步，突然間瞥見鄰居家正在看電視，我有感而發對媽媽說：「剛剛我們看完的那個節目，現在輪到他們家看了。」我母親也是當場絕倒。

其實每個孩子所說的傻話，都很值得推敲。想當年家家戶戶能夠同時收看電視節目，那是通過空中傳輸的無線電波連接到電視的天線。事實上，因為無線電波的波長很長，並且容易繞過障礙物，同時在大氣層中有助於反射，因此人類大量使用它來傳遞訊號。關於電磁波的課題，我因此得到了一點點概念。至於「豚」之一字，對我來說，則更是一個有趣的話題。這個字在甲骨文中，原是畫成一隻小豬仔的形象。我們可以寫成「豕」。也就是說，這是一個象形文。而後世無論是寫成「豚」或者「豬」，其實就是各自加了形符和聲符。在「豬」這個字上，我們可以很清楚地看出它是「从豕，者聲」的形聲字。至於「豚」這個字乃是因為小豬仔多肉，所以左邊加上「月」部，因此它屬於會意字。

爾後本字「豕」逐漸消失不被使用。因為日本人慣寫「豚」，而中文世界則習用「豬」，但中文也有「豚」，它是從肉肉的小豬引申而來的用法，例如：海豚、河豚、豚鼠等等。由此我們得到一個結論，日本人所使用的是「豚」的本義，而我們所用的是「豚」的引申義。還有一個更重要的結論：我們需要孩子，需要他們那些一知半解的傻話來刺激我們，讓我們藉著機會思考和探索生活中永遠層出不窮的好問題。

一九四九，我的父親母親

一九四九年，我父親渡海來臺；那一年，我母親出生。

一九四九這個課題，是我從博士論文《亂離中的自由——五四自由傳統與臺灣女性渡海書寫》，到近期出版的《愛的綿延——我的父親母親及家族故事》，長期以來所關心與投入的生命課題。二十年來，從學位論文到自傳散文，我研究的對象從學者、記者、詩人、小說家、紀錄片拍攝者，到我的父親……我爬梳了上一代人的離散，承接了父祖輩的身世與哀傷，也體會到自己這一代的安康富樂，都建築在父母親背井離鄉、胼手胝足的辛酸成長背景之上。我父親十九歲那年從安徽安慶中學經南京、上海，一路流亡，最後抵臺。這一段輾轉流離的歲月，所有離奇的遭遇和特殊的經驗，我已經將我知道的都寫在書上了。以文字保留父親生命的足跡，這是身為子女最後所能做的一點點事。

一九四九，是我的生命最初的起源。父親當年如果不渡海來臺，就不會認識我母親，當然就不會有我。然而，他為什麼必須渡海？做一個遠在安徽內陸土生土長的孩子，是什麼理由必須渡海？我追蹤這個問題，就是在找尋自我生命起源的那個契機。我記得小時候隔三差五，我們家就

放電影。真的搭上一片雪白大布幕，關了燈，客廳裡全黑，有位周叔叔以好大卷的膠片播放我父母親結婚當日所拍攝下來的全程影像。我們小孩子都是在父母親結婚之後才出生的，誰參與過自己父母的結婚典禮？但是我在無數次觀看大銀幕電影的同時，便彷彿身歷其境，參加了他們的婚禮。那場面好大！賀客盈門，大約有數百人參與。我母親的婚紗隆重典雅、盛大華麗！比起三十年後，我自己選了一件貼身緞面魚尾裙，鬢邊簪上臨時從浴室花瓶裡裁下來的粉色玫瑰，我做新娘子，是比我母親簡素多了。

最近才看到這幀以前沒見過的照片，前面兩位是我父母，後方站立者，左邊是我舅舅，右邊是我父親遠房同姓的親戚。這幀照片如今看來好珍貴！一則是結婚典禮的電影膠卷已經不復存在了，二則是照片裡四個人站與坐的關係，正好訴說我父母的結縭，背後有家人與親人的支持。在愛與祝福中，在千里迢迢的相逢奇緣裡，他們結婚了。

家常好滋味

我母親手藝好！尤其很會燒菜。我從小到大，尤其是父親還在世的時候，家裡經常大宴小酌不斷。在我的印象中，父親好客，母親則是什麼菜都會做，我們家吃大餐無需等到逢年過節，我敢拍胸脯保證，即使我現在回家，也必定有滿桌子的好菜。

媽媽的拿手絕活兒之一是滷牛腱。我知道她從選擇食材、配製調料，到小火慢燉，乃至於在絳褐色帶膠質筋紋，飽吸湯汁的厚片牛腱上，點綴細切翠綠新蔥，再灑點香油，送進嘴裡，口感Q彈滑順軟嫩，可以給我父親家常下酒，他好白酒，五十八度白金龍是家裡常備的。而媽媽的滷牛腱、牛筋、牛肉、牛肚……，也都是我們每回到戶外野餐時，孩子們最習以為常的朱家私房菜。

許多父母親會在教師節或是學期結束時，給老師送來致謝的禮盒，內容不外乎市售的糕點餅乾糖果、水果零食乾貨，而我卻記得小學六年級時，媽媽為了感謝老師的教導，讓我帶了一盒她忙了一個晚上的滷牛腱送給老師，作為謝師禮。隔天，老師跟我說：「師母很讚賞！口感好，而且牛腱的花紋非常美麗！可惜我不吃牛肉。」我當時真覺得遺憾！老師的損失可大了。

我雖然長時間住在宜蘭和花蓮，卻幾乎每個週末固定回到中和娘家與母親相聚。娘家在十樓，我們不需要等到進入家門，只要電梯門一打開，飯菜香便撲鼻而來。這時，天行八成會說：

「哇，今天又有紅燒肉了！」

媽媽的婚紗

我母親的婚紗果然比我的盛大得多。看到照片，小時候一遍又一遍播放他們結婚典禮電影的畫面，又浮現眼前。我也記得媽媽跟我說過，她結婚那天席開五十幾桌，還不夠，人潮不斷湧入。那是我爸爸人緣太好，個性海派，人面又廣，而且遇上那個大家喜歡喝喜酒的年代，湊趣兒也湊熱鬧。

並且我父母結婚也都靠爸爸的這些朋友。聽說當年他追求媽媽的時候，不僅整個作戰司令部的人都知道，連司令部大樓外面的小吃店、修鞋鋪、理容院，各家老闆也無一不曉。媽媽每天下班走出大門，就有爸爸的好朋友好兄弟們上來攔截，帶她上館子吃飯，而我爸爸已經點了一桌子的酒菜，等在那裡了。

經濟拮据的窮軍人，卻天天這麼大陣仗，那才是我爸爸的風格。為此我也一直認為男生追求女生，就應該要大張旗鼓，沸沸揚揚地，才顯得愛情是轟轟烈烈的！但凡男生過於低調、保守或是太被動，那都是不及格的。得像我爸爸這樣，才是男子漢！

有子萬事足

我們生長在一個「有子萬事足」的年代。現在的年輕人也許很難想像老一輩人有多麼愛孩子。我父親隻身到臺灣，不到二十歲，一切從原點起步，沒有親人，沒有家族，沒有背景，沒有奧援，頭頂著青天，腳下卻沒有寸土是屬於自己的，鄉音又重，也不會說臺語，他靠自己的意志與身旁同樣流寓的同袍相互扶持，努力完成自己的婚姻，又生兒育女。有了孩子，就有了親人，有了家庭，就有了立足的根苗。在我全部的印象裡，他對我們小孩就是寵愛，他一生從來沒有對我們大聲說過話，我們從他身上所感受到的就是——愛。仔細想來，他甚至於連高標準的要求，都沒有提出過。我只記得他晚年時告訴我：「不要住得太遠，離我近些，我會多活幾年。」而我有一陣子確實住得離家不遠，有一天天色很晚了，突然接到他的電話：「妳娘腳拐了一下，不要緊，妳不要回來。」我掛了電話，立刻拉著先生奔回家。我母親白天走在石子路上扭傷了腳踝，而且骨裂，我看到她的時候，已經打了石膏，醫生說得綁幾個月⋯⋯。我那天幾乎是要生氣了！「為什麼現在才告訴我？」如今，我自己有了孩子，才知道為什麼。

小時候，媽媽告訴我們：「爸爸一個人來臺灣，沒有親人，我們幾個人就是他僅有的親人。」

也許是這個緣故，從父母到我們這一輩，都很疼愛珍惜孩子，我母親經常回憶當他們還沒有孩子的時候，我父親看到鄰居家的小孩，抱起來就親，儘管那孩子渾身髒兮兮的，爸爸也不在乎。而且在一九四九年前後逃難的過程中所結交的患難兄弟，他們的下一代，也都是我父親的乾兒子乾女兒。我從小就聽到好幾位哥哥姊姊滿口喊著：「乾爸！乾爸！」而且這幾位一輩子患難與共的叔叔們也經常帶孩子到家裡來作客，有張照片中抱著我弟弟的是周叔叔，他是蘇州人，溫文儒雅，經常帶著他的寶貝女兒文文來我們家，他就是那位放電影的專家。但是真正的製片者是右邊這位上海人袁叔叔，精明能幹，我很喜歡他說話時那一口獨特的上海口音。他優秀的大兒子臺隆就是我父親最大的乾兒子。

這些老兵帶著子女來走動得很勤，讓我從小就感受到因著過往那段亂離的歲月，使我們幾家人比《紅樓夢》裡所說的「連絡有親，俱有照應」還更親近，關係也更緊密。

末代私塾

我童蒙時期的國文老師是我父親。他自幼在安徽桐城派古文大家方苞家族的私塾裡讀書。親授的老師就是方苞的世孫。桐城的古文講究義理、辭章與考據兼備，不僅以道統自任，而且注重文章寫作技巧。我總記得父親不僅會背古文，而且背誦的語速相當快！但是不囫圇，每一個字都很清楚，例如〈赤壁賦〉等文章。

我最小的時候，每天晚飯後，是先念《三字經》，爸爸從來不用拿著書本，而是口傳心授，他念一句，我跟著念一句。不久之後，整本書就背下來了。我那時年紀小，不知道自己背的是什麼文字，只記得發音和聲調。長大以後看了書，才知道這些句子原來是這樣寫的。想來這就是傳統私塾童蒙教育的模式。幼兒時期，懵懵懂懂，只將古文琅琅上口，隨著歲月的腳步成長之後，人生閱歷開始有所進程，這時回想起小時背誦過的那些句子，反覆咀嚼，方覺口齒噙香，而沉思翰藻無處不發人深省。

我父親大約是接受中國古代私塾教育的最後一批學子。那我就是個吊車尾的小末代了。

不是一家人，不進一家門

我的名字原本叫嘉慧，外祖父取的。他的祖輩來自廣東興寧。大約是我出生前後，外祖父曾在嘉義與阿里山鄉的原住民做買賣，所以我的名字裡有一個「嘉」。

外祖父在我很小的時候就過世了，而往後的清明節，我只記得一個畫面，就是媽媽和舅母忙著祭拜等事宜，而外祖母上墳時，卻總是坐在一旁淌眼抹淚，好不傷心！儘管走得早，外公的長相和說話的聲音，我竟然還記得七八分。他身量不高，臉寬寬的，講話聲音響宏亮。而我們小時候都很喜歡回外婆家玩，那時外公盤腿坐在客廳的大藤椅上，他會抱著我坐在他的懷裡，同時與家人們開懷朗聲說話。

回臺北之後，母親逕自將我的名字改為嘉雯。因為她直覺喜歡「雯」這個字。許多年後，我在大學課堂上聽老師說《紅樓夢》裡晴雯這個名字，乃是曹雪芹特別選用了一個少見的字，所以「雯」是自清代以後，因為名著《紅樓夢》的緣故，才為讀者大眾所廣知的一個字。也許就是在這個背景之下，我母親給我改了這個字。這大約也可以說是我與《紅樓夢》之間一段神祕而特殊的緣分吧。

又過了許多年，父親與我未來的公公見面了，寒暄之餘，父親請教公公府上哪裡？公公回答：「我廣東興寧人，也是四九年來臺。」這麼巧！與我外公是同鄉。爸爸立刻回頭看我一眼，眼神中透露出他常常說的那句話：「不是一家人，不進一家門。」

左起：母親、我、父親。這大約是我兩三歲的時候所拍的照片。那時父母常帶我去榮星花園遊玩。

▲從小到大我最記得一件事，我母親的菜做得非常好！包餃子、煎油蔥餅、滷牛肉、燉雞湯……，南北飲食，中外點心，她都喜歡嘗試。家裡經常宴客，而且每每賓主盡歡。

▼這是我四歲生日的時候到照相館去拍的相片。

這是我三歲生日的時候，父母親帶我去照相館拍攝的照片。

▲我父親酒量好，酒興也好，幾乎餐餐無酒不歡，而我母親也能小酌幾杯助助興。

▼左起：我弟弟大約一兩歲的時候，父親的朋友蘇州人周叔叔和上海人袁叔叔。

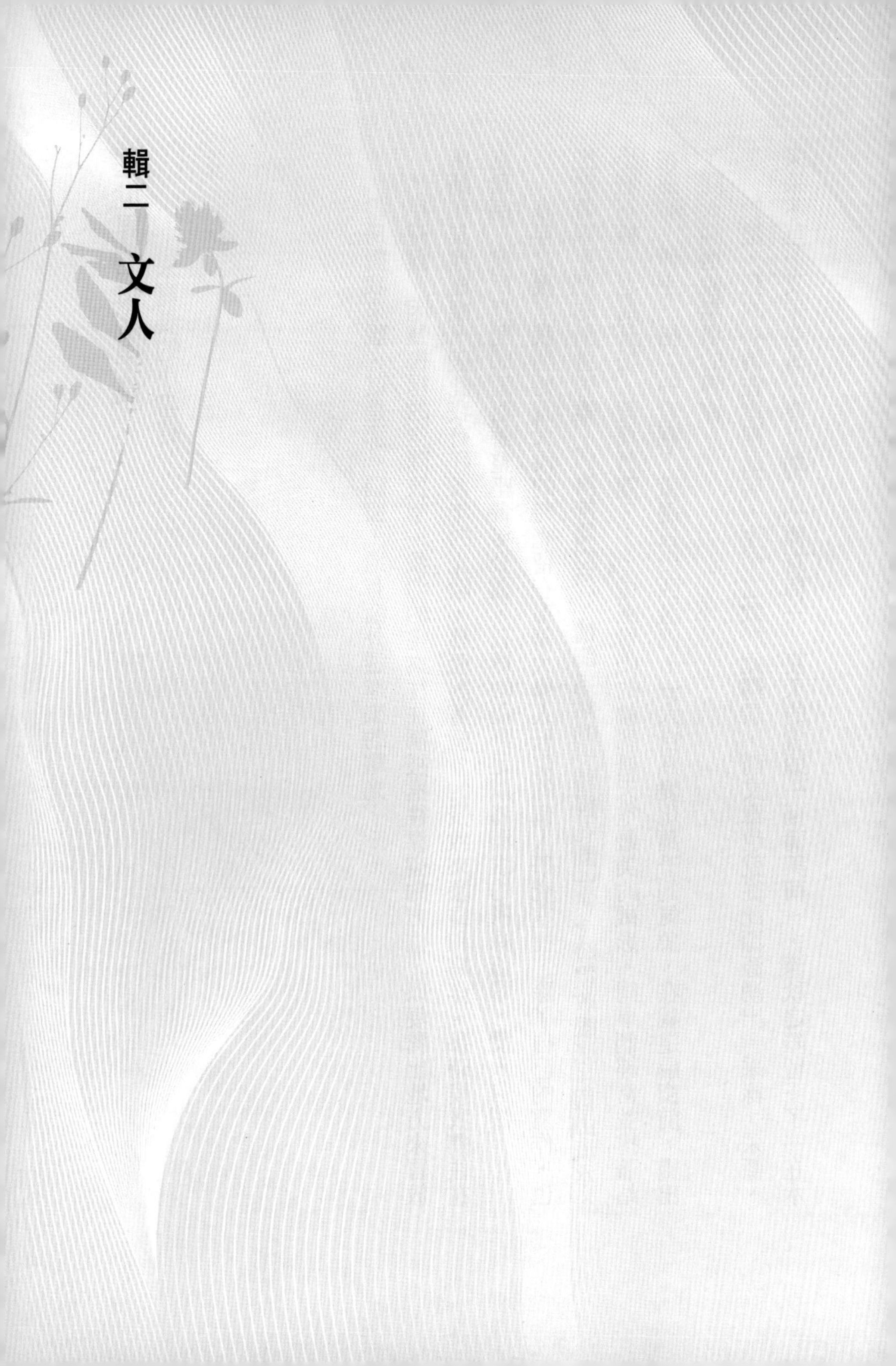

輯二 文人

在世界的每個早晨
——朱嘉雯的小書齋

書房對我來說，就是那一扇窗，還有窗外透進來的曙光……。

小時候，因為書房的空間狹窄，我們的書桌往往都被推往靠窗的方位，以便騰出地方來置放床鋪和其他櫥櫃。因此我有好多年的光陰，都面對著窗外的景致來讀書和寫作。那時候我們住在克難街，窗戶打開即面對著整座青年公園，五樓的視野足以將滿眼的鬱綠蓊翠，攬入胸懷。

多年之後，我開始有大段的時光留在東華大學人社院的個人研究室裡，除了自己的寫作，也推敲著學生們的創意思維。偶爾推開窗戶，情韻盎然的「詩經花園」，一時盡收眼底。假山流水、小塘石橋、老梅蒼松、荷葉菖蒲……，遠處青山的輪廓是天空最美的襯影。同事們經常並排著站在窗前，伸手一指：「看啊！東邊日出西邊雨！」大自然變化萬千的氣象，在我這扇窗前，畫出了開天闢地般無垠的界線。

於是，我的心情在這裡迴旋，生命之歌於此轉調，而文章也就從此源源湧出。采綠、采藍、采采芣苢，又采卷耳，春天到了「摽有梅」，夏天的盡頭「傷蒲與荷」，深秋之際留下了「在水一方」的剪影，又在隆冬時節吟詠「雨雪霏霏」的詩句……。兩千年歲月之流，在我的窗前輕輕地繞了一個彎。古人忙於採集射獵等農事，我在他們的餘韻之中，忙於備課，一旦發現前人注疏之不足，趕緊勇於振筆撰文，要補缺、補遺，補我們文化底蘊洪流中，偶然冒出來的泡沫空隙。我還擁有一片熾熱的心，希望化身成一座鵲橋，讓悠悠古典女神跨度到現代人的心裡，使讀者和我一樣感受到文學的撫潤。

於是一篇篇輕學術散文就在深夜與黎明的交界之處呱呱墜地。它們當然是全新的，在後繼有新的論點出現之前，都是新的。晨曦透出亮光時，窗前竹林葉脈漸次明晰的那一刻，我與新生的文章一同吸收到人間新鮮的空氣。是的，每個黎明的時刻，在完成一篇文章之後，我彷彿又回到了人間。學生們來往匆匆，遝行出入的腳步聲，將我喚回了另一個平行時空，我本來就是為了他們而寫作的，如今天亮了，光點重新照耀在他們的身上，我得趕緊追上去擁抱他們，熱情地歡呼：「上課吧！我今天又有新發現了！」出門前，關上房門之際，再回眸，那扇綠油油的窗，卻仍在對我招手，叫我有空時，別忘了回到童年時光。

在《紅樓夢》的大觀園裡，我最欣賞的房間是蘅蕪苑，欣賞那無長物，徒留四壁，如雪洞般的空寂。在這空間的體感中，我始終體會到也許只有薛寶釵才是一位參禪的智者，原來萬物皆不屬於我，又何必強留？你看她在自己偌大的房間裡，只留一副茶奩和幾本書，簾幕床帳都是極素的！唯有一只土定瓶，暗暗透露出宋代定窯骨瓷的貴重。如此寒素、清簡、淡雅，卻叫我無限神往！始知「任是無情也動人」。

可惜我之自比蘅蕪君，不到兩天的工夫，就教熱心的助理給破功了！她有著賈母的熱衷腸，說是不能讓新來的老師受到委屈，研究室太寒酸了不像話！於是調請總務處搬來可愛的玻璃圓桌和與之相搭配的時尚造型椅。末了，又接受捐贈，擺進了氣派的皮革沙發床。也是為了當時正在準備華語文中心接受教育部評鑑等事宜，我們這個新單位，從辦公室到研究室，從教學空間到置物倉庫，無一處不需要進行裝飾。總不能教評鑑委員進來一看，以為我們是準備要逃難的！於是就任由助理們盡情地裝潢吧！

從那時起，我不僅多了法藍瓷花瓶、藍染印花綿布掛軸、原木精雕立牌……，還趁勢將家裡放不下的書，都搬到這間研究室裡來。書是遠遠放不下的，再多兩間書房也放不下，然而有了這些書在此地一坐鎮，我的心情也就安頓了。忽然升起一種錯覺，以為從此不用再遷徙飄零了。屋裡那一套大沙發最為神奇！原本並不是全然屬於我，卻陰錯陽差地全搬到我這裡來，為我所用了。學生來此看書論文，竟然說道：「好大的沙發呀！像是要把人吃進去了呢！」我之所以吃驚，是因為他說中了某些事。我有暈車的壞毛病，每回長途跋涉來到學校，便需要先歪一歪、靠一靠，就讓它把我吃進去吧！我心甘情願地歸入它的懷抱，窩進沙發裡，也好想想接下來的步驟和預備要做的事。久而久之，它好像也成為我身體的一部分了。

既然要大肆裝飾，牆壁就不能再留白，我選了幾幅行草，作為可以退讓的底線。這些掛軸也有故事的。五、六年前，我曾到四川宜賓演講，行程中拜訪了當時書法學院院長，閒談之餘，大家慫恿著院長：「為朱老師題個字吧！」羅院長當時也很有興致！他鋪了紙，研好墨，開口就問我：「老師想題什麼字？」我沒有想法，便說：「院長看見我，想到什麼字，就寫什麼字。」沒想到他大筆一揮，以撰匾的功力，寫下了：「玉潔冰清」四字擘窠大書！朋友們又是叫好，又要他再為我題一首詩，方才過癮。於是他寫道：「雲想衣裳花想容，春風拂檻露華濃。若非群玉山頭見，會向瑤臺月下逢。一枝紅豔露凝香，雲雨巫山枉斷腸。借問漢宮誰得似，可憐飛燕倚新妝。名花傾國兩相歡，常得君王帶笑看。解釋春風無限恨，沉香亭北倚闌干。」眾人屏氣凝神，待他寫完了字，俱都稱賞不已！登時間，他成了李白，而那間小小的書畫斗室，幻化為唐宮一隅……。月明星稀，我們繼續飲茶閒談，直等到墨跡乾了，才作辭而別。

後來的幾年間，我只是將這些字收藏著，並無心裱褙。直到辦公室同仁一聲令下，著大家裝修整理自己的研究室。我原有許多條幅，但是多為國畫，怕太華麗，畢竟是我自己待在這間屋裡的時間最長。手邊也一直收著龔鵬程校長的幾件書法掛軸，個個頂天立地，壯大氣派非常！與我的斗室甚不相符。這才想起了宜賓書法才子的題字。

我將這幾幅字拿到二十年來固定走訪的裝裱店。再去取件的時候，已相隔了一段時日，裱褙師傅很稀罕地對我說：「許多書法名流來到店裡，看到這字，人人觀之不盡！稱讚不已！」我有點洋洋得意。他的話，也加強了我樂意將此橫幅與掛軸張懸於自己書房裡的意願。幾年下來，我這小書房裡，又多了自製的曹氏金魚風箏、仲尼式古琴一床，花了部分積蓄買下的《紅樓夢》四大名箏之一「湘雲眠芍」，以及我們東華大學的書法才子廖慶華老師為我寫的一個氣勢磅礴的字「雯」。

如今面對著一邊是琴、箏、書；一邊是「吃人」的沙發，我掙扎不得，便投入了沙發的懷抱，抱著書，窩進沙發裡，也想像著我那些未出世的文章。既然常常做出這樣的選邊站，還得為自己找個理由，那必定還是文學的理由。我的偶像林語堂曾著文介紹古詩人白玉蟾的生活哲學：「丹經慵讀，道不在書，藏教慵覽，道之皮膚。至道之要，貴乎清虛。何謂清虛？終日如愚。有詩慵吟，句外腸枯；有琴慵彈，弦外韻孤；有酒慵飲，醉外江湖……慵陪事世，內有田廬；慵問寒暑，內有神都；松枯石爛，我常如如；謂之慵庵，不亦可乎？」

趕明兒，得把「玉潔冰清」取下來，換上「慵庵」，倒是如實貼切些。在每一個擁有小文誕生的早晨，幸福地慵懶一下，又何妨？

古調雖自愛

假日我在國家圖書館調閱《穎陽琴譜》與《天聞閣琴譜》。最近不知道為什麼，東找找西找找，對於《高山》、《流水》等幾曲過往練習過的琴曲，而如今只找到橫排附五線譜的版本。但我自來彈琴並不習慣看橫排的樂譜。看這樣的譜，彷彿是乍見多年未曾謀面的老朋友，得仔細認一認，才能確定他是誰。所以無論是南管琵琶或是古琴，還包含崑曲工尺譜，只要是直書，我識譜的速度便快得多。儘管我學習西樂的時間也長，但是減字譜還是得看直行的書法手稿，方能心領神會。尤有甚者，很多古琴譜雖然是直寫，卻是雕版印刷的字體，我看著也還是不舒服，因為衷心期盼的是出自文人手工書寫的古琴譜，那才有人的個性、氣息和溫度含藏其中，也才能滿足我對這門藝術的期待。

在我所有學習過的樂器中，古琴與南管琵琶最具文人底蘊。製作精良的琴與琵琶，每一把都有它自己的名字，用以傳達獨一無二的形制風格與音色韻味。尤其是古琴，針對彈奏，古人用了一個非常吸引我的動詞——撫。我們平常說「安撫」、「撫慰」、「撫摸」等等，想要表達的其實就是很輕柔又溫暖的觸感。琴譜上特別以「春鶯出谷」、「風送輕雲」、「幽谷流泉」等情境來形容和揣摩「撫琴」時的指法，而我也是從「撫」這個很迷人的動詞中，來理解琴家的心思與不斷流轉變化的動態指法。

在所有教過我的老師之中，最典型的文人之一是古琴家李楓。看見她，就知道古人所謂「高士」是何等樣貌，甚至於歷代名士多有不及她者。因為名士喜歡故作姿態，處事高調，甚至故意語不驚人死不休。然而李楓老師從來都平易、親切而且通達。她生活在塵煙鬧市，一間普普通通沒有電梯的老舊公寓裡。她說她是家庭主婦，也必須周旋於柴米油鹽之間。但是只要一進入老師家的門，我就會立刻感知並且深深地融入那份文人特有的情調中。

在小小的客廳裡，有她的書法掛軸，字體很雅，也見得出功力不凡！更有她的插花，樸實、真誠，而且富有生命力！每回造訪，所看到的瓶花都是新鮮的，當令的，自然而不刻意造作，卻又不容人忽視，這不正是文采斐然，令人見之忘俗的文人形象嗎？站在客廳當中，仰頭便可見神龕上供奉著觀音，那是一尊白瓷觀音。我並沒有宗教信仰，唯有信奉文學，信奉美。當我仰望神龕時，我是為那崇高又溫馨的美感所吸引。

走進餐室，空間更為逼仄，兩張琴桌相對。李楓老師的上等古琴，是一張宋琴，名為「孤猿嘯月」，安的是絲絃。她彈琴的時候，讓我感受到人琴合為一體的境界。有時外頭車水馬龍的聲音傳入室內，引擎聲不斷；偶爾電鈴大作，原來是送貨員來了。但是古琴自是古琴，它永遠維持著沖淡高遠的音質，不受任何外在事物的干擾。所以我斷定，那音聲不僅出自於古琴的音箱，更出自於彈琴者的心胸。

將近二十年前，我剛去老師家上課的時候，看見她泡茶，聽聞她也喜愛練習書法，那時候就已經知覺書藝、茶道與古琴在她的手上是融通的。不僅琴藝與許多道理相通。李老師對於人際之間的關係，也有她通達的看法。她至今還喊我：「朱老師」。我記得第一堂課，當我們坐下來面對面的時候，我曾經跟老師說：「請叫我嘉雯就好。」但是她說：「我之所以現在坐在這裡教琴，而妳在這裡學琴。這是因為我學習的時間比妳早，如此而已。」

此外，我還記得剛去學琴不久，老師便經常鼓勵我：「要是讀書讀累了，不妨轉換個心情，過來彈彈琴，當作是放鬆一下也好。」而今她已不是這麼說，她希望我多多練習，許多困難點，再辛苦也要克服。但是她強調，前提是，手指不能磨破：「如果受傷，那彈琴就沒有意思了。」在我所有的學習歷程中，我最喜歡老師對我有要求，無論是哪一位老師，因為這也許表示我是可以造就的。老師的說法，從讀書累了來轉換心情，到必須嚴正以待、戮力以赴，我希望這是我一路走來，已經有所進益的指標。

在春天降臨人間的美好時刻，我從李楓老師的客廳走出來，在陽臺上看見了綠繡眼來築巢。小動物是最有靈性的，他們感應到這裡靜謐安詳的氣氛，能夠帶給牠們安全感，所以牠們選擇在這裡築巢。我也相信最高明的人，不是將名貴的鳥養在籠子裡，而是渾然天成地營造出人與動物同樣感到舒適的生活環境，因而吸引了小動物主動選擇來這裡生活。我一向不太能夠解釋中國古老的智慧「天人合一」。近二十年前，第一次在李楓老師家的陽臺上看到那個小鳥窩時，突然一下子就明白了許多道理。

樂譜印好了，這回要好好比較分別刊刻於清初與清末的兩套琴譜，並且分析其指法之異同，當然還要多多練習，因為我最期待的就是下一堂古琴課。

唯有文人，抓住了他的時代

理論上我們生活在哪個時代，就會寫出屬於那個時代的文字。潮流本身像是漩渦，將每一個人都推擠進了無底洞，我們只能在深淵裡尋求超拔；而尤其是在愛的艱難歲月中，掙扎著匍匐前進……。

有時候我們認不清自己的時代，便要往前追尋，回憶過往，呼吸一股異樣的空氣，那感覺也像是在探索未知的遠景，前程充滿了鮮活好奇的人生景象，這就是一直以來我對五四時期許多文人所懷抱的憧憬。有點像是伍迪・艾倫的電影《午夜巴黎》，劇中男主角滿腦子懷舊情緒，他愛在塞納河畔遊走，尤其是在雨中。一輛歡鬧中疾駛而來的古董轎車，卻載他回到了上個世紀二十年代，男主角因此結識了畢卡索、達利、海明威和費茲・傑羅。他無疑是去到了一個美好年代，當時的巴黎有這麼多詩人、畫家、小說家和藝術家。

民初的文人群像也曾經有過一場羅曼蒂克的明星盛宴！徐志摩說：「我有一個戀愛；我愛天上的明星；我愛它們的晶瑩：人間沒有這異樣的神明……。」沈從文說：「我行過許多地方的橋，看過許多次數的雲，喝過許多種類的酒，卻只愛過一個正當最好年齡的人……。」朱自清說：「我愛看你的騎馬，在塵土裡馳騁——一會兒，不見蹤影！我愛看你的手杖，那鐵的手杖；它有顏色，有斤兩，有錚錚的聲響！我想你是一陣飛沙，走石的狂風，要吹倒那不能搖撼的黃金的王宮！那黃金的王宮！」

我們在五四文人詩的小船中，輕輕地搖盪著，恍如搖籃。卻不想睡，只想站在小艙中溫習一個時代，試著伸手摘取滿船所乘載的星輝。

當星子落在我的手中，瞬間化成一面閃耀的魔鏡，鏡中顯現林徽音掩面傷情，她也許是害怕重蹈母親的覆轍，因而離開了徐志摩，然而又不曾真正離開過他。鏡中的胡適由青澀的留學生逐漸蛻變為國際學者、駐美大使，卻只在無人知曉的時間裂縫裡，偷偷前往綺色佳，對於大他六歲的韋蓮司「懷著愛，一如既往。」

鏡中的朱自清突然改換成小女子、小媳婦的口吻，哀哀切切地訴說著自己愛笑的天性與不笑的歷史：「那時我家好像嚴寒的冬天，我便像一個太陽。所以雖是十分艱窘，大家還能夠快快活活的過日子。」「初到你家的時候，滿眼都是生人！我孤鬼似的，便是你，也是個生人！我時時覺得害怕，怕說錯了話，行錯了事。他們也再三教我留意。這顆心總是不安的，那裡還會像在家時那樣笑呢？便是有時和他們兩個微笑着，聽見人聲，也就得馬上放下面孔，做出莊重的樣子。」女性意識的覺醒正是五四最宏亮的聲音。唯有文人，抓住了他的時代。

還有呢，鏡中的吳宓，年輕時代遍遊歐洲，歷俄、英、法、德、比、瑞士等國，又在牛津大學和巴黎大學求學。一生學問極為淵博。在清華大學執教期間，他就是「清華的一個精神力量。」

到了文革期間，吳宓已是古稀老人，即使被打得左腿骨折，也堅持不批孔。「沒有孔子，中國仍在混沌之中！」他早年愛慕燕京大學陳仰賢，可是陳仰賢最喜歡葉公超；後來又愛上了袁永熹，可是袁永熹嫁給了葉公超；據說他也曾苦戀歐陽采薇，可嘆「薇最傾情於葉公超」。人生啊！說有多成功，就有多失敗！

最後，我又回到了自己的時代，一個最無情而又到處充滿了真性情的時代！《午夜巴黎》的男主角也沒有繼續耽溺在已經流逝的歲月裡。他不再向上追尋文藝復興，並不是因為不愛竇加和高更。而是因為文藝復興應該就在現代，此時此刻，在你和我的眼中心中。

依然是徐志摩的那首詩，最牽動我的心：「在冷峭的暮冬的黃昏，在寂寞的灰色的清晨，在海上，在風雨後的山頂——永遠有一顆，萬顆的明星！」

吃飯，文人事

古典詩詞裡曾有：「城樓倒影落湖波，湖上風帆鏡裡過。歸客自炊菰米飯，小娃爭唱《竹枝》歌。」又：「秋水連空鳧鷺長，滄洲菰米飯初香。」「客夢未沾菰米飯，歸心已付木蘭船。」看來文人早已將鄉愁付諸香米飯了。人生繞了大半圈，最終領悟到的也只是：「夏來菰米飯，秋至菊花酒」，便是四時好景常在。一碗熱騰騰香噴噴的白米飯捧在手心上，童年的滋味、家人的歡愉、記憶中的溫飽，就像不停播放的影片，鮮活掩映在我們的眼前。白米飯乘載著文人的故鄉情，詩人的理想性，以及眾生的好年華。

是南宋詩人范成大說的：「飽吃紅蓮香飯，儂家便是仙家。」詩人的曠達自足與自在，感染了我們的心胸。擁有一份屬於自己的平靜生活，不受庶務與俗塵喧囂所擾，就是白米飯也吃得香，還有那「瓦盆社釀，石鼎山茶」，也都是世間真味。

不過，文人吃飯就像下筆為文，不精采不罷休；沒有創造性就沒有靈魂；失去過程的樂趣，也就失去了全部的意義。范成大所說的紅蓮香飯，其實就是一種文人的想像連結。剛炊熟的紅黍米飯，其嬌嫩粉紅的色澤彷彿初醒的睡蓮，讓人只顧著看，忘了吃飯。

然而，比起紅蓮飯裡沒有紅蓮，蟠桃飯裡可確確實實有甜美的水蜜桃。南宋最優質的讀書家兼美食家林洪，在《山家清供》裡寫下蟠桃飯的做法：「採山桃用米泔煮熟，漉寘水中，去核，候飯湧同煮頃之，如盦飯法。」就像我們煮地瓜粥一樣，將甜桃切成小塊和飯一起蒸熟，則米飯自有淡淡的甜味，加上桃子的香氣，這樣的吃法，直接給人一種清爽單純又馨香的氣息。而且「蟠桃飯」這個名稱很容易使我們聯想起《西遊記》裡王母娘娘的蟠桃宴，霎那間，摘不到桃子因而滿腹疑惑的仙女們、兼程趲行飆往瑤池的各路神仙、未受邀請故而忿忿不平的孫悟空……都在一碗飯的想像世界裡，活脫脫地顯象了。

其實為各種食物取個獨特的美名，也猶如作家下筆行文的同時得取個醒目的標題一樣，這是將好東西包裝得更加吸引人的概念。而命名與下標題便是飲食文學及美學最後的一個重要環節，如此方能名與實相得益彰。畢竟依靠想像力吃飯，在故事情境中用餐，以文學創作手法來詮釋食物的具體滋味。這已經是接受美學的主流價值，而且也是我們打從心底對食物發出敬愛與讚美的呼聲！感謝人間有滋味，一粥一飯都能生發智慧。

因此我們可以看到，古人將川燙之後的韭菜加薑絲，淋上醬油和醋，記得上桌前點綴少許春天的嫩柳，這麼簡簡單單的菜色，就可以稱之為「柳葉韭」。若是將薄薄的魚肉裹一層粉便能夠煮出一碗「玉蟬羹」。蓴菜羹湯或者筍湯，都可以稱之為「玉帶羹」。我最喜歡的桂花糖糕，要轉個彎想一下，因為吳剛伐桂，所以特稱之為「廣寒糕」……。

美妙的文字總是牽動著食慾。而史上最美的白飯，出現在明代李漁的《閑情偶寄》：「宴客者有時用飯，必較家常所食者稍精。精用何法？曰：使之有香而已矣。」生活美學大師日常宴請朋友，不僅講究菜色，連米飯的口感，都充滿了「花香」。

「予嘗授意小婦，預設花露一盞，俟飯之初熟而澆之，澆過稍閉，拌勻而後入碗。」當米飯快要蒸熟的時候，抓準了時機，倒入一小盞花露水，而且不需要滿鍋子灑上許多，只需要一點點淋在角落，繼續悶蒸一下，等會兒吃到這碗白米飯的人，會以為是稻米的品種很特殊，而且必定有人提問：「這米是什麼牌子的？在哪裡買呢？」殊不知這只是尋常到不能再尋常的白米，一般米行就有。

問題是，什麼花朵的氣息能將白米飯薰染到美得不可方物？只要深呼吸，便又是一場飲食藝術的極度饗宴！「露以薔薇、香橼、桂花三種為上。」事實上，李漁說：「玫瑰也很好」，但是他一般不用，因為他想保密，怕人認出這個氣味，所以他覺得薔薇、香橼、桂花三種最適合與穀物搭配，不僅氣息芬芳，而且「使人難辨，故用之。」

白米飯可以說是天天挑逗著東方人的味蕾：「那剛炊熟的純白米飯，若我們猛然揭開鍋蓋，在熱騰騰的水氣由下竄起之中，將之盛入黑色器皿。如此，那一顆一顆如珍珠般泛著光的米粒入眼時，只要是日本人，任誰也會感受到米飯的珍貴。」這是日本作家谷崎潤一郎的名作《陰翳禮讚》中，最令我喜愛的一段文字。我以它作為這篇文章的收尾。他禮讚陰翳，文人禮讚米飯，我禮讚文人。

翰墨因緣

民國八十年我進大學，第一年就修了洪惟助老師的課，那是書法課。當年作為一名新生，對於中大中文系的許多科目都感到很有興趣！老莊哲學、論孟學庸、楚辭、左傳、小學、詩詞曲文選……，在普通得不能再普通的教室裡，每一位授課老師卻都是海內名家，而我也是個很熱愛文藝的人，因此所有的習作課也都樂得吟詠再三，反覆鍛鍊，這其中還包含了書法課在內。雖然這是一門選修課，但是我私心以為書法應屬於人生的必修。

打從念小學起，我就是班級的書法代表，我的字經常掛在穿堂或是走廊上，在我們那個時代，學校裡還有中規中矩的書法課，而我也是書法老師青睞有加的學生，也還記得父親在這方面對我的期望很高，希望我能好好練習。後來在大學修習書法時，我便經常找同伴在上課前一個小時先到書法教室做練習，等上課時間一到，老師走進教室裡，那時我們已經寫了很多字了。

許多年後，我同曾永義老師說：「我當年選修了洪惟助教授的書法課。」他立即豎起大拇指，誇讚道：「你選對了！」這麼多年來，每回到洪惟助老師家，我總要端詳端詳老師的書桌，看見他的許多毛筆和紙鎮，又聽他說起過往哪一年從大陸帶回來如何難得的硯臺，可惜後來怎麼會斷裂……等等的話題時，從前上書法課的情景，便又一一浮現在眼前，那印象確乎是十分深刻而且鮮明的。

那年洪老師要求我們來選修書法的同學們務必要準備好小書齋的一號如意、鐵齋翁十六兩老墨、線裝本唐代碑刻歐陽詢《九成宮醴泉銘》……。這是個有門檻的實作課，它墊高了我在書法工藝認知上的基礎。又是許多年以後，我在王安憶的小說《天香》裡，看到徽墨製作工程的精微與浩繁，故事中的女主角小綢出身名門，出閣的嫁妝就是一箱價值連城的老墨。當她的妯娌因難產而血崩到奄奄一息的時候，小綢將徽墨熬溶了，灌入產婦的喉嚨，此舉竟然將她救活了！所以好墨其實就是藥。而當初徽州名家製墨時，不僅對墨色與持久性有高度的要求，同時還配上了珍貴的天然藥材，諸如：珍珠、麝香、羚羊角、牛黃、朱砂……等等，以至於成為著名的「藥墨」。我每回陪父親返鄉探親，都特地去尋找宣紙、宣筆以及徽墨，一旦將老墨捧在手心裡，便立刻湊近鼻子會去嗅聞那氣息濃郁的墨香。

墨之美，我在大一那年，得到了洪惟助老師的啟發。以至於日後開展出江南物質文明，以及東西方微物書寫等比較文化研究課題，追本溯源，都得從十九歲那年的書法課說起。

關於學習書法，還有許多鮮活的畫面一直停留在我的腦海中。在碩士班期間，我還繼續學書法，那時我選了新老師的課，第一堂課，老師問我想寫什麼體？我請教他：「可以寫行書嗎？」他說，寫行書很好。因為我們日常生活使用最多的其實就是行書。於是我開始練習《集字聖教序》和《蘭亭集序》。往後許多年，我一直是臨這兩本帖，而當初上課時，每寫完一整頁，就請老師指導和修正。老師一面講解，一面以紅筆修字，然後淡淡地說：「這個帖子，我臨了三百多遍，也還是不太像！」日後唯一可以與之相媲美的例子是鋼琴老師教我彈一首貝多芬的曲子：「這裡太扭手指，很難彈，從前我自己在練這首曲子的時候，規定自己要彈五百遍。」我感謝我的老師們告訴我他們是如何練習和怎麼成功的，諸如此類的情事，令我終身受益。

等到博士班畢業，順利銜接到佛光大學任教。年底我們要在世貿大樓舉辦一系列的林語堂著作及手稿展。我是初生之犢不畏虎，逕自請求當時創校校長龔鵬程為我們的展場題字。校長問我：「要寫什麼字？」我請他寫兩闋東坡詞，婉約與豪放各一。同時再請問：「校長準備什麼時候揮毫？我過來磨墨。」校長朗聲回答：「磨什麼墨啊！拿一個碗，倒些墨汁就是了。」隔週，他果然給了我兩幅彌天蓋地、氣勢恢宏的書法作品。去年下半年，我們邀請他回國講學，在各種講演的課題中，我們曾經提到了書法，因為龔教授的字在佳士得拍賣會上拍出了高價，成為我們華人書法界的偶像。而且去年是虎年，他單寫一個虎字，為日本博物館所收藏，潤筆之資也在百萬之譜。就這個話題，他繼續告訴我：其實在外國人的眼中，價值最昂貴的是古董，其次是畫作，書法並不是他們所看重的藝術。但是在中國，卻恰恰相反，最上乘的藝術是書法，其次才是水墨，那器物又更次之。

如此中西宏觀的比較，使我立刻心領神會，書法是抽象的線條，是各種繪畫乃至於音樂律動的基礎，因此它在中國文人的心目中其實是超越藝術的。

此外，龔先生不役於物的瀟灑性格，又讓我想起了蘇東坡在〈超然臺記〉裡所云：「凡物皆有可觀。苟有可觀，皆有可樂，非必怪奇偉麗者也。哺糟啜醨皆可以醉；果蔬草木，皆可以飽。推此類也，吾安往而不樂？」寫字不一定非要高眼端硯，有時也可以豪邁地來一只破碗，讓心靈暫時超然於物外，只求隨遇而安，說不定也能夠享受到古人所謂「無往而不樂」的境界。

鳶飛魚躍

——答縱谷學生「最值得過的人生」

我大約從三十歲起，也就是剛拿到博士學位在大學專任的那個年頭，便時常盼望著、盼望著——退休生涯。而且可能是因為總是懷抱著這樣的想像與憧憬，於是在生活中也就不知不覺地任情闖蕩，過起既充實又活躍的「退休生活」。儘管歲月倉促，生命的腳步匆匆，我但願心境上永是一片閒雲。

我之慢條斯理，歷來不能禁受催逼，連自己對自己，也不能。

我想起在我身上發生過一個笑話。十多年前我還住在溫州街。住宅是一幢老舊卻很溫馨的小公寓，左鄰右舍見了面總會點點頭，特別是我們帶著孩子的時候，就有些公公婆婆爺爺奶奶衝著孩子的面，給予溫暖親切的讚美和微笑。有一天，二樓的老太太在背後呼喊了我無數聲：「曾太太！曾太太……」那時我雖已結婚十多年，卻從來沒有意識到自己是一位太太。於是自顧自地往前走，當我醒悟過來，感覺到似乎有人在喊我，便趕緊回頭一望。即便沒有做太太的心情，那偶爾奉承鄰居的心態總還是有的。我向她點頭、回應、示好。她以急切的口吻問道：「曾太太，妳有在上班嗎？」我毫不猶豫地搖搖頭，口裡說道：「沒有。」（那時我在佛光大學不僅上班當系主任兼研究所所長，每週開會、招生、辦活動，並且從我們中文系大學部、碩士班、博士班到在職專班的課都得上，又支援通識課程……。）

我對自己當時的反應和行為做出了自我診療的結果，這也許是下意識地不滿意自己的現狀，於是在極短的時間內塑造了一個虛構的自我，藉以展現在半陌生人的面前，以此獲得了一種自我形塑的心理滿足。

接著，鄰居太太說：「我的房子要出租，正在找尋適合的房客，妳幫我問問看有沒有認識的人想租屋？我想找的房客是像妳這樣好人家的女孩兒。」

我？（當時確實是有些錯愕。）

也許我可以不需要在他人面前重新定義自我。想想那退休人士總是喜愛遊山玩水，為此而跑遍世界各地，日常也排滿了各種課程與服務行程。捫心自問，其實我也蠻常做這類的事情。至於退休人士為了圓自己一個夢，於是拿起筆來，書畫才藝；舉起杯來，飲酒品茶；開啟櫥櫃，也是雅好收藏；平時生活，無非彈琴展卷……，回頭想想，我的生活，也就是爾爾。而且我好像是在很年輕的時候就已經體會到自己的極限。如果懷著雄心壯志，結果恐怕會一事無成；若是隨緣隨分，水窮雲起，倒是處處見風景，而且時常有驚喜。所以我不等真正的退休，事實上也並沒有在等。

我最欣賞的一位生活在二十世紀初，完全不顧傳統禮俗的日本女作家岡本加乃子，她在名作

《老妓抄》裡，寫一位年華遲暮的藝妓，自家養著一個年輕無所事事的男子。其實這個男人原本是有工作的，做的是修理小家電等技術性事務。然而他卻成天抱怨，認為自己原本可以成為一個了不起的發明家，如今卻被窘迫的經濟條件所耽誤。

藝妓為他的志向所打動，願意贍養他，提供他很優渥的住宿環境，資金也不缺乏，讓他能夠完成自己的心願和夢想。沒想到最終的結果是這個男人因為不必再工作，於是逐漸養成了懶散的性格與頹廢的生活習性，久而久之終於一事無成，除了身體發福之外，什麼東西也沒有發明出來。

也許別的讀者看這篇小說時會著重在老妓的心境；我卻在這個年輕人身上興發著無限慨嘆。也許我們所欲完成的夢想，並不需要太多空餘的時間，我們總是說，等閒下來了，要做什麼什麼事。可是等到真正有空閒的時候，便又在大把的光陰裡迷失了自我，一天延過一天，最後變得毫無動力，反而更無法成就自己。也許我們需要的僅僅是擅於運用時間的意識與能力，以便在諸事繁忙的夾縫中，找到自我發揮的空間，同時在那游刃有餘的縫隙裡，得到猶如退休般「鳶飛戾天，魚躍于淵」，任情適性的生活模式。

又有一天，我剛從花蓮火車站走出來，準備搭車去學校。走著走著，忽然感覺到背後有人正對我聲聲呼喚：「教授！教授！……」而且對方恐怕是已經叫喊了很久，我才覺醒。回頭一看，簡直不敢相信！此人居然是宜蘭自家住宅社區的大樓管理員。當時她的孩子即將從東華大學畢業，所以她從宜蘭坐火車來參加畢業典禮。正是人生何處不相逢！怎麼想也想不到，會在遙遠的地方遇到自己家樓下的管理員。而我之所任由她聲聲呼喚，卻不能及時回應，我亦做了診療，那恐怕也是我對於「教授」一詞感受不深，所以任憑她叫得緊，我也不覺得那是在喊我。可見這個詞也不在我自我認定的範疇之內。不過「我是誰？」畢竟是個大哉問，我想並不適合在這裡展開篇幅。總之我會留心，將來若是有什麼陌生口氣的呼喚，能讓我即時回應的，那必定就是我所知道的自己了。

本文是與縱谷書院黃致豪同學相互約定書寫的同名散文。致豪訂了一個題目：「最值得過的人生」。而他上一篇文章裡寫的是「假如我是大學教授」，文中表現出大學教授是到目前為止，是他認為最值得過的人生，他也準備以此為向前努力的目標。我則接續他的話題，表達自己的心願，那最值得過的人生，也許是在——大學教授退休後。

跨領域，如何可能？

——以「文學」的眼光看世界

我是個絕對的本位主義者，即便是在當前各界倡議「跨領域」聲浪高漲的年代，我也只是以「文學」的眼光看世界。如果是欣賞一個人，那就好好兒地品味他／她的聲情狀貌，分析他／她的性格形象，藉以展開一連串細膩的觀察；在看待一件事情的時候，我也會反覆斟酌有關於這件事的多重敘事角度，以及饒富興味地欣賞整體事件所爆發的戲劇張力。所以我的意識裡很少出現是非善惡等評價，我只是喜歡挖掘日常生活中人物與事件的故事性，然後動動腦思考怎麼樣才能將其轉化為敘事文本。其實世間萬事萬物都奠基在文學，亦即在敘述、虛構與想像的基礎之上，文學家是如此，學科學的人更甚，否則他們怎麼能對我們說出質子、量子那些根本看不見的東西？這只能說明他們面對宇宙所興發的文學想像力與哲學思維，的確是比一般人高出許多。然而一般人只要聽見「虛構」二字，便覺得緊張和焦慮，事實上，我們每個人每一天都在語言與敘述中扮演著多重角色，而且為了達到自身的效益，我們每一個人都不可避免地必須在大量的文字和語言之間不斷地進行加工剪裁，以符合我們在生活、工作以及自我實現等面向上的需求。因此這世界本身就是一個巨大的虛構場域。所有的人都置身其間，沒有人是不虛構的，也沒有人不是被虛構出來的。於是我們可以說：文學包含了一切，而我們每一個人都是天生的文學家。

像我這樣想法的人，眼中哪裡還能容得下別的領域？又怎麼能夠跨領域呢？

我不僅是個本位主義者，而且還很自負。當官方和校方鼓勵教師們開設跨領域共授課程時，我心裡是擂鼓歡呼的！因為如此就可以在課堂上同時將古今文獻，包含文字訓詁、經籍典章、史乘檮杌、詩歌、美學、各家詮釋以及修辭技巧……，既講解給學生聽，同時也讓跨院系的老師們領受。文學，這麼好的事物，當然要與大家分享。所以最大的祕密是，在我心裡甚至於連平等共享的跨域概念都沒有，反而是如宋詞所云：「仗東風盡力，一齊吹送，入此門來。」我希望借力使力，讓各系師生們一體同仁，好好面對文學，重視經典，認真學習，如此方能知道什麼才是人生最重要的課題，以及生命中真正的學問在哪裡。我認為這麼做這是將現代人政策與觀念中的迷思轉化為正確而且有意義的行為。

我是如此無可救藥的主觀與自負，想要從事跨域之整合交流，天生就有些難關需要克服，而其中最大的癥結還在於我對某些所謂的領域、學門或學科一直存著強烈的質疑，實在無法承認其存在的意義與價值。既然它們在我的心目中並不屬於學問的範疇，那麼我也就無法跨領域了。

然而我確實又是一個近年來在跨領域授課方面，較其他師長多一點經驗，早一點起步的人。因此這些年來，一方面熱情參與，同時也冷眼旁觀，而最終總還是有點收穫的。每當我在課堂上講解《詩經》、唐詩、傳奇、話本、《紅樓夢》，陳述大詩人李白、杜甫、王維、李商隱、李清照，還有名作家林語堂、張愛玲、朱自清、沈從文、郁達夫……等等時，臺下眼睛最閃亮的那個人，永遠是與我共同授課的老師。我因此知道他／她們為什麼能夠擁有博士學位，躋身大學教授的行列了。因為老師們無論在人生的哪一個階段，或是到達哪一個年齡層，他們永遠渴望學習，願意帶著好奇心與敏感度來領略和體會詩歌、戲曲、小說、辭章以及哲學思想之美。他們的人格特質，我相信無形中也會影響同學們的學習興致，其言教與身教都讓我感到佩服。我原來是服膺於孔子所云：「不憤不啟，不悱不發。舉一隅不以三隅反，則不復也。」後來因為參與了跨領域共授的課程，在開課前、中、後，不僅需要主動探尋老師們的想法及課程規劃，以求磨合，同時也得同步觀照學生們的即時反應，因此在教學現場我也增加了很多即興的互動，例如：從我的授課主題和大方向上，延伸出許多子題，再讓老師和同學們分頭尋找答案，最後匯聚起來，便成就了我們在此主題之下共同創造的知識體系。這就無形中也符合我一直以來的教育理念：大學是創造知識的殿堂，學生進入大學之後，我們就不應該再走回填鴨的模式。

總之，與我合作過的老師們，讓我看到了在「做中學，學中做」的可行性，亦即將知識還原到生活現場，以成就知識本身的實用意義，這一點給我帶來了很大的啟發，是純文學世界較為缺乏的環節。因此，老師們都是我在授業與解惑過程中的好伴侶，他們在共授的課程中，展現開放的心胸與態度，很願意重新溫習文學的懷抱，其間也有感動，也有驚異，更有很深的觸景傷情。於是像《詩經・蓼莪》這樣的詩，年輕的時候感觸不深，直到步入中年，眼見父母年邁多病，才懂得珍惜這輩子的親子情緣。也許在這樣的年齡階段，重拾文學文本，反而會讀得好，也讀得很有滋味，更重要的是得到文學的滋養進而啟發了智慧。時光荏苒，一個學期又一個學期，過了一年又一年，我反反覆覆地在老師們和同學們的身上，開啟了許許多多精彩的人生視窗，看到他們出入文本所興發的喜怒哀樂，而這些故事一篇篇都成為我心目中極佳的文學素材。

此外，我也很感謝來自生物科學技術、管理經營以及資訊工程等學多位與我合作的老師們。他們不僅願意充實自我與他人的精神層面，更樂意於將書面靜態的文學閱讀進一步轉化為實驗手作，並且積極與同學們分享人生經驗與學習的樂趣。當我講解與闡述曹雪芹的《南鷂北鳶考工志》，乃至於介紹到《廢藝齋集稿》時，書中許多金石、風箏、編織、脫胎、織補、印染、雕刻、竹器、扇股、烹調等手作教材，椿椿令我們神往。有趣的是，在學期中，課程裡，我們真的將現代版的風箏復刻出來，讓他們在大學校園的風中飄盪。當我第N次描述賈寶玉收到的宮廷御膳糖蒸酥酪，並且爬梳中國人食用奶製品的飲食史源流之後，我們竟真的嚐到了甜美的奶酪，從而藉以想像寶玉和襲人的對話情境。還有當晴雯喜愛的豆腐皮包子出現在課程裡，我的最佳搭檔，不僅在屬於她的那個部分補充講述了豆腐皮的營養價值，同時還告訴我們如何製作？哪裡買得到？於是我從文學雲端瞬間愛上了俗世人寰。諸如此類意外的收穫，只要帶著一雙欣賞的眼睛，就能夠看到不同領域的人才，在登上文學講壇的同時，是那樣自然而然地為教學付出了感性與熱情。而這份熱情實際上已經超越了一般觀念中屬於工作心態的層面，而是直指在精神生活充實和飽滿的狀態下，對於學術與生活有了嶄新的願景。

我們學文學和國學的人，很樂於享受孤獨，寧願在大量的文字語言世界裡，「洸洋自恣以適己」，並且可以毫不在意用世之學與用世之志，就算因此「自王公大人不能器之」，也沒有什麼大不了。但是人生自有許多意外的插曲。我一朝踏進了管理學院，又無意間闖入了理工學院，再不小心竟與生物科技結下因緣，一晃眼已不只三五年。事已至此，文學人想不應世也難。只是這「應世」二字，我想既是順應世運，同時也只好應付時事。所幸文學題材本來就源自芸芸眾生與有情天地，因此當我們在跨界多元的學習道路上與各路人馬攜手邁進時，我們終將得到一個結論：在生活面向上有多少綿延縱伸的觸角，在文學創作上就會有多少意外和嶄新的收穫。

我是女人，有話要說

——李清照

李清照是中國文學史上光彩奪目的女性詩人，雖然她存世的作品僅七十多篇，卻在男性主導的文壇上，站穩了「一代詞宗」的地位。我們都喜愛她的「人比黃花瘦」、「梧桐更兼細雨，到黃昏，點點滴滴」等名句，其中有自憐，也有傷感。而事實上，李清照在華人世界所帶來的影響，遠比我們想像的更為深廣。她的詞曾經觸及我們每一個人的靈魂，使我們在思念遠方戀人時，情緒曾有所寄託：「紅藕香殘玉簟秋。輕解羅裳，獨上蘭舟。雲中誰寄錦書來，雁字回時，月滿西樓。花自飄零水自流。一種相思，兩處閒愁。此情無計可消除，才下眉頭，卻上心頭。」

然而思念情人的同時，有一層微妙的心理情感，卻也是暗傷懷抱的，於是又有一首詞，代替我們說出了心聲：「薄霧濃雲愁永晝，瑞腦消金獸。佳節又重陽，玉枕紗櫥，半夜涼初透。東籬把酒黃昏後，有暗香盈袖。莫道不銷魂，簾卷西風，人比黃花瘦。」李清照的確喚起了我們許多青春回憶，與如詩如夢般的愛情往事。這些詩詞同時也突出了這位女性詩人，內在憂傷哀婉、多愁善感的細膩情思。

然而身為一位宋代女子，她是如何看待男性的社會歷史功績呢？又，作為一位女性，她怎樣描畫「婚姻」帶給她所有幸與不幸的人生圖景？今天這堂課，就讓我們一同來挖掘屬於李清照內在真實的聲音。

就在我們頻頻欣賞易安居士婉約正宗的詞作時，其實女詞人也有慷慨鏗鏘的詩作，而且風格與內容迥異於詞的哀婉纏綿。例如：〈夏日絕句〉，她以閨閣弱質詞嚴義正地表達了對於歷史上西楚霸王項羽的評價：「生當作人傑，死亦為鬼雄。至今思項羽，不肯過江東。」然而當我們知道這首情調豪邁的詩，其實是出現在很尷尬的夫妻感情破裂的處境中，我們會不會更驚詫於李清照對感情的決絕態度？事實上，她也是藉由寫詩來一澆自己胸中鬱積多時的塊壘。

西元一一二七年，金兵橫掃中原，打碎了趙宋王朝瓊樓玉宇、笙歌婉轉的華麗世界。徽、欽二宗被擄，皇室南遷，李清照夫婦也隨之逃難。很快的，趙明誠被任命為建康知府。雖然在人人自危的亂世中，大家都有朝不保夕的危機感，然而令人難以接受的事情還是發生了！身為建康知府的趙明誠，得到叛軍即將攻城的情報，竟然在前一天夜晚，獨自以一根繩子縋城逃跑！事後叛軍迅速被平定，趙明誠遭到革職的處分。當時李清照的心情，是身為女人，作為妻子，所不能免的羞辱與慘遭離棄的悲哀。

不久之後，他們夫妻欲往江西深入，去尋覓一個隱退之所。一路上，兩人默默無語，夫妻感情降到了冰點，氣氛極為尷尬！站在烏江邊上，李清照想起了當年西楚霸王自刎的歷史情境，忍不住責難夫婿，因此寫下了這首詩。用一個堅毅不屈、深愛虞姬的悲劇英雄，來諷刺臨陣撇下妻子獨自逃生的丈夫。在經歷了國破家亡，半生累積的金石文物幾乎散盡之後，竟然連摯愛和終身依靠的良人，都在身體與精神上徹底離她而去。李清照不能說一句心懷鄙斥與不滿的話嗎？

更可悲的是，李清照身為妻子的羞辱，乃是一場無法轉醒的惡夢，尤其是在改嫁張汝舟之後，更成為永世的話題。僅南宋一段時期，就有許多文人很有興趣傳揚關於她「不堪的晚景」。首先是浙江吳興的胡仔，他在著名的《苕溪漁隱叢話》中引用了據說是李清照寫給翰林學士綦宗禮的書信：「易安再適張汝舟，未幾反目，有啟事與綦處厚云：『猥以桑榆之晚景，配茲駔儈之下材』，傳者無不笑之。」胡仔是南宋的兩浙轉運使，也是詩歌研究學者，他的父親胡舜陟曾捲入岳飛冤死一案，因上疏執言，觸怒了秦檜，最後死於獄中。胡仔在父親死後便閒居苕溪二十年，以釣魚為樂，稱「日以魚釣自適」，因而寫起《苕溪漁隱叢話》。此後又赴福建，任轉運用司幹辦公事，三年任滿，再度回到苕溪養老，並續寫《苕溪漁隱叢話》後集。

《苕溪漁隱叢話》前六十卷，後四十卷，俱收入《四庫全書》，此書乃是一部北宋詩歌簡史。書中首推北宋四大家，尊崇蘇、黃等元祐詩人，以各名家為綱，撰寫當時詩歌發展的情況，並且給予詩人歷史定位。而李清照的《詞論》及後世相關評述，最早就是見於《苕溪漁隱叢話後集》的卷三十三。胡仔先引述李清照《詞論》全文，爾後興發議論：「易安歷評諸公歌詞，皆摘其短，無一免者，此論未公，吾不憑也。其意蓋自謂能擅其長，以樂府名家者。退之詩云：『不知群兒愚，那用故謗傷。蚍蜉撼大樹，可笑不自量』。正為此輩發也。」

可知胡仔對李清照批評北宋各家詞人之作，很不以為然。這樣的言論一直延續到清代的裴暢，他們的看法都認為李易安「以一婦人能開此大口，其妄也不待言，其狂亦不可及也。」（《詞苑萃編》卷九）由是自南宋至清的批評家，以性別的角度來討論李清照的論詞，連綿數代歧視的言論，一直延伸到她改嫁後遭人恥笑的話題上。執此論者，還有遂寧人王灼，他在《碧雞漫志》裡，也是鎖定在李清照晚節不保，來做描述：「易安居士，京東路提刑李格非文叔之女，建康守趙明誠德甫之妻。……趙死，再嫁某氏，訴而離之。晚節流蕩無歸。」

王灼最高只做到一個小幕僚，終身不仕，但是他擅長音律，還寫出中國第一部製糖專書《糖霜譜》七篇。三十歲以後寓居四川成都碧雞坊妙勝院，常去友人家飲宴，每回皆招來聲妓。王灼回家後，便將一整天歌妓所唱的曲子，聚會時大家聊天之中所談及的緋聞，以及地方習俗等等，以雜文隨筆的形式，記錄下來。所謂《碧雞漫志》五卷，就是這樣寫成的。因此他所記錄李清照改嫁一事，背後實則反映了他的友人王和先、張齊望這些人，在宴飲狎妓之間，喜歡以名人易安居士改嫁又離婚一事作為談資。

此外，關注李清照晚年婚姻的人，還有一群鑽研金石、目錄的學者，因為他們對趙明誠和李清照所蒐藏與校訂的文物感興趣，因而一併打聽李清照在趙明誠身後的景況。例如：出身山東巨野的一位寫書、刻書、校書，以及藏書的好手——晁公武。他曾經得到另一位藏書家井度的終身收藏，連同晁公武自己的家藏，總共有二萬四千五百多卷書。並在紹興年間，榮州知州任上，公務閒暇時間，校勘群書，再論述每一本書的主旨，因此完成了《郡齋讀書志》，為後世目錄學與訓詁學者所宗。他在這部書裡評論李清照：「先嫁趙誠之，……然無檢操，晚節流落江湖間以卒。」與此相當的論述者，還有目錄學家陳振孫，他在《直齋書錄解題》中提及：「名士李格非文叔之女，嫁東武趙明誠德甫。晚歲頗失節。」

此後論及李清照改嫁一事者，有鄱陽人洪適，他是著名志怪小說家洪邁的哥哥，也在金石學方面，有很深的造詣，因此在這個領域上與趙明誠齊名。可以想見，他所關注的，仍是石刻文字等議題。其中以《隸釋》為其畢生力作，乃是現存年代最早的集錄並考釋漢魏晉石刻文字的專書，收錄了漢魏隸書石刻文字共一百八十三種，並附錄了趙明誠的《金石錄》等。因此他也提及了李清照：「易安居士表上於朝。趙君無嗣，李又更嫁。」

此後，第三類討論李清照婚事的人，乃是皇室成員趙彥衛，他在《雲麓漫鈔》中引用〈投翰林學士綦崈禮啟〉大篇幅實況轉述了李清照的改嫁、家暴與離婚事件：「清照啟：素習義方，粗明詩禮。近因疾病，欲至膏肓，牛蟻不分，灰丁已具；嘗藥雖存弱弟，應門惟有老兵。……忍以桑榆之晚節，配茲駔儈之下才。身既懷臭之可嫌，惟求脫去；彼素抱璧之將往，決欲殺之。遂肆侵凌，日加毆擊；可念劉伶之肋，難勝石勒之拳。局地扣天，敢效談娘之善訴；升堂入室，素非李赤之甘心。……清照敢不省過知慚，捫心識媿。責全責智，已難逃萬世之譏；敗德敗名，何以見中廟之士。雖南山之竹，豈能窮多口之談；惟智者之言，可以止無根之謗。」

而真正提到李清照改嫁對象張汝舟的，是李心傳，他是有機會閱讀官藏史書的人，並且絕意於仕途，立志專心研究史學，因而在《建炎以來繫年要錄》中指出：「（紹興二年九月戊午朔）右承奉郎監諸軍審計司張汝舟屬吏。以汝舟妻李氏訟其妄增舉數入官也。其後有司當汝舟私罪，徒，詔除名，柳州編管。李氏，格非女，能為歌詞，自號易安居士。」

在上述南宋諸公的筆記裡，夾著一篇李清照本人的自述，她自認為從小到大也算是個知書明理之人，卻在年近五旬之際，認人不清，遇人不淑，以至於出現了「忍以桑榆之晚節，配茲駔儈之下才」這樣痛惜自己的話。李清照再嫁之人張汝舟，乃是浙江歸安人。早年擔任過一名軍中小吏，北宋徽宗崇寧二年中進士，官至右承務郎、監諸軍審計司官吏。李清照的弟弟李迒覺得張汝舟溫文爾雅、殷勤體貼，於是勸姐姐再嫁。李清照日後回憶起來，曾說她是勉強答應婚事的：「僶俛難言，優柔莫決，呻吟未定，強以同歸。」

誰知張汝舟所愛惜者，僅是李清照手裡的文物。根據李清照在〈金石錄後序〉中所云：「聞金人犯京師，四顧茫然，盈箱溢篋，且戀戀，且悵悵，知其必不為己物矣。……既長物不能盡載，乃先去書之重大印本者，又去畫之多幅者，又去古器之無款識者，後又去書之監本者，畫之平常者，器之重大者。凡屢減去，尚載書十五車。至東海，連艫渡淮，又渡江，至建康。青州故第，尚鎖書冊什物，用屋十餘間，期明年春再具舟載之。十二月，金人陷青州，凡所謂十餘屋者，已皆為煨燼矣。」

她與趙明誠畢生鍾愛的金石文物收藏品，共存放在十多間屋子裡，戰火中能運出來的僅剩十五車。趙明誠過世後，她手中還有「書二萬卷，金石刻二千卷」，可是李清照卻生了大病：「余有大病，僅存喘息。……冬十二月，金人陷洪州，遂盡委棄，所謂連艫渡江之書，又散為雲煙矣。獨餘少輕小卷軸書帖，寫本李、杜，韓、柳集，《世說》，《鹽鐵論》，漢、唐石刻副本數十軸，三代鼎、彝十數事，南唐寫本書數篋，偶病中把玩，搬在臥內者，巋然獨存。」

金人持續進逼南下，攻克了江西，李清照手上的文物又失掉大部分，最後僅存李白、杜甫、韓愈、柳宗元等人的寫本，這些珍藏品無論如何都要把握住，不能再遺失。但是李清照過門之後，張汝舟不斷地索要文物，一旦遭到拒絕，便拳腳相向！於是李清照鋌而走險，出面告發張汝舟曾科場舞弊「妄增舉數入官」。原來宋代科舉制度允許考生自行填寫參加考試的次數，如果年齡大，參加考試的次數又多，則可以特別酌情錄取。而張汝舟謊報參加考試的次數一案，經查屬實，他就立刻被罷官，並遣送至柳州管制。李清照雖然如願離開了張汝舟，卻也被判刑兩年。因為大宋《刑統》規定：凡是告發自己的父母、祖父母、外祖父母、丈夫，以及丈夫的祖父母者，即便屬實，告發者需被判刑二年。

幸而趙明誠的親戚翰林大學士綦崇禮出面說情，李清照因此關押了九天便出獄了。事後李清照寫信感謝綦崈禮，這就是〈投翰林學士綦崈禮啟〉。信末李清照說道她出獄後的心情：很希望在一切風波之後，空穴來風的謗言與指責能夠平息，讓她回歸布衣蔬食的生活，日日溫故知新。將來再與世人睹面，依舊是一瓶一鉢，重歸畎畝。

李清照生平經歷兩段婚姻，兩個男人都令她極其痛心悔恨！世人議論紛紛，而屬於她自己的聲音卻很微弱，我們唯有在史料的長河裡披沙揀金，循繹好事者藉以說事的根由，再靜下心來體會李清照本人的遭遇和當時的心情，或許就能聽見她兩度為人妻子，所發出的沉痛心聲。

當我老了的時候……

——聽聽智慧達人林語堂、蘇雪林、梁實秋怎麼說

臺灣近年來因生育率持續低迷，截至今年二〇二〇年的統計，出生人數首度少於死亡數，這表示我們的人口數已開始呈現負成長。由於零到十四歲幼年人口的日趨下降，同時也因醫療水準不斷地提升，六十五歲以上老年人口占總人口的比數也在持續攀升。國家發展委員會推估臺灣將在五年後，也就是二〇二五年起，正式進入超高齡社會……。

在此社會結構與一連串數據的背後，隱藏的其實是一個個即將老化的身體所承載的徬徨的靈魂。它迫使我們思索老化中的處境，以及老年後的生活。作家林語堂在八十歲的時候，曾寫下了著名的〈一捆矛盾〉，他以開朗的心胸，消遣自娛的筆調，陳述屬於自己的老年人心境。他喜歡雨中散步，熱愛辯論神學，又經常和孩子們吹肥皂泡泡！而所有的地質學、原子科學、音樂學等專門知識，也與電動刮鬍刀、漂亮小姑娘，以及生活中各項新鮮發明……，融合無間。於是「老年」成為一股化境，一個人可以既是現實中的理想主義者，又稱得上是熱心腸而冷眼看人生的哲學家！

在我們即將邁入超高齡化社會的前夕，回頭閱讀上個世紀文人作家的老年文字，可能也算是指出未來前景的一條明路吧。蘇雪林〈當我老了的時候〉，寫在頭頂上天天有炸彈崩落的烽火年代。當時她還正值中年，卻因為槍林彈雨的環境，使她不敢想像自己能不能活到老境。以致於寫下這篇文章，或許竟是她給自己畫下的一場「活到老」的美夢吧！她說：「老年人最大的幸福是清閒。而真正的清閒，是不帶一點雜質的享受。」她還為此打了一個比喻：年輕人應該是喜歡星期六更勝於星期日吧。那星期六的午後，可以郊遊，可以看電影，或是吃一頓精美的餐食……，總而言之，在上床追好夢之前，大半天的時光都帶有甜蜜的質感。然而到了星期日，心境就完全不一樣了，心裡想著禮拜一有什麼考試，或者還有作業筆記未交，心裡總是記掛這個，又牽掛那個，真是一刻也不得安寧！

所以老年，就像是一生中的星期六。得到了心靈的解脫，與無掛礙的自由。

蘇雪林將老年比喻為星期六；也就像林語堂的那篇〈秋天的況味〉將生命中的晚景比喻為秋天。於是想要將老年生活過得好？我們不能不讀一讀這篇文章。

「不是晚秋，是初秋，那時暄氣初消，月正圓，蟹正肥，桂花皎潔，也未陷入凜冽蕭瑟氣態，這是最值得賞樂的。那時的溫和，如我菸上的紅灰，只是一股熏熱的溫香罷了。或如文人已排脫下筆驚人的格調，而漸趨成熟練達，宏毅堅實，其文讀來有深長意味。這就是莊子所謂『正得秋而萬寶成』結實的意義。」

大凡古老、成熟、熏黃、練達的人情事物，都帶有一種特殊的詩意！不僅使我們感受到境界的高遠，同時也會沾染它愉快的氛圍。世人只愛吟詠春天，因為它有戀愛的感覺，其實秋天的景色更華麗！更恢奇！唯有經歷過秋天的雄壯與大自然宏大的賜贈，我們才能輕鬆地一語帶過：「人生不過如此。」

走過五四時代新文化浪潮的蘇雪林，在歐風東漸的環境背景下，她思索老年人最大的心態瓶頸，恐怕是：「以一條『孝』的軟鍊子套在了兒孫的頸脖兒上。以為報答父母養育之恩，是天經地義的事。致使父子情濃消磨為徒具虛文。」與其奉行聖賢教訓，敷衍個面子，不妨探頭到西洋家庭去尋覓他們的親子相處之道。蘇雪林也不贊同婆媳同居，此間有許多的不近人情，她希望隨著新時代降臨，從此再沒有劉蘭芝和唐琬的痛史。在上個世紀六十年代，蘇雪林寫下這篇文章時，甚至已經說出：「人應該在老得不能動彈之前死掉。中國雖說是個講究養老的國家，其實對於老人常懷迫害之意。」中國人表面上敬老，潛意識裡卻仇視老人的心態，也被蘇雪林無情地揭露出來，她為此一連舉出數例，其中一個故事是這樣說的：「某家有一老婆子活到九十多歲，除聾瞶龍鍾外亦無他異。一日，她的孫媳婦在廚房切肉，忽見一大黃貓躍登肉砧，搶了一塊肉就吃，孫媳以刀背猛擊之，倏然不見。俄聞祖婆在房裡喊背痛，刀痕宛然，這才發現她已經成了精怪。」

老年何苦成精？

梁實秋在《老年》一文中說道：「老不必歎，更不必諱。花有開有謝，樹有榮有枯。」桓溫看「種柳皆已十圍，慨然曰：『木猶如此，人何以堪！』攀枝執條，泫然流淚。」梁實秋以為以桓公之豪邁，實不該如此。

或有人諱言老，更有人老不歇心，怕以皤皤華首見人，偏要染成黑頭。也有那半老徐娘，駐顏無術，乃乞靈于整容郎中化妝師，隆鼻隼，抽脂肪，掃青黛眉，眼眶塗成兩個黑窟窿。梁實秋說，人就是因為這樣做，才老而成精的。「老年人該做老年事，冬行春令實是不祥。」

我們再看看白居易的〈睡覺詩〉：「老眠早覺常殘夜，病力先衰不待年，五欲已銷諸念息，世間無境可勾牽。」這是不是說人老了以後，儘管話說得灑脫，仍難免帶著淒涼？

隨著超高齡化社會警訊的到來。擺在我們面前的問題不僅僅是，長照的解藥在哪裡？更重要的是心靈的安頓與人際之間的互相理解。日本NHK與臺灣公共電視臺製作了一部紀錄片，名為「我的AI家人」，影片讓我們看見了各式各樣的機器人如何打入人類的社會與家庭，成為現代多元成家的另類同伴。未來容或正如蘇雪林所言，人倫價值必須重估；也或許應循梁實秋所云，避免冬行春令。如果我們還算健康，就拿出林語堂所謂早秋的精神來。就算到時候真的只剩下機器人來照顧我們的生活起居，我也始終相信：文學不死。它是提供我們智慧和心靈慰藉的最後防線。

花開時節・傾城之戀

——女作家與旗袍的故事

我自己很喜歡穿旗袍，也喜愛看文學作品裡的女性穿旗袍。可能有很多人以為旗袍是源自前清滿州人的服飾，然而旗裝華麗寬大及地的裝扮，與現代素雅及膝的旗袍，兩者之間其實存在著明顯的差異。根據清代嘉慶年間詩人得輿在詩集《草珠一串》中的描述：「雙袖闊來過一尺，非旗非漢是誰家」，作者道出了原本兩腋部位收縮，窄袖且袖端呈馬蹄狀的旗裝，到了清中葉，因為受到漢服的影響而漸漸出現袍袖寬大、下擺著地等變化，可能得輿很不習慣，所以他批評這衣服：「袍袖直如弓荷袋。」因此，所謂的旗裝，也不完全專指滿州人的傳統服飾，其間還揉合了漢人的穿衣美學。

此外，清宮的女袍往往習慣外加坎肩，並且十分注重鑲滾及繡飾，又經常可見大襟或對襟之下，以及左右腋下，盤著如意形制的鑲滾。特別是到了咸豐、同治年間，旗裝在衣襟與袖口，甚至於在下擺處，都呈現出多鑲多滾的華麗樣式，當時人稱為「十八鑲」。如此精工奪目的美裝，足足盛行了一個甲子，直到晚清甲午戰敗，庚子賠款之後，國人的生活方式漸漸受到西風習染，開始崇尚簡約素樸之美，於是出現了展現曲線的時尚旗袍。

到了五四運動的大時代，女性選擇旗袍這一類的長衫，其實是為了同男性一般行動方便，展現的是平權主義。因此女性著此長衫便也展開鼓吹革命，熱血救國！而當時的文化界認為，如此長板樣式的衣著，如果稱之為「旗袍」，聽起來像是還沒脫離滿清的桎梏，於是在激烈的討論中，有人建議改稱「長衫」。特別是在抗戰時期，旗袍／長衫在剪裁與樣式上更加要求方便與耐穿。值得一提的是，抗戰勝利之後，曾經出現過「戰後時期旗袍」，加了墊肩與拉鏈，花色也要求絢爛鮮豔，目的就是為了以服裝表達勝利的喜悅！

在臺灣這方面，日治時期出生於臺北南門一帶，家境富裕的臺灣第一位女記者，同時也是作家楊千鶴，曾在文章中提到自己穿著旗袍的心情。事實上她的小說《花開時節》封面設計就是取自她本人穿著月白旗袍的優美剪影。她在戰爭激烈的一九四〇年代，勇敢地穿著旗袍出門：「如果不是和日本人朋友同行，穿長衫對我而言實在麻煩費勁，起初也沒有意識到這些，但有時察覺到他人責備似的眼神，都不免讓穿長衫的我心頭一驚。」「參加日軍攻陷新加坡的慶祝遊行，擦肩而過的年輕日本人女性拋下的那句『真是適合非常時期啊』，彷彿就是針對自己的長衫說的。」事實上，楊千鶴選擇穿旗袍，也與流行有關，上個世紀四十年代在臺灣所流行的旗袍其實很短，大約是及膝，楊千鶴用「氾濫街頭」四個字來形容當時的流行盛況。又說做這樣的衣服「布料只要兩碼三就足夠」，如此經濟實惠，大約也是旗袍能夠流行了原因之一吧。

民國以後，文學中的旗袍，竟不約而同地隱約暗示女人對抗情敵的心機。張愛玲著《傾城之戀》讓白流蘇陪著妹妹去相親，結果男主角范柳原卻看上了流蘇。這麼一件令人跌破眼鏡的尷尬事，可能都起因於流蘇當晚穿了一件「月白蟬翼紗旗袍」，讓范柳原終於遇見了他一直想要找尋的典型。白流蘇被嫂子們指責，可能也被妹妹寶絡暗罵，然而「今天的事，她不是有意的，但無論如何，她給了她們一點顏色看看。她們以為她這一輩子已經完了？早哩！她微笑著。寶絡心裏一定也在罵她，罵得比四奶奶的話還要難聽。可是她知道寶絡恨雖恨她，同時也對她刮目相看，肅然起敬。一個女人，再好些，得不著異性的愛，也就得不著同性的尊重。」看著那件剛脫下來的月白蟬翼紗旗袍。流蘇坐在地上，摟住了長袍的膝部，鄭重地把臉偎在上面……。

到了林語堂寫《京華煙雲》，女主人公姚木蘭發現丈夫有了外遇，她便直接寫信與對方相約，地點在杭州西湖中心的孤山頂上。那天，曹麗華穿了自認為樸素高貴的現代服裝。她左等又等，終於看見姚木蘭出現。那真是令人驚豔的一刻！木蘭穿了旗袍，是海藍色的，但是這種藍色並不暗沉，而是很「鮮豔」。同時木蘭的這件旗袍雖是傳統的衣服，可樣式又是當時最新式的剪裁。關鍵在於料子，是用老貢緞做的，人都說這種料子是皇族穿的。這樣的木蘭，這樣的時髦兒，真是與眾不同，也是別人學不了的。於是在曹麗華看來，「她的腰細，頭髮漆黑而濃厚，兩眼是秋水般明麗，雙眉畫入兩鬢。」這無疑是一位非常年輕、漂亮的少婦。所以曹麗華在心裡已經敗了。後續交談的結果當然是友好而體面的，所以最終的局面就完全控制在姚木蘭手裡了。

關於旗袍的故事，還多得說不完！希望將來有機會，再與同好們分享。如今僅以幾則動人的小故事獻給「中華旗袍文化企業交流協會」，祝賀三十有成。

滿紙悲涼

——《橘子紅了》與《紅樓夢》

最近臺灣又開始進入了梅雨季節，我們每天進進出出，經常躲雨不迭。有朋友跟我說：「週末去旅行的旅館、船票、租車好不容易都張羅好了，可是一看天氣預報，整個週末都下雨！真是叫人望雨興嘆啊！」我想安慰他，第一個想到的辦法就是寄上琦君的〈下雨天，真好〉請他閱讀。說不定他的心境就可以因此而轉換了。

我是真心地佩服和喜愛琦君。一個連下雨天都愛的人，怎麼會不可愛呢？她說：「我愛雨不是為了可以撐把傘兜雨；聽傘背滴答的雨聲，就只為了喜歡那下不完雨的雨天。」當我們抱怨著那些下不完的雨，琦君卻反而說「我愛雨」。其實這也是一種生活的態度，人生不可能沒有磨難，但有些人就可以像琦君那樣，總是以樂觀的態度來面對許許多多大小事。因此我們經常能在琦君的作品中感受到生活所顯現出來的美好與溫暖。

她說「雨」能將她帶離這紛紛擾擾的世界，而且離得很遠很遠！這個時候，她就能夠回到童年時光，重享歡樂。她想念童年時的親人和朋友，她想念童年時曾經遊玩過的好地方，如今椿椿件件都讓她魂牽夢縈！「優遊、自在，那些有趣的好時光啊！我要用雨珠的鍊子把它串起來，繞在手腕上。」雨珠和雨聲對琦君來說，彷彿一座可以穿越時空的任意門，讓她歡欣喜悅地穿過層層雨簾，回到她熱切盼望的童年時光。

「雨」既是回憶的起點，亦是塵世紛擾的終點。而且與琦君有關的「雨」的意象是持續連結到她在一九九一年所寫的中篇小說《橘子紅了》，以及兩年後由李少紅執導，歸亞蕾、周迅等人主演的同名電視劇。尤其是後者，它體現了導演一貫的唯美風格與婉約手法。故事在煙雨濛濛之中展開，給人帶來如夢似幻的感受。就像琦君所說，「雨」可以將她帶離現實，回到過去。而且當「雨」伴隨著煙靄飄進橘園，讀者便知道即將隨著故事，走入一個淒美的情境了。在這齣戲裡，「雨」也是情節連綿起伏，人物命運跌宕有致的絕佳背景，尤其是瓢潑大雨，更能襯托劇中人物面對自己生命的掙扎、迷惘與苦痛！

琦君這個故事，其實就是她自己年少時的經歷，也是千千萬萬女子曾經走過的道路。改編的戲劇版，更是讓淅淅瀝瀝的雨水，滌蕩了從前那個時代許多女性共同的悲劇。其實像這樣大太太不孕，為丈夫討小妾的故事，本來不是一件特別新鮮的事情，然而作家卻以純真的女孩兒眼光去看大人們荒唐的舉措，進而感受到這樣一個瘋狂、吃人的世界！因此成就了這部好小說。

年方一十六的秀娟很同情秀芬：「要跟一個像她父親一般老的男人過一生一世，卻又不能經常在一起，我心中不由得為她擔起沉重的心事來。也有點怪大媽，她一廂情願地製造這麼一件古里怪氣的事，安排了一個年輕女孩的命運，究竟是憐惜她，還是害了她呢？」小說和戲劇中的大媽，買了一個和自己姪女差不多年紀的女孩來等待老爺回鄉圓房，導致小叔與這位三太太之間，也因為年齡相仿而產生了情愫，老爺回城不久，二太太就親自下鄉，硬是要將三太太帶回城裡，意欲監控，導致三太太驚嚇而流產！以至於大媽功虧一簣。

有件事情特別反映出「五四」前後兩性對於女子受教育在觀念上的差異。那便是當老爺知道三太太秀芬認識字時，感到很高興！此後便從城裡寄來一些淺顯的故事書給她看，證諸於當時著名的文人，包括：胡適、魯迅、林語堂、沈從文等人都收女學生，顯見當時的男性學者喜歡、欣賞讀書識字，有見識的女子。事實上，再往前追溯至晚清，隨著西風東漸，國人逐漸意識到國家文明的興盛與女性是否接受教育有直接的關聯。孫清如〈論女學〉一文即指出：「女學興廢，綜其關繫大要，約有五端：一曰體質之強弱，二曰德性之賢否，三曰家之盛衰，四曰國之存亡，五曰種族之勝敗。」梁啟超也曾明確地指出：「推極天下積弱之本，則必自婦人不學始。」至光緒二十年，甲午戰敗之後，社會一片痛定思痛，於是大興女學，遂有《女界鐘》的出版，旨在鼓吹女權與革命，並且宣揚女子受教育的重要性。當代溫州甌劇《橘子紅了》，便是延續琦君的原著，從而加強了晚清至五四以降，在女學運動這方面的社會風氣與學術思潮的新議題。因此故事最後的秀芬並非抑鬱而終，相反地，她外出求學，準備成就自我。

然而反觀在鄉下的大媽，她雖不反對讓秀娟來教秀芬讀書寫字，但是卻又以自身為比喻說：「說實在的，女人家少認幾個字也好，像我這樣，心裡頭清靜，什麼也不想了。」她所說的「什麼也不想了」，也許包括了：自己的存在與命運，以及橘園外的世界，甚至於連自己丈夫的心思，她也無從多想。此外，大媽不願秀芬讀書，還有一層理由，如同《紅樓夢》裡，薛寶釵對林黛玉的指責：「好個千金小姐！好個不出屋門的女孩兒！滿嘴說的是什麼？你只實說罷。」原來她是指林黛玉讀書一事。那才華橫溢的黛玉，原是「質本潔來還潔去」，毫無瑕疵的官宦女子、世家小姐。一旦與寶玉「共讀西廂」，便在心中藏了「私情」，甚至於在一組《五美吟》詩中，大膽剖露自己欣賞紅拂主動拋棄尸居餘氣的楊素，而跟隨意志昂揚的李靖私奔，以追求戀愛自由的踰矩行為：「長劍雄談態自殊，美人巨眼識窮途。尸居餘氣楊公幕，豈得羈縻女丈夫？」大媽在此也想告訴秀芬：女人一旦受了教育，有了自我的主見，就不能再接受傳統觀念的約束。這就是她所謂的「心頭不清淨」。

而「心頭不清淨」的五四女性作家群，除了感情世界之外，事實上，她們的心頭所思所想，還包括了對於時代與家國的責任。然而就在女性大步向前走的時候，同時也有一股拉力試圖將她們押解回傳統，例如：五四時期蘇雪林、謝冰瑩等女作家的母親，都曾經尋死覓活地希望女兒不要外出讀書，頂好是回家結婚，從此相夫教子。

五四時期女性的另一層束縛，來自琦君筆下的老爺。這些對年輕女性而言，如父如兄的長者，表面上看似寬容與慷慨，願意釋出教育的資源在另外一半性別的身上。但實際上，老爺們在心底深處，也害怕女子受教育之後就會擁有自己的主張，大跨步地勇敢走出家門，不再受到父權的控制。因此婦女解放其實是一條漫長而艱辛的道路。當它剛冒出芽來，隨即被傳統觀念所掩殺，即使初期順利成長，最後也被新時代中所謂「開明」的保守派予以阻擋。

五四以來的閨秀作家如琦君，便是在這新與舊的交錯疊影中，寫下她們的時代觀察。琦君的筆下飽含了對故鄉的深厚眷戀，以及從受教育的觀點來看女性主義意識的抬頭。琦君說她所塑造的秀芬是：「好幾個舊時代苦命女子的融合。我狠心地讓她承擔了更多的苦難。」

在《橘子紅了》這部小說裡，深受苦難的不僅是秀芬，還有大媽，甚至於包括二太太。而自古以來，許多大太太因為自己肚子不爭氣，便窩囊地順從丈夫的想法，找一些年輕姑娘來，目的就是為了養個兒子。這也是大媽說的：「不會養兒子，再漂亮的花又有什麼用？」因此娶小妾便是許多大太太必須忍辱去完成的「使命」。我們回顧《紅樓夢》，曹雪芹給了故事中的邢夫人取了一個很妙的綽號——尷尬人。這三個字點明了邢夫人的處境並不怎麼如意。然而她卻是從古至今，俗世生活裡某種女性的典型。

曹雪芹描寫邢夫人的時候，清楚地指陳道：「稟性愚弱，只知奉承賈赦以自保，次則婪取財貨為自得，家下一應大小事務俱由賈赦擺布。凡出入銀錢一經他的手，便剋扣異常，以賈赦浪費為名，『須得我就中儉省，方可償補。』兒女奴僕，一人不靠，一言不聽。」榮府大老爺賈赦有一兒一女，分別是賈璉和迎春，只不過這兩位都是庶出的，而非邢夫人親生。因此，日常生活裡她與這些兒女們便十分疏離，至於媳婦王熙鳳又太強勢了，實際上，鳳姐兒也未曾將她的婆婆放在眼裡。至於賈赦本人則是個好色濫淫之輩，脾氣又非常嚴峻！久而久之，邢夫人便養成了屈從與慳吝的習性。

邢夫人孤立、無所依憑的種種處境，加上沒有見識，以及毫無指望的人生，其實在後五四時期，中產階級的社會裡，也俯拾即是。作家張愛玲在〈鴻鸞禧〉裡，描述婁家一家大小俱是漂亮的、要強的，尤其婁先生從窮的時候起就愛面子，特別好應酬，於是將太太一次又一次放在為難的處境裡，讓做太太的不斷重新發現自己的「不夠」。

及至家道興隆了，婁太太亦未嘗享受過一兩天順心的日子，因為場面一大，更凸顯了她的不夠！然而如果讓她去過另外一種生活，教她不用再穿戴整齊、應酬、拜客，她也不會快樂！人生至此走到死胡同，左右為難，凡是沒有順心的時候。張愛玲對「太太」的諷刺，來自婚姻生活的辛酸，然而那份情懷也僅止於落寞、迷惘和悵然，生活整體隱含著悲涼的況味。小說裡寫道：「婁太太又感到一陣溫柔的牽痛。站在臉盆前面，對著鏡子，她覺得癢癢地有點小東西落到眼鏡的邊緣，以為是淚珠，把手帕裹在指尖，伸進去揩抹，卻原來是個撲燈的小青蟲。婁太太除下眼鏡，看了又看，眼皮翻過來檢視，疑惑小蟲子可曾鑽了進去；湊到鏡子跟前，幾乎把臉貼在鏡子上，一片無垠的團白的腮頰；自己看著自己，沒有表情……。」

「橘子紅了」原本是美好與團圓之意，在小說中，卻成了大媽與大伯間通信的暗語，大媽這是唯恐被二姨太知道而橫生枝節。這樣一位看似「宅心仁厚」的大婦，從不願意接受新知識，到認為一切都是自己不夠完美，於是一再地屈從於丈夫，還以非常的手段葬送了一個年輕女孩的青春與生命。這是從曹雪芹、張愛玲到琦君等世情小說家們親眼所見眾多大太太們共同的悲哀，只不過這些大婦的不幸，是連對自己都說不清楚的。她們的具體形象就永遠是兩道眉毛緊緊皺著，因為現實生活與她們的傳統觀念漸行漸遠，然而日常之中其實也並沒有什麼過於戲劇化的悲傷，大部分的時候，僅只是「麻煩！麻煩！」而已。同時在《橘子紅了》故事之中，對於大媽來說，多年來棄婦的歲月，早已磨平了心中的波瀾，饒是這樣，還不免看著秀芬這樣情竇初開的少女，而不時地引發了她的「心氣痛」。

雨持續下著，只是從天空轉到了人的臉龐。琦君說：「我心中也確實盤旋著好幾個想起來就令人落淚的故事，卻總是提不起這支沉重的筆再寫。」人生奄忽，歲月無常。能在變亂之餘，再度回眸童年時光，也就彷彿見到了思念的親人與逝去的家園。但心情怎能平靜？舊時代的故事，也許長久被我們遺忘在生活邊緣的角落裡，偶然拾遺，則瞬間興起隔世之慨。那時，頂好是窗外有一場雨，將我們與現在，區隔開來……。

飲食與書寫的雙重療癒

——篆字手抄《菜羹賦》

烏臺詩案之後，蘇東坡開始了長年的貶謫生涯。他說：「我像是一隻逃脫了的兔子。」這死裡逃生的脫兔，既是一代文豪，又是一介犯官；他當然也是孩子們的父親，還兼食指浩繁之家的主人。只為生活所迫，他必須，也熱衷於研究價格便宜且營養豐富的蔬菜濃湯，藉以安慰自己的心與胃，同時也讓一家人得以溫飽。

至於蔬菜濃湯具體該怎麼做？先是熬煮陳年的穀米，再取放山的雞肉等野味，重點在於務必多找一些生活周遭的野菜，最美的是以山泉將蔬菜清洗乾淨，輕輕放入油鍋裡。不一會兒，鍋內便熱氣騰騰而且香氣四溢。此時加入穀米輕輕攪拌，然後蓋上蓋子，切記無需再攪動，不要放醬醋，更不許摻入胡椒、桂皮等調味料。

此時我們只需先用武火讓鍋物沸騰燒開，然後轉文火來慢慢地煨菜，煨成酥爛的濃湯，到那時，只要一入口，立即融化了我們冰固的心，也滿足了寂寞和空虛的胃。

東坡先生自製的蔬菜羹，食材來自水澤邊、野溪畔，經過特製烹調，滋味清醇甘美，足以陪伴詩人守著暮靄直到晨光。特別是在他仕途蹭蹬，生活貧困之際，飲食景況的昇華，能夠使東坡內心逐漸歸於平靜，胸懷曠達而自適，以至於超然物外。

面對政治上失意的挫折，蘇東坡運用飲食及書寫，得到了療癒。這何嘗不是我們現代人多讀他的作品，所夠得到助益和啟發？而當我選擇一筆一畫講求古典均衡、下筆樸實簡靜的篆書來詮釋蘇東坡的《菜羹賦》時，內心也頓時得到一份平靜生活的質感，值得珍藏，也值得細細品味。

（二〇二三年十二月三十日參與紀州庵舉辦之「壽蘇會」書法展）

大學士，生日快樂！

——寫在壽蘇會當天

因為蘇東坡說：「人生有味是清歡」，於是我們逐漸細細品味起自己的生活，這才嚐到了平淡中豐美恬靜的滋味。因為他說：「誰怕？一簑煙雨任平生。」於是我們也終究學會了在世道艱難的人生旅途上，依然坦然無畏、逍遙無待，一路向前行！因為東坡居士說：「枝上柳棉吹又少，天涯何處無芳草」，我們便也告訴自己，只要當下一轉念，原本逼仄的環境，轉瞬間便又重見開闊無垠的世界。他還說過：「揀盡寒枝不肯棲」，於是我們也要堅定自己的信念，有為有守，莫忘初衷。他對月亮說：「不應有恨，何事長向別時圓？」於是我們記得了，歲月無常，人事多遷，所幸一切都將融化在「不應有恨」四個字的無盡包容裡。

誠然「人有悲歡離合，月有陰晴圓缺，此事古難全」，於是我們接受了生活中不完美的缺憾。既然「大江東去，浪淘盡，千古風流人物」，那麼我甘願做一個讓蘇軾「牧養」的小民，在他的文學養分中成長，轉化為讓自己心志堅強的力量，直到生命的盡頭，我們終將體會「人生恰似飛鴻踏雪泥」，所有曾經經歷過的一切，包括我愛的人和愛我的人，都是我今生今世「不思量，自難忘」的人。

生命中有了蘇東坡，就有了生活的涵養與快樂的能力。讀懂了蘇東坡，也就懂了自己。懂得自己一生所求，遂樂在其中，無怨無悔。正所謂「此心安處是吾鄉」。到那時，我們也不妨「誦明月之詩，歌窈窕之章」。在月出東山之時，瀟灑地「一尊還酹江月」。

懂了一首詩，了解一個人
——我的好朋友范俊逸

我與俊哥是在八年前漢聲廣播電臺年終餐會上認識的。當時我的座位被安排在他旁邊，而他另一邊坐著朱國珍。國珍越過他跟我說話：「妳不認得他？他就是于台煙〈想你的夜〉的作者。」我雖然不聽流行歌曲，家裡也沒有電視，不過〈想你的夜〉實在太有名了！因此也不至於那樣孤陋寡聞。從那一天開始，我和俊哥結下了不解之緣，僅僅是我們兩人合辦的音樂＋文學演唱會，就不知道有多少場？並且我們從來不事先彩排，現場即興發揮卻又是自然而然真情流露，只能說這是天生的默契吧！奇怪的是，我在漢聲電臺製作與主講、主持節目已逾二十年，這二十年來，每週南來北往馬不停蹄，所以就只參加過那麼一次尾牙，便在餐桌上認識了俊哥。這樣奇妙又難得的緣分，真的是無從解釋。

而除了不知道有多少場次的文學音樂會，我們也合作寫了音樂劇，為此還一起去過北京，然後又去四川。去四川的前一天，我得到金鐘獎，已經先一步上飛機的俊哥是第一個而且還是從遙遠的地方打電話來向我道喜的人！今年他參與的專輯入圍了金曲獎，這也是樂壇與他個人的一件大事！我們自然是同聲歡慶！我平生沒有很多好朋友，因為不擅長與人交往，認人的本領不高，記住姓名的腦筋也不好，只覺得從小到大若不是有些人以真心和摯誠相待，又對我格外包容，我想我是連一個朋友都不會有的。而其中我最要好的一個朋友，就是俊哥。

有一回，我得到兩張國家戲劇院的戲票，可是答應和我一起去看戲的朋友臨時放鴿子。我只是抱著試試看的心情，問俊哥能不能來看戲？他果然來了，還開著他的敞篷跑車來到劇院。那天的戲我已經全忘了，只記得看完戲之後乘坐他的敞篷轎車到山區兜風，開了洋葷，感覺自己好像電影裡的女主角。又有一次，他不遠千里到學校詩經花園來演唱，學校裡的人都說：「原本天氣好好的，只要朱嘉雯一出現，必定下雨！」這麼說，我可是不信邪，我希望節目開始之後，天氣晴朗如初，不僅破除我的魔咒，也給大家帶來一個歡樂的露天音樂沙龍。可惜天不從人願，你也知道的。我辦的戶外活動，十之八九就會下雨。可是那天俊哥在雨中，仍然盡情盡興，雨越大，他和他的吉他越是合作無間，賣力演出。我們有很多老師感動得不得了！堅持要撐著傘在雨中聽他唱完。我能夠擁有這樣的表演者與聽眾，身為一個主辦人，夫復何求？

俊哥常常說：「老師很會說故事。」其實這幾年來俊哥說故事的功力有大增的趨勢，無論是聽他說創作緣起，或是聽他談談生活的感悟，抑或是和他聊起最新的作品，他能將人帶入某種身歷其境的現場感受，讓我們聽歌也聽得入迷，聽話也聽得出神……。

這一次他應我的邀請到臺中「中華文創協會」來演唱，為大家帶來，整整十首好聽又有內涵的歌曲，不僅協會的朋友們開心！俊哥自己也被臺中的好朋友們的熱情深深打動。我常常將「緣起不滅」這四個字掛在嘴邊。據我對他的了解，這是一個好的開始，更是一個友誼長長久久的起點。盼望我們所結下的文學音樂善緣可以綿延不絕，最終都在我們的生命裡造就美好的影響。

我記得演唱會剛結束的時候，有位朋友告訴我：「今天很開心！彷彿又回到了青春歲月。」我不禁微笑起來，原來音樂既要帶著我們向前走，有時也會引領我們回到過往，當我們幾乎已經遺忘了那段黃金般的年少時光，俊哥的歌聲便帶著我們穿越重重時空的霧靄，來到那段純真年代，照見我們彼此最初的心靈悸動與不假雕飾的真性情。我想這就是俊哥的魅力所在，也是聽他的歌曲和節目的人都會深深迷戀的最主要原因了。

國士無雙

——永懷恩師蔡信發

蔡信發老師是我們心目中永遠的強者。當年我以資賦優異保送中央大學中文系，踩著新鮮好奇的步伐進入校園，入學第一天，我們三位保送生先見到系主任張夢機，他抽著煙，很幽默地告訴我們，他自己在求學歷程中，如何想盡辦法在師大體育系跨足修習國文系的課程：「因為當時體育系說：除非斷手斷腳，否則不能轉系。」我們聽了，當場大笑！不久之後便見到了文學院院長蔡信發。他的開場白是這樣的：「同學們就讀中文系是百分之百正確的選擇。我們文學院還有各種外語科系，然而當這些班級的學生還在練習：這是藍的，那是綠的……。我們中文系的同學已經開始研究《尚書》、《左傳》、《易經》等最高深的學問了。」

張夢機和蔡信發兩位老師自然而然地給予我們新生勸勉及鼓勵，都說中文系好！果然我們接著就接觸和感受張德麟老師深入淺出的諸子百家綜論、康來新老師鞭辟入裡的中國小說專題、李瑞騰老師博大恢宏的中國文學史、許錟輝老師精研淵博的文字學、曾昭旭老師俊朗飄逸的老莊哲學，以及王邦雄老師的儒道會通、林安梧老師的論語、袁保新教孟子、鄭琳喜談蘇東坡，還有國寶級的古典戲曲雙璧：李國俊與洪惟助……。那無疑是個大師雲集中大中文系的時代！我躬逢其盛，在老師們的引導之下，天天吸收古聖先賢的智慧。

也就是在大一上剛入學不久，有一天我走進文學院一館大廳，看見兩位外院的男生穿著背心短褲和拖鞋，手上拿著籃球，似乎還滿頭大汗，正仰頭面對著公布欄，查找自己的成績。又正好蔡院長也經過大廳，他快步走向兩位男同學：「請尊重！這裡是文學院，不是游泳池！」老師維護文學院的品格，不容許裝束不整的人在這裡晃蕩，有辱斯文。這是我第一次感受到他的強勢，同時也深以為然。

蔡老師在課堂上教授我們《史記》與《詩經》。他說話鏗鏘有力，辯如懸河、談辭如雲，並且句句言重九鼎。「國風」的每一首詩，太史公的每一篇文章，他都鉅細靡遺地講解。我們在底下聽講的學生，人人振筆疾書，因為他的課不准學生錄音，而我們唯恐漏聽了任何一點訊息，又深怕沒有記錄到老師上課講話的重點，因此唯有不懈怠地做筆記，才能確保未曾錯失老師的金玉良言。等到期中和期末考考試時，老師如風一般地走進教室，準備發考題之前，他先盯著我們說道：「你們不要臉色發白！」後面他還說了些什麼？我已經忘了。可見我們當時有多緊張！不過在他的調教之下，我們《詩經》、《史記》背得熟，往後自己在課堂上教學，帶著他給我們磨練出來的基本功，再加上許錟輝老師為我們奠基的小學，我覺得自己在備課時，往往能夠突破每一首詩在當前各家學者解讀與詮釋下，所面臨的瓶頸及困境。因此愈教愈有興趣！讀懂一首詩，就像是發現一座新大陸，在每一個感動的當下，最感謝的還是老師最初給予我們的啟蒙與指點。

蔡老師具有無比的自信。他曾經不止一次對我們說：「你們要知道，我在這裡講《史記》，其他各校的《史記》只好停課。」其他科目亦然。他的語音至今繚繞在我耳中，是那樣的剛毅自傲，不容人辯駁。

老師也許是知道在課堂上，坐在前排的女生是準備考研究所的，有一天他對著我們說道：「女生不要考研究所，結婚就是碩士，養兒育女就是博士。」雖然他對女生的觀點很老派，但其實老師對於女生又是極度的欣賞！我們班上有一位女同學，長髮飄逸，品學兼優，個性溫柔和順，善體人心。她還有個更大的優點就是她的舞蹈非常優美！她擅長各種國標舞，無論是在社團或在舞臺，她都是眾人喝采的焦點！因為曼妙的舞姿，她登上了校慶的大場面。校慶之後的某一天，蔡老師走上講臺授課，他首先對著這位女同學問道：「在校慶上跳舞的人是妳吧？」女生點點頭。老師立即誇獎：「很好！姿態很優美，很有氣質！跳得很好！」

我畢業之後，雖然與指導教授仍有聯繫，但是接觸蔡老師的機會就少得多了。只是偶然聽人說起他退休了之類的話題。拿到博士學位之後，我先在佛光大學教書十三年，然後短暫待在宜蘭大學一年半，接著就到了東華大學。如今屈指算來，已逾八年。幾個月前，在東華中文系辦與巫主任小聊一下，他突然對我說：「蔡信發老師說：妳很優秀！」我不記得主任說他在什麼學會上與蔡老師有交集，也許是中文學會，抑或是史記／歷史學會。只是再次聽到蔡信發老師的大名，一時之間興奮無以言表，他的口氣、他的言辭、他的自信，以及霸氣十足的神情……，像電影畫面一幕一幕閃現眼前。心裡想著，找機會去探望老師。沒想到短短兩個月之後，母校學姐傳來消息：老師走了。

我不能相信，不是前段時間才聽說了他的消息嗎？我的腦海裡浮現《紅樓夢》中的句子：「霸王似的一個人」，我覺得這個形容詞用在蔡老師身上也很貼切。一代霸王，已經遠行。如今放眼杏壇，處處都是低聲下氣之輩，再也找不到像蔡信發老師這樣的學者、教授和院長，孤標傲世、敢說敢當、自信滿滿、推群獨步。而且在強勢的外表下，始終隱藏著一顆溫暖與包容的心。

老師長於《史記》，《史記．淮陰侯列傳》中，司馬遷盛贊韓信：「諸將易得耳；至如信者，國士無雙。」當我們在講壇上也站了大半輩子，最終發現老師的風範，我們怎麼樣也學習不到萬分之一。到那時，我們也才能理解老師當年講解古文的真正含義。而當今之世，堪稱「國士無雙」者，唯有蔡信發老師。

即之也溫

——慶賀李瑞騰老師七十壽辰

上個世紀末，某個週六午後，臺灣師範大學國際會議廳裡坐滿了人。這是一間環狀座位的會議室，我坐在第三圈面對主席臺靠左邊的位置。那天下午場，臺上的主席是龔鵬程教授，他身旁坐著兩位老師，正在相繼發表論述，而這一場研討會的主題是：「臺灣文學正名之討論」。老師們侃侃而談，聽眾也都安靜地聆聽著。此時跟我同一圈卻是在右邊那一頭，有一位老先生突然舉起手來！主席尊重地讓他發言，他一站起來就情緒激動地說：「只有中國文化，沒有臺灣文化；只有中國文學，沒有臺灣文學……」龔教授沒有等他說完，便駁斥道：「有山東文學，有四川文學，就有臺灣文學！怎麼會沒有臺灣文學？荒謬！」研討會的場面一時之間令人難堪，而我當時也是一個小小的工作人員，面對這樣的場景，不由得驚慌起來！只見臺上和臺下各執己見，很有火藥味！而其他的聽眾則是面面相覷，大家都不知所措。這時我看見瑞騰老師站起來，親切地走到老先生的身旁，扶著他的肩膀，輕聲安慰。然後緩緩地帶他走出會場，兩人站在走廊上，老師很有耐心地聽他說話。我當時在念碩士班，也做過老師的研討會計畫助理。看到這樣的情況，便從後門出去。當時也許是要想要幫點什麼忙吧？我們將茶敘的飲料倒了一杯給老先生，只見老師還在緩緩地和他說話。而老先生已經沒有像剛才在會場上那樣激動了。等他完全平靜無事之後，老師回頭跟我說：「這位老先生很可憐！他從四九年流亡到臺灣之後，直到晚年才結婚生了一個兒子，沒想到兒子在當兵的時候平白無故暴亡了！可憐他就這一點骨血，也是他在此地唯一的親人，唯一的希望。」我這才明白過來，老師見多識廣，想必是在很多會場上，都見過此人吧！而且因此與他熟識，於是在剛剛那樣火爆的場面底下，除了老師之外，恐怕再也沒有第二個人能夠理解和安慰這位老先生了。「他的兒子在軍中無緣無故死亡的消息，讓他一直很難接受，所以這麼多年來，他四處奔走，希望能夠查出兒子的死因，希望有關機關能夠還他一個公道。但是十多年來，沒有人理會這位孤獨的老先生，也沒有人曾經給他一個說法。所以他總是顯得忿忿不平，處處咄咄逼人！」原來老師還知道這位老先生一直以來都求告無門的狀況。而我此時也不再把這個人當作是惡意鬧場的不良分子來看待。只希望他能看得開，那樣對他自己最好。我們跟著老師在課堂上學習專題閱讀與論文寫作，同時也在老師所舉辦的各場研討會中，練習學術會議的實際操作。我們經常看到老師與臺灣文學界老、中、青三代作家們不斷地對話與交流，所以總是以為老師的朋友僅止於文學界，然而在經過那一場臺灣文學正名的會議之後，我忽然發現，老師不僅關心臺灣文學的過去、現在與未來，老師更關心每一個人的處境，無論那個人本身是不是作家。而關照社會上每一個孤獨的邊緣人，其實也正是文學的使命。因為我們都熱愛文學，希望將它的價值傳遞給更多人。所以最近這幾年，我經常配合《旅讀》等機構所舉辦的校際巡迴演講，為各校的同學們談談文學及文化等主題。然而我又是一個很孤僻的人，於是每到一所學校，我便在內心祈禱，希望能夠直接進入教室，將陌生的同學們都當作是自己的老朋友，很自然地開始講述。在開場之前，最好是省略任何禮貌性的接待，或是由主持人做很制式的介紹。但是常常事與願違。有時還必須先去主任、院長，甚至於校長辦公室坐坐，說些客套話。在開始演講之前，又常常見到主持人念著小抄來介紹我這個人，我感到不自在。直到一年多前，我有機會巡迴到母校中央大學演講，但那是一個平日的晚間，天氣不大好，我算是風塵僕僕趕到了文學院，踏著熟悉的步伐上樓，才剛上二樓，腳步還沒站穩，就看見老師站在那兒等我。我不太敢相信，因為這是《旅讀》雜誌辦的晚間藝文活動，同學們自由參加，頂多僅需要一位年輕老師來接洽相關事宜，而瑞騰老師是院長，應該不需要親自來主持吧？果然他只是陪我聊聊天，有說有笑，很愉快！等時間到了，他送我到演講廳門口，他便離去。我對著學弟妹們自由自在地發揮著想講的故事。等我演講結束，正準備走出教室，卻又看到他出現在門口，然後我們一起走一段路，隨興聊聊，直到我去搭車。我從沒有遇到過這樣的情形，事後回想起來，竟是無限地感動！只有回到母校才有回家的感覺，有家人的噓寒問暖，而不是一般形式上的接待。那天晚上回到家，我在臉書上記下了這件事，儘管自己不擅長待人接物，但是不能忘了老師曾經帶給我心頭的溫暖。老師是個很有溫度的人。不是熱情，也不是厚禮，而是拿捏得恰到好處的一股溫暖。這是這麼多年來，我切身感覺到的。從老師這一代到我們這一代，面對臺灣主體性的長足發展，在現代社會語境中，「讀中文系的人」正在日漸喪失其論述的正當性。我想我們所經歷的學科，舉凡：經學、小學、諸子、文學、文獻學等專門而深厚的知識，在在都是經過千錘百煉，才從老師們的手中傳承下來的。只不過我們所生活的環境，同時也是一個不斷在追新的時代，新的科技與新的思維成天將我們團裹，也迫使人們不得不去思考傳統文化中的不合時宜。但怎麼改革？就是一個大哉問。況且我們這一代人在學校還往往身兼行政職，招生的壓力愈來愈大，「老師怎麼看待這個問題呢？」大約十多年前，有一回坐在老師的車上，聊起來，就順口請教了。「最壞的時代，也往往是最好的時代。」老師手握方向盤，說話的同時繼續往前行。我好像醒悟了！因為當時中文系的研究生結構其實也真的開始出現了很大的轉變，班上的退休人士增加了不少，顯然這些研究生和我們當年大學畢業後繼續考碩士班、博士班的願景不一樣。同樣是完成人生的夢想，而現在的學生可能還多了幾分真正的憧憬與熱愛，又少了一點現實利益的考量。如果他們是真正熱愛中文系，在退休後還勤於回學校學習，那當然也算是最好的時代了。只不過我們恐怕不能再要求世代傳承了。二〇一七年，我曾經代表《文訊》採訪瑞騰老師，那時我們又再一次談起這個話題。比起十年前，當時他以悠悠緩緩的語調，輕鬆地談著中文系。這一次，李老師不諱言，在教育體質改革之下，大環境的複雜與個人的痛苦已自不待言。中文系內部的員額與經費都不比往昔，而且正在面臨重新分配，所謂不太實用的課程或將隨著資深教授的退休而退場，這意味著未來我們可能逐漸失去經、史、哲學、文字聲韻等傳統課程。老師對於臺灣高教人文領域未來的發展，顯然也比十年前多了一份憂心。不過憂心之餘，內心也還是篤定的：「如今各行各業表面上看來日新月異、變化紛呈，然而最後都必須回到語文上來做表述。」因此語文教育也是他很關心的問題。在長期處理大量行政事務之餘，老師曾說，他最喜愛做的事情就是舉辦同仁性質的座談，與教授現代文學的老師們分享具有溫厚人文情懷的作品，同時關注這樣的作品如何轉化為優質的語文教材。從今年起，老師可以從心所欲而不逾矩了。作為他的學生，我們也都相信老師會帶著這份篤定的人文情懷繼續走下去，持續在臺灣文學界發聲，書寫評論文章為優秀的作家作品點亮一盞燈，而且永遠為他身旁的人們帶來親切可感的溫暖。在這個意義非凡的日子裡，我獻上衷心的祝福，祝福老師平安健康幸福！但願我們和老師的情誼能夠維繫得久久長長，如同老師為文學界所點亮的明燈，永不熄滅。

瑞騰老師要過七十整壽了！想起來常覺得不可思議。不僅是老師，連我自己也將要邁入天命之年。雖然我很平靜地過著每一天，對於生活也感到很滿意，但是總不免感嘆歲月無情，歲月流逝畢竟人間有情。不僅有情，還有愛。我們都愛瑞騰老師，我最愛他的一點是有一回他突然說道：「奇怪，為什麼有些人畢業之後，就完全沒有消息了呢？」我順口接話：「有些人去當兵了。」老師馬上反應：「就算是當兵，也還活著吧！」最後這句話讓我沉吟了十多年。老師指導學生，是付出感情的，而最終所希望的不過就是盼著時常捎來一點音信。所以我總是在老師的話語中感受到濃厚的溫情。原來人與人之間的相親，不僅是靠因緣聚合，也需要付出主動的經營。能夠讓我們相聚一時的，可能是基於某些神祕而錯綜的緣由；但接下來讓我們長相守的，必定就是實實在在的聯繫了。古人云：「君子以文會友，以友輔仁。」我們同門師兄弟姐妹俱為博學多才的文雅之士，在老師慶壽與榮退的這一刻，理當實實在在地以文章來互相分享發自內心的祝福和感謝。所幸在徵稿的過程中得到很大迴響！一共有三十一篇感性與理性兼具，同時句句真情流露，發自肺腑的好文章提供集結成冊。其中輯一各篇的作者是老師初入杏壇所教過的學生，他們不僅沒有在畢業之後消失得無影無蹤，反而是與老師保持了許多年的互動與聯繫。因此他們與老師相處的時間最長久。輯二、輯三各篇作者都是老師在中央大學所指導的學生。長期耳濡目染，受老師的教導和影響最深！因此向心力也最強，始終與老師不離不棄。輯四的作者群是老師在臺灣文學館以及中大中文系的同事們，老師非常感念曾經與大家共事的美好時光，而我在向他們邀稿的過程中，也十分順利，幾乎每一位作者都很愛老師，因此都很爽快地一口答應寫作交稿。此刻我回想起當初老師看完了所有的初稿之後，曾經說過的一句話：「我會找時間和妳分享我的感動。」我想像著這句話的背後，隱含著他在這三十一篇文章中所得到的是怎樣的感受？果然老師大筆一揮，定下書名——《從愛出發》。既然是出發，那就表示一切才剛剛開始……。

輯三　行旅

永遠在旅行

最近剛從蒙古國回來，在古代屬於大漠的地區待了一個禮拜，這段期間幾乎每天走路平均到達二萬步。不是為了草原遼闊，不是我們移動的距離有多遙遠，也不是因為山高水低，路途艱辛。其實有很多時候，是因為我們在烏蘭巴托這座現代化的大都會，為了要去著名的博物館和美術館，使用了現代化科技的導航系統，結果導來導去，害我們在市中心的街頭上迷了路。往往走了一程子之後，才發現反方向了！結果運動量是夠了，心裡卻覺得蠻冤枉。一會兒進了博物館，自然還得繼續地走。

回想起來，我的旅遊，其實都是想像力的延伸。從蒙古國立大學趕在綠燈結束前，過馬路到對面的國會大廈宮廷花園，我告訴同行的旅伴：「你應該可以發揮想像力，這裡在數百年前是一望無際的大戈壁，風吹草低見牛羊……。」同伴果然很聰明，立刻一手在前，一手在後，做騎馬的姿態，口裡喊兩聲「駕！駕！」就這樣我們同時在讀秒結束之前，衝過了馬路。我當場樂不可支！

其實這個遊戲的靈感是源自上一回的東南亞之旅。我們在馬來西亞的首都吉隆坡遇上大豪雨。雨勢之大，不亞於世界末日。當時我們趕著行程，在昏天暗地，雷聲交加，閃電轟頂之中，休旅車奔馳在高速公路上。我們一邊導航，同時以 Messenger 群組通話，與馬來亞大學的系主任和教授們聯繫。但是就在我們快要抵達目的地的時候，雨便收了，雷電也停住了。大地頓時恢復成寧靜祥和的狀態，這改變在頃刻之間，讓我們有點難以置信。事後我向當地的助理請問：「為什麼這樣大的雨勢，來得快，去得也迅速？似乎不留下任何痕跡，彷彿一切從未發生過。」

助理說：「其實在我們眼前這個車水馬龍，高樓林立的大城市，原本是一片熱帶雨林……。」她雙手一攤，我的眼前彷彿就看到了一片世界上最廣袤無垠豐富多樣的棲息地。頓時之間，雨林的「雨」之一字表達廣納水分含量的概念襲滿了我的胸臆，我也在那個瞬間同時感知當地時程高溫蒸騰，造成大氣對流旺盛，因此往往出現超強雨勢滿山遍野席捲而來的雨林景象。這種熱雷雨在當地人的口中被說成是：「一粒雨擲死一個人。」不過通常它的雨時短而且雨區小，所以在我們急速駛離雨區之後，便立刻感受到萬里晴朗的氣息。偌大的吉隆坡，在我眼前瞬間幻化回原始。

還有一次，我在開封攬勝，導遊帶著我們從午門廣場、龍亭大殿，一直介紹的宋代皇城的遺跡，有一瞬間，我突然看到他現出茫然又困惑的神情，問道：「有人知道『艮嶽』嗎？」我突然如夢初醒：「這裡是艮嶽？」他連忙回答：「是的，這裡就是艮嶽的原址。不過現在什麼都看不到了。」

就算往事如煙，我當下依然感動得無以復加，眼前這個車水馬龍的繁華大都會，霎那間迅速，退回到一千年前，那個宋徽宗心心念念夢寐以求的理想皇家園林。這位才子帝王首創瘦金體，又一手創辦了宣和書畫院，讓山水畫登上中國藝術的巔峰，然後他要將國畫中的意境進一步鋪陳在現實生活裡，於是創造了人間仙境——艮嶽。這裡曾經有來自蘇州，為文人皇帝鑑賞和愛悅的太湖石及靈壁石，也有數以萬計的珍禽異獸和珍稀藥材，能夠在塵世之間散發出裊裊香煙，這真是古代園林史上的重量級作品，卻也是加速北宋亡國的強烈催化劑。而隨著王朝的傾覆，這幅巨型的立體實境山水畫也隨之灰飛煙滅，自然今天也就什麼都看不到了。為此，我當時雖然站在街道上，卻彷彿能夠看見這仙氣飄飄、煙雨朦朧之史上最美的御花園；同時卻能夠分辨出耳畔有金人金戈鐵馬殺伐擄掠的狂野嘶喊叫囂聲。

這是一起浩大的藝術與建築工程，撞上了烽火連天的亂離歲月，將四十多座軒館樓臺，刻意模仿鄉村風貌的竹籬茅舍、藥寮與西莊等農家風光，一體綁上了煙火，瞬間火炮沖天！光芒四射！塵沙萬丈，而過往所有的榮輝與恥辱，在那一場藝術與火炮玉石俱焚的瘋狂撞擊之後，俱往矣……。

關於想像力的馳騁，最有趣的一次是在英國。當我踏進牛津大學最美的校區——莫德林學院（Magdalen College），腦海中立刻浮現了天才詩人、小說家以及劇作家奧斯卡．王爾德（Oscar Wilde）的身影。他雖然來自愛爾蘭都柏林的三一學院，卻絲毫沒有顯出鄉下人的土氣，取而代之的是因研究拉斯金和沃爾特．帕特的唯美主義，進而將希臘風和孔雀羽絨揉進他鋪張華麗的花花公子穿著之中。不僅奇裝異服吸引了許多好奇的目光；王爾德也曾經在這裡得到從缺多年的詩歌獎，我想是因為牛津的浪漫引起他無限的追尋。而我也在莫德林學院流連徘徊的同時，看到王爾德追求阿爾弗雷德（Alfred Douglas），被告上法庭，最後鋃鐺入獄的不堪景象。其實我知道他在這裡曾經很掙扎，他處處特立獨行，他時常惹人非議，他是憤怒的，同時也是風流的。他在逼迫自己，要不就一舉成名，或者終身臭名昭彰。同時我也很能理解他對世人解釋那份「不敢說出口的愛」：「不敢說出名字的愛，在本世紀，是年長男性對年輕男性的偉大的愛，如同大衛和約拿單之間的，如同柏拉圖為他的哲學而做的根本，如同你在米開朗基羅和莎士比亞的十四行詩中找到的。正是那般深深的心靈的愛才如完美一般純淨。」我很愛閱讀《格雷的畫像》以及托馬斯·曼的《魂斷威尼斯》，所以我了解王爾德心中保存的那份純淨的愛。可憐的是，這份愛將他推入了真實的牢不可摧的監獄，這對他來說是巨大的羞辱，而在我的觀點裡，任兩人的智慧與魅力互相放送，以至於形成無法擋禦的吸引，因此而帶來的無上快樂，那就是高貴的愛。愛本該如此，可惜世人不理解。看來，王爾德當初倒是不應該走進莫德林學院。

走出夢幻唯美，卻又充滿恥辱的校園殿堂，任由文學的想像力不斷地馳騁，我來到國王十字車站。你想的沒有錯，我可以看到那個隱藏的月臺，因為不是只有巫師才能在此通行，我相信只要熱愛閱讀，即使是麻瓜，也能夠暢行無阻地享用那傳說中的九又四分之三月臺。

是的，唯有閱讀。

德意志

開始寫作時，我的耳中蕩漾起舒曼的《夢幻曲》，而且是個新手彈的，節奏不太齊整，速度有點慢，但是……有味道。

不久之前，我還站在交通繁忙的市中心，十字路口上，車如流水馬如龍，然而心目中卻一直無法將此時此地定位在二十年後舊地重遊的德國首都柏林。

歐洲有許多城市不僅擁有綿長的歷史，而且對待古蹟建築，往往修舊如舊，像是布達佩斯、布拉格、維也納等等。我們置身其中，能引發思古之幽情，同時對於西方世界文明歷史的進程，也因此升起了今昔對照的時空滄桑之慨。

然而德國人卻卸下了保存傳統建築文化的守護者姿態，聲稱他們不需要假古董。於是柏林便在戰火之後，改建成全新時代的大都會。此外，德國也是個勇敢記取教訓的民族，所以在偌大繁華的城市裡，還能隨處見到飽受炮火摧殘的鐘樓與教堂。在一幢幢簇新簇亮的高樓廣廈之間，德國人任由殘垣斷壁破窗敗門的一座座戰火孤雛，兀自獨立，既不剷平亦不整修，就這麼讓全世界都看著。德國人這份「知恥近乎勇」的決心和覺醒，我其實是早早就認識到的。

一九九五年，德國法官徐林克寫下小說《我願意為你朗讀》，書中不識字的女主角漢娜曾經在大火熊熊之中守住關押猶太人的教堂，因此燒死了數百條無辜的生命。這個極度弱勢的文盲女子在戰後被判處終身監禁。是她擔負起整個民族默許認可屠害猶太人的納粹罪名。這部「反反納粹」的小說一出，同時說明了德國人已經走出自我省察與自我批判的階段。就在其他國家和別的民族也曾經濫殺無辜，虐人百姓，卻毫無悔意，也還不敢正視的時候。日本的文化學者九鬼周造，專著研究過「侘寂」、「色氣」，還有「可愛」。有一次，他到了德國的集中營去參觀。這才發現「可愛」竟是殺人的溫柔手段。

原來集中營洗衣房的大片外牆上畫著粉嫩溫馨可愛的娃娃圖案，有點像我們小時候看過的卡通影片，又類似少女漫畫中甜美可人的角色形象。

在甜蜜風裡殺人，在令人陶醉的時刻釋放毒氣，讓集中營裡的猶太人以靜謐安詳的心情受刑。是德國人的風格？

我喜歡德國女作家茱莉亞．法藍克於二〇〇九年出版的《午間女人》。小彼得跟著母親海蓮娜到了火車站，在月臺上，媽媽說她要去洗手間，她告訴兒子：「媽媽沒有回來，彼得不要離開。」彼得答應著，但是媽媽從此再也沒有回來，而那天彼德一直等到深夜，儘管已經尿褲子了，他半步都沒有離開……。

母子二人再相見，已經是彼得十七歲以後的事了。這是一個講述海蓮娜自幼感受不到愛，因此她也沒辦法去愛自己孩子的故事。

我在高樓大廈的叢林中，參觀工業大學，《夢幻曲》的片段，偶爾閃現，曲風舒緩、寧靜，不帶任何情緒，卻彷彿含藏著珍貴的回憶與許多清新又曲折的故事。一如兩部小說裡的女主角，在戰後冷漠的社會中，她們找不到愛，也就找不到人生的方向，而且失去了生命的出路和繼續生活的勇氣。我腦海中舒曼的音樂是如此地恬靜高雅，可是一旦舒曼精神病發作！那就是驚天動地的大事，讓他的妻子克拉拉活受罪，當然最苦的還是舒曼自己。於是我又在靜靜流淌的音樂裡，感受到一股衝動和刺激，這是相互摩擦撞擊，彼此折磨直到兩敗俱傷的暗流，就在悠緩的《夢幻曲》中，潛藏著令人崩潰的底線，我感覺自己走在底線的邊緣，抬眼即是繁忙的柏林大街，進入二十層樓高的大學大樓之後，陸續到教授研究室、辦公空間、會議廳、餐飲部……，大男人們走得飛快，接待我們的 Professor Odej Kao 也是個子極高，英挺之中帶著嚴肅感的資深教授。這時他突然從前頭走到後排來陪我，我若是走得慢一點兒，他便也慢下來，始終保持在我的左後方，拉開一點點的距離，而這一點點的拿捏，便又是德意志民族長期積澱的精準個性與個人處世的基本涵養。

此刻

——旅途有感，同時回應縱谷學生

深夜，被空姐喚醒用餐之後，便了無睡意。正在讀一本書《化學課》，男主角被設定為世界頂尖的化學家，五年內三度提名諾貝爾獎，據他的說法：「每一天都是新的開始，什麼事情都有可能發生。」我低著頭看書，久了，順手關了檯燈，然後將椅背倒下，突然看見機艙天花板上點綴著神祕而浪漫的蒼穹星空，很迷人！更不想睡了。果然生活中總會有意想不到的驚喜。

No matter where you go, there is a surprise!

這趟旅途是從花蓮趕往臺北飛東京，再飛到夏威夷，時差十八個鐘點，三天後，又睡眼惺忪地從舊金山轉往華盛頓，再四天後，橫跨整個美國飛到了加州洛杉磯。時差從十二轉到十五個小時。「上帝分出白天和夜晚，就是為了讓每一天都是新的開始。」西方人這麼說。但究竟該從哪裡算起，才是新的一天？此刻我很不確定。既然生活無始也無終，那麼唯一能夠確定的，大約就是什麼事情都有可能會發生吧？

上個月才欣欣然扮妝成蒙古公主，坐在半開放的蒙古包裡拍拍照，又隨同伴們在戈壁灘上看著他們騎駱駝。到了這個月，在LA的飯店前，剛剛停好車，一株高大的椰子樹突然攔腰折斷，倒在引擎蓋前。千鈞一髮，眼前沒來由地晃見去年此時在這裡因為疫情而被滯留多日的景象。在那一段多停留的日子裡，感覺自己飄飄然的，彷彿與臺灣的一切都拉開了相當遙遠的距離，從前認為很重要的事物，而今變得可有可無，成天若有所思，若無所思，於是便靜靜地看著自己在異鄉生活，然後逐漸發現美國的飲食場域中，也有很精緻的表現。例如：我看到幾家店面裝潢得很童話，口味也講究的現作手工漢堡店，客人絡繹不絕，小店生意好，時間不到，也可以提早打烊。而且像這樣的小城小店小食，其實可以說是壺中天地，這忽然又令我想起二十多年前在史丹佛大學附近的 Mountain View 小城，一個人住了月餘，那段時間我發現了肉桂捲的多樣性與層次豐富的口感。

而當我們開始觀察自己的生活時，飲食就成首先注目的焦點。幾年前在北極圈曾經因友人介紹而大啖生鮮的長額甜蝦，幾個月前在新加坡海邊也品嚐了當地特殊風味的黑胡椒香炒小龍蝦，然後是幾天前在加州新開張的華人館子裡，見識到四點五磅重肉厚紮實的超大龍蝦粉絲煲。就在前天，我坐在一家口感細膩講究程度直逼米其林的港式餐廳包廂內飲茶，同事突然問我：怎麼不吃蝦餃？我瞬間又從各種蝦蟹料理的夢幻魔境中清醒過來。

現實也許是幻夢，而回憶才是真實。

上個禮拜，我在夏威夷的海邊飯店裡換上了比基尼，隨即便想起兩三年前，到北歐的芬蘭與瑞典，為了追極光，因此全副武裝，而全身上下重裝配備，其實不像是去看極光，反倒像極了登月球的太空人。著裝完畢之後，便展開跋涉，我們步履蹣跚地在每一步都沒膝的雪地中吃力地前行，此刻耳畔響起同行者對我說話的聲音：「妳的泳裝真好看！肩帶有荷葉邊，小裙子像是要跳芭蕾舞。」我回過神來反問他：「要是下回去了冰天雪地的地方呢，可還要帶泳衣？」

在巴黎香榭麗舍大道上看見凱旋門，其實並不稀奇。我在寮國的首都永珍看見了因法國殖民而留下來，仿照巴黎樣式卻也置入當地宗教特色的凱旋門，便有些納罕！在英國參觀巨石陣，也不覺得有多奇妙，直到在花蓮考古博物館裡看見大型岩塊的遺跡，才叫我吃了一驚！

人生真的隨時都不知道有什麼事情會發生！而且那些事情總是在我們無預警的情況下突襲而來。此刻飛機正在亂流中強烈地搖晃顛簸。機艙內也不斷地傳出杯盤碰撞叮叮噹噹的聲響，我也趕緊護住自己的金萱茶蓋碗。至於那些生活中毫無預警的亂流，也真夠教人瞧的，但是也許因此而翻攪出每個人鮮活的生命力。

有一回我們搭乘郵輪出海，進入舉目可見因紐特人生活的冰山海域。突然間，波濤洶湧的海面上出現一群群踴躍騰跳的殺人鯨，牠們在爭奪食海裡的魚群。與此同時，天上飛來一群巨大的鷗鳥，俯身下衝，以長喙迅速地啄食漂游在海面上，如銀標一般亮晶晶的大群游魚。有一個瞬間，我在船舷上看見一隻大鳥叼到了一尾魚，在下一秒鐘，天外飛來另一隻鳥，兇猛地搶食牠嘴裡的魚，兩隻鳥互不相讓地拉扯，緊接著就被天外飛來的鳥給搶走了。這一連串動作僅在眨眼之間，我必須以倒帶和回想的方式，才能夠清楚地意識到剛剛發生了什麼事？

人類不也如此？可以在巇巇掙扎的環境中愈挫愈勇，以至於捍衛自己的目標！也是在旅途中，我們來到非常美麗舒適的高級住宅區瞥見一個墨西哥人的攤販，當時有位長輩告訴我們，這些人值得尊敬！並不是因為他們的水果好，而是因為他們在路邊擺攤兜售僅能賺取微薄的生活，相當辛苦，但是在美國，只要他們肯努力，就能夠將第二代、第三代培育成專業的人才，以此躋身中產階級甚至於上流社會。所以長輩說：我非常尊敬這些第一代白手起家辛苦打拚的人。他們在艱困中保住了自己，也奠定了後代的生存條件。

還有一種情況，就是在旅途中，會因為導航系統混亂，而令我們不停地在原地繞路。經常是往前走了一大截，才發現反了方向，那麼只得回頭，所以有時我們是大繞路，有時候僅僅小繞路。我雖然腳力不好，但是也明白人生其實就是一場繞路。沒有人是直達目標的。由此我們還學會了「轉身」的哲學——Turnaround。

然而中文與英文畢竟不同，中文的「轉身」不僅僅是有「回轉」的意思，同時也有「離開」，甚至於含有「撇下」、「拋下」、「放棄」之意。明代馮夢龍在《喻世明言．卷二．陳御史巧勘金釵鈿》：「公子請快轉身，留此無益。」便是阿秀要魯學曾不要執著，先行放下，日後終有結果。而事實上，這個故事開篇也即說道：「世事翻騰似轉輪。」既然「世事翻騰」，那麼「繞路」也就是一種修行，而「轉身」便已呈現出某種境界了。學會了轉身（就走），在心境上自然瀟灑，那麼在行為處事上也就可以凡事拿得起，放得下了，因為好的開始固然很重要，善了與善終，更應該是我們所極力追求的目標。

在飛機上讀完了一本書，隨即想著下一本書。而今走完這一段旅程，鄭重整理和收尾，那也是為了準備好開啟下一段征途，打算接受更新的挑戰。

（黃致豪有感於這個學期即將結束，而許多新的事務卻剛要展開，因此本週的散文寫作的主題為「結束就是新的開始」。然而對我來說，生活無始無終，我所珍惜的只是「此刻」。）

情到濃時……
——巧克力美學

巧克力在我們的生活中分飾著許多角色。我印象最深刻的是茱麗葉畢諾許主演的電影《濃情巧克力》（*Chocolat*），一名異鄉女子在思想最保守僵化而且嚴格禁慾的法國小鎮，開了一家最浪漫甜蜜又多情的巧克力店。如此對反的姿態就這麼樹立在觀眾的面前。這份張力令人為女主角擔憂。然而這位從外地來的神祕女店主卻在往後的日子裡，一再很精確地對準了每一位鎮上鄰居的心態與性格中的弱點，然後運用各式各樣口味與不同造型設計的巧克力來攻破他們的心房，最終拿下了滿城居民原本如鐵一般堅硬的心。

甜蜜蜜的巧克力是慾望的隱喻；是自由的象徵；具有療癒的效用；也帶來了希望和願景。我也很喜歡法國小說《刺蝟的優雅》，在這部書所改編的電影中，女門房手中及口中的純巧克力乃是最強的諷刺利器，她在收發信件的時候，竟然擅自打開研究生欲寄給指導教授的論文，並且在閱讀的同時，佐以純巧克力，結果讓她笑到眼淚迸流，因為國家補助的計劃論文撰述者全都是蠢才，教育資源放在這些人身上，這是一種嚴重的浪費公帑！所有的研究論文唯一的好處是提供了女主角生活中巨大的笑料。

既然她看論文的時候總是大笑，那麼她什麼時候會哭呢？原來每當她那簡陋的音響播放出馬勒第五號交響曲第四樂章時，她便頃刻間淚流滿面。二十多年前，當我閱讀到這個段落時，立刻心有戚戚言，因為我也好愛馬勒！我甚至於可以更準確地說出是在第五號交響曲第四樂章第八分鐘，那一刻，令人屏息！令人癡迷！令人沉醉！令人……沒有形容詞可以形容了。另一段流淚的時刻，則是為了托馬斯．曼的《魂斷威尼斯》。我在各讀書會的課堂上，講述這部作品也很多年了。老作家愛上了美少年，禁忌題材的外表下隱藏著作家對於「美」的無限深情與永恆的追求。而電影的配樂正是馬勒的這首交響曲。

我有一個朋友很愛叮嚀我，尤其是在每一回我即將出國之前，他總是不厭其煩地諄諄囑咐：在國外飲食可能沒那麼方便，再加上公務繁忙，往往會誤了餐飲時間。所以最好是出國之前，先買些巧克力放在行李箱裡，一旦耽擱了吃飯的時間，可以先來點巧克力補充補充熱量。他總是這麼說，我也總是忙得不可開交而沒有辦法抽空去買巧克力。有一回我向他懺悔：「我這十多年來，哪一回不是忙到不上飛機不罷休。所以實在沒有閒工夫去買巧克力。」然而他也很堅持，再度提醒我：「機場有！」

終於有一次，到了國外，在飯店附近的大街上看到一家巧克力專賣店，我立刻推門進去，店裡的世界一片琳瑯滿目！我頓時感到眼花撩亂！當時只有一個念頭，挑一盒最棒的巧克力送給他。我也不會忘記，當他收到巧克力的那一瞬間，露出了略為訝異的神情，隨後便泰然自若而且笑咪咪地接受了。那時我的心也像巧克力一般很是甜蜜蜜。

有時我不得不讚嘆：巧克力真是我的好朋友！想當初我之肺炎確診正是在國外。旅行社的女老闆渾號就叫巧克力。她有一口非常濃重的鄉土口音，聽起來很有特色！我其實覺得很親切。那時待在國外飯店裡，天天跟她通電話撒嬌。巧克力：「老師！今天是一條線還是兩條線？」我很無奈：「兩條線。」巧克力：「沒關係喔！我有一個客人在馬來西亞，她本來一直都是兩條線，後來有一條線慢慢變淡了，淡到最後就消失了！」我大笑！

終於檢測出一條線的那天，我第一個打電話給她。她立刻以很讚嘆的口吻說道：「老師妳好棒喔！」接下來有她幫忙看班次訂機票，我當然很順利就回到家了。巧克力安慰人心的功夫真是一流的！

這個月讀書會的主題是最受歡迎的飲食文學。意外的收穫是有朋友向我們介紹了「調溫巧克力」（Couverture Chocolate）。原來高級的巧克力，它的成分極單純，不出可可脂、卵磷脂等兩三種原料。然而市面上絕大多數的商品都是非調溫巧克力。而且加入了太多不相干的調味料。原來人們將巧克力中的可可脂抽出，改以其他油脂注入，也許是棕櫚油，也許是椰子油，總之比可可脂的熔點高，這樣巧克力比較不容易融化，可是這一類劣質的巧克力便因而失去了原本應該有的滑膩感與濃郁的香氣。

因此國外常有非常高級的巧克力專賣店，它限制入店的人數，因為人多了，室內溫度提高，會讓調溫巧克力容易化掉。那是因為巧克力含有天然可可脂，而可可脂對於溫度最為敏感，它會隨著我們的手溫和含在嘴裡的口溫而產生不同程度與速度的融化。終歸一句話，頂好的巧克力「只融你口，又融你手」。令我覺得最神奇的是富含可可脂的巧克力在一般室溫下，可以長時間呈現固體的狀態，一旦放入口中，卻又隨即融化。

巧克力之所以成為性感與感性兼具的符碼，在漸漸融化的同時令人覺得香醇滑口，這不僅僅是因為溫度濕度和熔點的調節，更重要的原因是它從你的指尖開始感受到身體的溫暖，接著在你的舌尖，它更是清楚地分明聽到了那一陣陣悸動的心跳……。

那塊濕糊糊的小寶貝

——布達佩斯名產，兼談伍迪・艾倫的小說

布達佩斯的中央市場是個購物和攜帶伴手禮的好去處。其中最熱門的商品是鵝肝醬。一百公克罐裝鵝肝醬平均二十五歐元，算來很便宜。同行的夥伴一口氣買了六十罐準備回臺送禮，卻還意猶未盡，大家商量著明天再來買……。

同一時間，我在二樓看上了一款茶褐色皮繩項鏈，鏈墜以琉璃鑲金箔複製了克林姆的「吻」。雖然我比較喜夏卡爾，他的「新娘」筆觸比克林姆溫柔可愛得多，不過先生還是十分盡責地和當地老闆講價，然後我們又花了些時間挑選天行的歐洲款式新書包，再下樓時，大家的鵝肝醬已經成交，而且開始整理打包了。

我們沒有買到鵝肝醬，是跟不上隊友的腳步。幸好有同事買多了，願意讓給我兩罐，我這才算是與大家同步調了。只不過想來想去，不知道該如何處置。五分鐘之後做了決定：帶回去給媽媽。我們從小到大，無論遇到什麼疑難雜症，不是都帶回去請媽媽處理嗎？更何況我媽是料理高手喔。

買完了東西就去餐廳吃飯。吃的是鵝肝醬大餐，每一位團員的餐盤上都分到三大塊油煎的鵝肝醬，再加上配菜和湯品，非常典型的西餐形式。怪的是，我覺得周邊的配菜和湯好吃多了。而在我旁邊的同事此時發出了疑問：「這是什麼肉？怎麼這樣軟？」再旁邊的人就告訴他：「這就是鵝肝醬啊！」接下來我們的話題就從國文課的改革方案，直接改到鵝肝醬該如何食用等如此實際的生活問題。最後連配稀飯、抹饅頭，那饅頭還得先油煎一下，煎得香香的，再抹上鵝肝醬……各種品嚐鵝肝醬的可能性，特別是中西合璧的吃法，紛紛出籠，大夥兒愈談愈興奮，彷彿各種絕妙的搭配就在眼前。這也算是一場奇思妙想、集思廣益的美食幻想會了。

至於真正的鵝肝醬繆斯，我推大導演伍迪．艾倫。他不僅是導演，而且曾經是一位小說家。我記得他寫過一篇小說——〈奪命的味蕾〉。

故事中，私家偵探受雇打探一枚在拍賣會場上拍出一千兩百萬美金的松露。這個被諷刺為見識短淺的私家偵探與雇主聊了起來，便聽說還有比松露更昂貴的食物，也在佳士得拍賣會場上露過臉：「我最近出價七百萬買一批鵝肝醬，結果被一個德州石油大亨出了八百萬給搶標。我可是賣了兩幅夏卡爾畫，才換來的那筆現金喔！」女雇主話還沒說完，私家偵探就想起來了：「我記得在佳士得的拍賣品錄上見過那批鵝肝醬，不過開胃小菜大小的分量……。」駭人聽聞的是，那個得到鵝肝醬的石油大亨幾小時之後，就被謀殺了！「是的。羅馬尼亞一位伯爵把聖潔的鵝肝味道看得高過一切，他用一柄短劍刺進大亨的咽喉，盜走了那塊濕糊糊的小寶貝。」可是這位伯爵也並未因此就成了幸運兒，能夠嚐到鵝肝醬的滋味。而那位石油大亨也並不是運氣最差的。因為

「那塊害他送命的高膽固醇殄物竟然是假的！」

劇情峰回路轉，真是愈看愈有趣！原來伯爵為了表白愛慕之情，便將鵝肝醬放在愛沙尼亞大公夫人的腳下。

可是夫人打開之後，竟然發現那只是肝泥香腸，伯爵羞憤得無地自容，竟然當場自盡！

從此以後再也沒有人找得到那批鵝肝醬了，聽說是被好萊塢的一名製片人吃掉了；又聽說有個埃及人，因為極其喜愛鵝肝醬，進而把它壓進針頭，直接注射到自己的血管裡。還有人說啊，鵝肝醬最後落到一個家庭主婦的手裡，但是她不識貨。以為是貓食，因此就便宜了她的家貓了。

像這一類集諷刺、機智與幽默，又揉合心理學與電影手法的小品故事，是我平時講授大一國文之餘，為同學們帶來的餘興節目。我同時還帶有一點東西文化比較的目的在其中，希望和大家一同思考不同的社會階級、種族特質、宗教信仰，以及性別意識……，如何影響了人類在飲食面向上的價值觀。同時也藉此間和大家分享：旅行是幫助我們開啟新視野的最佳選擇，尤其是當異國的食物，在我們的味蕾之間激盪出火花時，我相信我們內在的思路同時也就如同四濺的水花，從而翻騰出更多知性與感性的喜悅！

於是發現，走遊

——為東華校園的美景偶作

人生所遇見的美景，一在發明，二在發現。我最佩服明末清初的李漁，他以《閑情偶記》記載了生活中諸多「美」的發明，李漁是一位能夠創造美的文人。但無論是自己發明創造了一處景觀，或是遇見了能照映出自己心境的景致，在我的生活經驗裡，兩者俱出於偶然。就像詩經花園的誕生，當初也不過就是建議學校多種植桃花，卻聽得園藝師傅說道：「那樣花期很短，不開花的時間漫長，景致就顯得枯索無味了。」這一說激發了我的想像力，既要節省經費，又得四季風光，也許《詩經》比其他的文學作品更適合。至少我們做不來一座大觀園。而《詩經》乃屬於採集野菜、生態循環的年代，風雅頌裡所有的植物都賦予了人情的溫暖與淑世的理想，更何況將學生帶到這樣的「戶外教室」，除了可以〈桃夭〉〈摽有梅〉，同時也可以說說《紅樓夢》第二十三回「寶黛共讀西廂」，以及第四十九回「琉璃世界白雪紅梅」，書中那一場繽紛的桃花雨和一幅嬝美仇英的「豔雪圖」，多麼令人陶醉！多麼令人嚮往！

花瓣如雨，落葉追風。在校園裡發明一處景色之餘，我更喜愛隨處發現美景。壽豐即使下雨，就算是真刮起了風，那也是溫柔輕巧的。這裡的風和雨，在我來之後，就像是個善良和氣的小姑娘，大多時候她只是睜著眼睛，斜偏著頭，讓瀏海斜向一側，笑咪咪地聽著人說話。令人想起詞家有：「小雨纖纖風細細，萬家楊柳風煙裡。戀樹溼花飛不起。」特別是在這樣的日子裡，窗外飄著濛濛細雨，我就興起了出外散心的念頭。以前在佛光大學的時候，最常去散步的地方是林美步道，在林蔭間徘徊，耳中只有水聲鳥囀鶯啼，有時莫名的花香突來，教人陡然覺醒，卻又忘了，剛才為了什麼而迷醉？

我更早期的教書階段，是在臺大度過的。文學院語文中心離桃花心木道不遠，那也是個容易令人掉進夢裡的步道。尤其是春天，滿地落葉繽紛，美得教人不敢呼吸。順著感覺再轉往小椰林道，那醉月湖也就不遠了。

美，一直離我們很近。

來到東華大學已經六年。六年來，視線天寬地闊，心境自由不羈。靈魂隨著空間而得到了釋放，於是變得更加難以馴服。不僅在教學上更加感性與渴望創造，其實在行政上也總是突發奇想，帶著老師同學們勇敢作夢。此間我們共創了詩經花園與露香園。為了李白的「一枝紅豔露凝香」，我特別請來京劇名伶唱一段「貴妃醉酒」，讓這個園子正式在東華師生的面前生動亮相。賞戲的貴賓是贊助詩經花園的郭元瑾董事長，以及她所率領的中華文創協會會員。我們以她的名譽博士學位頒證典禮，將兩個園子的關係拉近，成為姐妹園。維護這樣的戶外及半戶外教學實驗場域自然是為了學生。於是我們在此推動華語教學的專業課程之外，同時展開了茶道、烹調、武術、琴藝、書畫等課程。遠道而來的外國學生對我說：「我想學，我什麼都想學。我感謝臺灣政府，感謝東華大學給我機會留學。來到這裡，我什麼都要學！」她鼓舞了我，為了同學們，我的思維不停地轉動著，關於詩經花園與露香園的故事也會為此不斷地累積。希望未來能有「雙園文學」流傳於校園之中，歲歲年年。

六年來，關於校園的景致，「發明」僅兩處，「發現」卻是無窮。有三年半的時間，我在理工學院與吳秀陽老師一同開設了一門「《詩經》與科技狂想」，站在三樓的教室，臨窗看見一片綠油油的樹林，遠望引人遐想；出入其間，則發現滿眼的綠，實則飽含著多樣的層次，讓人從眼眸到心靈，一再受到如同走進巨大油畫般的衝擊與震動。若是在夜晚走到了擷雲莊，那感動又不同了。走道兩旁整排的樹上都掛著紙雕的小圓燈籠，他們隨風輕輕晃動，搖曳著樹枝，也搖樣著學生們如夢幻般的四年生活。我順著這條路一直往前走，直到整個心都陷溺在童話世界的暖流裡為止。

我也曾經有一個學期開設了「《紅樓夢》與管理哲學」。那是和許芳銘教授一起共創的。當我走到管理學院之前，眼睛總是很貪心地望向芳草地，那時有漫天跳著旋轉舞的大大小小柔白棉絮，在這區域裡自在地遨遊、飛翔、徜徉。「一團團逐隊成毬」，他們從我身旁環繞、飛過、遠去，而我總是問著經過身旁的小棉球：「你要去哪裡？」它們旋轉著身體，快活地回答：「我不知道，要看風是在哪一個方向吹。」而我知道，上課時間快到了，卻管不住自己遠處看山，卻早已愛上那岫煙霧靄；近景觀樹，又總是動情地憐惜風起葉落。心裡老想著，湖上最美，因為總是到不了；夾道至親，所以總是天天閒步。

就算四季更迭，也難免人事變遷，唯有走在東華，移步換境，我們從未失望，只有期待……。

輯四　書緣

Jetebaptise・我為妳命名
——蒙迪安諾《在青春迷失的咖啡館》

如果有一天，你站在巴黎塞納河的左岸，面對著一間文青咖啡館，眼前有兩道門，一邊是大門，另一邊是幽暗的小門。這時你會選擇從哪一道門進入？來到咖啡館內，有吧檯的座位、有靠窗的座位、有大張的聚會桌，也有在整個空間裡最深處最令人感覺孤獨的座位。你想選擇坐在哪裡？當你在這咖啡館待的時間長了，逐漸和習慣來這裡的文青們高談闊論，大家慢慢地水乳交融，同樣都耽溺在文學與藝術的世界裡，而且年齡相仿，仔細觀察，他們之中有人沉默寡言，有人活潑而且歡愉，還有人天生輕鬆自在，可能在這裡靠著椅背就睡著了。請問你會選擇坐在哪一種人的旁邊？

二〇一四年法國諾貝爾文學獎得主蒙迪安諾最美的一部小說《在青春迷失的咖啡館》中，女主角選擇走向陰暗的小門，坐在咖啡館最深處，如果非得與旁人同桌，她會選擇話最多的那幾個人。

從以上類似心理測驗的描述中，我們可以慢慢揣度出她希望自己盡量地隱形，因為在愛說話的人旁邊，她可以輕鬆自在做一個只聽不說的人。於是從進門到座位，再到人際互動，文學家做心理剖析的結果，這名女子面對生活中無奈的事，她在躲、在逃、要捨。那麼她想要追尋、迎接和擁抱的幸福夢想，又是什麼？會在哪裡呢？這將是莫迪亞諾要為我們層層揭開的謎底，而這個謎樣女子的輪廓和剪影，容或就是作家本人青春年華的自我探索。

然而作家的寫作企圖又不僅限於此。他還要逆向刻劃這名女子，讓她在幽暗的小門裡、在咖啡座的最深處，突顯出這喧鬧之中的沉默者，有多麼閃亮！多麼顯眼！簡直令人不容忽視：「這家咖啡館雲集了各種怪咖，可如今隨著歲月的流逝，我幾乎要有一種錯覺，也許當年僅僅只是為了這名女子，僅僅是因為她的存在，才使得那家咖啡館和那裡所有的人，都跟著一起閃現出了異樣的光芒！事實上，所有人都浸潤在她芬芳的氣韻裡。」

我們從上述這段話裡，還可以發現作者內在潛藏著另一層寫作企圖，那便是追蹤躡跡，跟隨普魯斯特《追憶似水年華》的敘述模式，於是我們看到莫迪亞諾以第一人稱敘述者興起多年後的回顧，來作為講述故事的開端。

猶如《追憶似水年華》的敘事，莫迪亞諾通過第一人稱「我」的回憶來描述故事中的女主人公，那其實是重新省思的過程，所思所想除了勾劃出對女主角的側面觀察，其實更重要的是作者想在此間追尋人活著的意義。

只不過歷來的大文豪，如：杜斯妥也夫斯基、托爾斯泰、托馬斯．曼等人，往往將回顧與評述的責任交給劇情中的某個人物，反觀普魯斯特則是將這份整理和爬梳生命史往作家身上自我承攬，也就是將他的省察課題直接以第一人稱，放在了敘事情節裡。

尤有甚者，此番回眸，還讓故事中的敘事者秀了一手老巴黎人對老城相對的熟稔與絕對的敏銳。這也是一個有趣的話題，我們姑且將它轉換成臺灣。無論你居住在島嶼的哪一處，如果將你的眼睛蒙上，然後隨意帶你到一條街、某個小巷子，或者是一個小小的轉角處，再讓你睜開眼，你能不能在一分鐘之內回答這是在大臺北、大臺南，或是高雄的哪一個街區？莫迪亞諾可以，而且他認出街區的方式，你可能想不到。

「只要觀察周遭的人，聽聽他們的談話內容，馬上可以猜出這裡是塞納河左岸的奧黛翁交叉路口。」並且透過敘述者，蒙迪安諾還給了我們這個街區一片詩意和朦朧的想像：「這一區每到下雨天，天地之間便一片灰濛濛。」

最後我們還是回到女主角的身上，作家給我們足夠的暗示，讓我們直覺猜到她對自己實存的處境，強烈地不能認同。其中一件事，便是在她的名字上做文章。

這故事發生在某個午夜時分，女主角走進了咖啡館，當時「我」也在場，不料其中一位客人突然喊了一聲：「露琪來了！」女主角一臉錯愕，也有點擔憂害怕的樣子，但是隨即臉上便露出了笑容。這個笑容被解讀為心靈的解脫與放鬆。有了這個新名字，等於是被賦予了新的身分。露琪這個名字象徵著未來嶄新的人生。能夠與不願回首的過去切割開來，露琪感到欣慰，甚至於開懷！「我現在想來，她有了這個新的名字之後，反倒覺得放鬆了。是的，是放鬆了。」敘述者追憶道。

更重要的是，這位給予女性新名的札查里亞斯在呼喊「露琪」之後，他隨即站了起來，以莊嚴的口吻說道：「今晚起，我為妳命名。妳名叫露琪。」法文的原文是：「Jetebaptise」，它有兩層含義：第一層：「我為妳命名」，第二層含義是：「我讓妳受洗」。於是在這個一語雙關的法語詞彙下，女主角露琪完成了一次他生命中的蛻變。

每一隻手都是未馴化的獸

——人在奧地利，想起褚威格

我在奧地利維也納，如今已是第三天。在這裡，足跡只要輕輕點踏在老城區的石板路上，頃刻間，滿眼即是噴泉、馬車、飛鴿、大教堂，以及哈布斯堡王朝所留下來的一切……。

偉大的王朝，即便有強盛的聯姻網絡，合縱連橫跨越國界的城堡壁壘，也終有煙消雲散的一天，如同飄零的秋葉，風中的殘雪。王朝垮臺之時，遠東的大清帝國正值乾隆盛世。那時山東老鄉，文言文小說的殿軍蒲松齡已經先走一步了，他身後卻給我們留下了經典。蒲松齡擅長刻畫人物的表情和動作，藉以顯露主要角色內心豐沛的感受與複雜的情緒。例如：〈棋鬼〉裡的男主人公因嗜好下棋而死，然而即使是做了鬼，看到別人下棋，仍然忘記教訓，心癢難耐。先是「逡巡局側，耽玩不去」，繼而人鬼博弈，很快地，鬼輸了，他「神情懊熱，若不自已。又著又負，益憤慚。酌之以酒，亦不飲，惟曳客弈。自晨至於日昃，不遑溲溺。」這個鬼酷愛下棋，愛到從早到晚下棋，時間那麼長，他連廁所也不去上。

這麼個耽溺沉淪在手遊世界裡，簡直無可救藥，不能自拔的人，我在奧地利文學裡，也曾經見到過。蒲松齡寫棋鬼博弈時，如同在火上烤一般焦灼不安。而褚威格也寫不安的情緒，只不過他是聚焦在男主人公的一雙手上。他之所以專注於寫手，原因是在他的眼中，每一隻手都是未馴化的獸：彎鉤多毛，指甲灰白，神經緊繃時，在抓放之間，一再地展演出不可思議的戲劇張力與心智活動：「有的高尚、有的卑鄙、有的殘暴、有的猥瑣，詭詐奸巧有之，當然也不乏如怨如訴者……」。總之，「每一雙手反映出一種獨特的人生」。就是在這樣的思想背景之下，褚威格決定以手寫心。

故事裡的怪誕人物是第一人稱的女性，她迷上了在賭場裡「鑒賞」賭徒們的手。當小球在圓盤裡盡情地滾動時，女主角看見了一雙很特別的手：

那左手和右手好似兩頭暴戾而且互相扭打撕咬的野獸。手指的每一個關節也都發出了壓碎核桃般的聲響。但那雙手真美！穠纖合度，而且豐潤白皙，指甲上還泛著珍珠般的光澤。「那一晚，我直盯著這雙手。它是這世間唯一令我癡狂的手。」作者以不斷地抽搐和痙攣來表達這雙手的激情、狂熱，以及所感受到的驚駭。「我意識到，這是一個情感充沛的人，而且正把自己幾乎要漲裂心胸的激情，全都驅上了手指。」

隨著小圓球發出清脆的聲響，而滾進碼盤，管檯人員隨即唱出彩門。就在那一秒，這扭結中的雙手，頓時鬆開來，「活像兩隻猛獸被一顆子彈同時被擊中，因此雙雙癱倒。」作者藉由女主角的口吻讚嘆道：「這雙手徹底地攤了。表現出一種絕望的沉睡姿態。像是受了電擊一般地永逝。」

僅僅一雙手，褚威格能夠將其每一節筋骨都帶出表情，最終化為無窮的含義，敘述間，峰巒迭起，令人目不暇給，回味無窮。這是小題大做的最高水準，也是寫作者的自我突破與另闢蹊徑。

如此匠心獨運，褚威格乃是真作家！

愛的獨白

——褚威格筆下的陌生女子

「愛情是每一個人的命運，而我就是這樣陷入到自己的愛情裡。」十九世紀奧地利作家褚威格將「愛情」等同於「命運」，那是因為在《一位陌生女子的來信》之中，愛情確實如同命運之神降臨一般，掌握了書中女子十三歲以後的人生。然而她生平第一次和盤托出對男主角終身不渝的愛，就是以一封遺書的方式來訴說：「我想讓你知道我今生只屬於你，只不過你對我這一生卻始終一無所知。」

當男主角收到信的時候，女子確定已死。因此確保了這份愛的無私與完全不求回報。陌生女子甚至連一封回信都不要求。於是女子體現了愛的無私，而褚威格則以書信體表現出愛情純屬於個人意志的原則，無論這份感情多麼濃烈，其實都與對方無關。猶如張愛玲《沉香屑：第一爐香》裡，良家女子葛薇龍愛上了遊戲人間的浪蕩公子喬琪喬，於是甘願將自己的青春賣給梁太太，被她利用，以作為引誘年輕男人的釣餌。是故葛薇龍與褚威格筆下的「陌生女子」實際上都在自己的愛情裡，清醒地眼睜睜看著自己一直沉淪下去。

「我愛你，關你什麼事？千怪萬怪，也怪不到你身上去。」張愛玲很清楚愛情是一個人的事，褚威格也很明白，在愛情的世界裡從來就容不下兩個人，如果硬將被愛的一方塞進愛情的框架裡，那麼勢必一方，甚至於雙方都感覺到窒悶和委屈。

既然愛情是一個人的事，那麼獨白體也就成為最適切的藝術表現形式。是的，就讓女主角一個人自言自語、自說自話，讓她喃喃吶吶，傾訴衷腸，說出她一生的狂熱與癡情，而且我們千萬要記得，在她訴說不盡的時候，千萬不能有對方的回應。因為愛，始終都是自己的事，我們不能因為自己的癡迷和狂亂，就抓住對方陪自己撲火。假設愛情之火終將熄滅，那麼我們只能看著這股情緒從點燃的那一刻，到終於熄滅，任它自生自滅。怕的是如果這股熱情不滅，而且愈燒愈烈，那麼我們就只能等著在火中焚身了。

故事中的女子就是甘願浴火的典型，「我的一生是從認識你的那一天才開始的。……雖然你什麼也不知道，然而我卻可以清清楚楚地回憶起關於你的每一個細節，我記得第一次聽人說起你，然後是第一次看到你的那一天，噢不，是那一刻，我無論如何不能忘記。……你還沒有走進我的生活，我就已經感受到你身上的光圈，這是一種很奇特、很神祕的氛圍。……你怎麼還不搬進來？我等得焦灼難耐。」

我們是否也曾經在閱讀的過程中，回想起過往的戀情？如果自身沒有好奇心，對方沒有帶來神祕感，那麼愛之神不能夠順順當當地大踏步地衝進我們的心扉。小說男主角還沒搬進這幢公寓，便先大肆整修與裝潢，其次，有個氣質相當優雅的管家先來調停整理。等到正式搬家那天，小女孩沒見到大作家，第二天，也沒有。這賣關子是一定要賣的，只有吊足了胃口，再讓神祕人物千呼萬喚始出來。戀愛的動能與力道才會加強，關鍵就在男主角的身上產生了引人遐想的幻影。而引人遐思之處，便是大作家有令人嘆為觀止的藏書，一批又一批地搬入公寓，小女孩目不暇給，當天晚上她陷入浮想聯翩：「整個晚上我都不由自主地想著你，而我當時還不認識你。我自己只有十幾本書，價錢都很便宜……這時我就尋思，這個人擁有那麼多漂亮的書，這些書他都讀過，他還懂那麼多文字，那麼有錢，同時又那麼有學問，這個人究竟是什麼模樣呢？」

褚威格下筆如有神，這段戀情，八字都還沒一撇，連雙方的面都還沒見著，卻已經有那麼多的鋪陳與聯想，愛的絮語已經展開，使人隨著女主角而深深地動情。小女孩對大作家的崇拜，從幻想開始，而褚威格的書寫與布局也源於夢幻一場。那幻想止步之處，正是兩人相見儼然的一刻。十多年後，小女孩已經為人母，但是她仍然記得所有的細節，也許作家就是想藉由這樣的記憶力，來證明「情比金堅」：「你的模樣和我想像完全不同……你穿著一身迷人的運動服，上樓的時候總是一次跨兩階，而且步伐輕捷，活潑又靈敏，透顯出十分的瀟灑。那天你把帽子拿在手上，我終於清清楚楚看見了你散發光彩的容貌，還有那富於年輕光澤的頭髮……我的驚訝簡直難以形容：你、你是那樣年輕、英俊又挺拔，風流靈巧，落拓不羈。我真是嚇了一大跳！」

一個浮浪子弟，貪玩又熱情，有時彷彿搖身一變，卻又能夠在藝術上展現出嚴肅、認真，以及學問淵博的一面。這麼一個多面向的美男子，能給即將步入青春期帶來多少好奇？而當我們對一個人的生活，甚至於對他的存在特別關注時，愛的精靈已經偷偷藏在通往靈魂深處的眼波裡。而言情作家的祕訣就在於此，戀愛的升溫與發酵，端視他能夠在文本裡調度起多少好奇心，讓讀者隨著女主角的心情起起伏伏。再用我們的心去體會書中人的情感，真實感受到愛的命運。

極長極長的，憂傷

——張愛玲的小說與愛情

愛情，在張愛玲的筆下，只消一爐沉香屑的功夫就能理得清。然而對於沉湎在她小說世界裡的人們，卻永遠只是隔著文字的面紗，俯視心中被吹皺的一池春水……。

愛玲幸福哲學

在許多愛玲式的幸福疊影中，我最疼惜這個畫面：夏末，一個桂花蒸的夜裡，鏡頭照在美男子哥兒達臥房牆上的美女圖：「這美女一手撐在看不見的家具上，姿勢不大舒服，硬硬地支拄著一身骨骼，那是冰棒似的，上面凝凍著冰肌。她斜著身子，顯出尖翹翹的圓大乳房，誇張的細腰，股部窄窄的；赤著腳但竭力踮著腳尖彷彿踏在高跟鞋上……。」這不舒服的姿勢，加上冰肌硬骨大乳房，卻是哥兒達一生理想的典型，可也是他生平尚未遇見過的典型。而此刻照片上不樂不淫不猥褻的理想美女，卻正面對著另一個姿勢亦不甚舒服的女人，那是努力勞動的丁阿小，她以屁股對著美女圖，同時辛勤地說道：「趁著有水，我有一大盆東西要洗呢！」

然後我們在阿小奮力洗滌的背影深處，又瞥見她生命裡隱藏著一個男人。那是阿小的丈夫，他抱著白布大包袱，穿一身高領舊綢長衫。「阿小給他端了把椅子坐著，太陽漸漸晒上身來，他依舊翹著腿抱著膝蓋坐定在那裡。」美女圖是哥兒達幻想的凝聚點，同時也是他幻滅的具體寫照；而抱著白包袱坐定在那裡的男人，對於阿小而言，又何嘗不是集中了人生的真實與虛幻於一處？然而阿小還是重情的，她作為幫傭婦，從來不偷竊主人的東西，卻只有在她男人來的時候，才例外地偷一點茶。現在我們看到這個雙手捧著茶杯的男人，「臉色黃黃的，額髮眉眼都生得緊黑機智，臉的下半部卻不知為什麼坍了下來；刨牙，像一只手似地往下伸著，把嘴也墜下去了。」阿小讓這樣的一個男人，捧著例外情況下偷來的茶，那便是張愛玲手下的一份情。

阿小眼看著哥兒達先生夜夜尋歡的對象，從李小姐到黃髮女子，簡直每況愈下。又隨著哥兒達年紀愈長，心態愈趨世故老練，手頭恐怕也拮据得很，終於到最後連招待女性朋友的甜點都做不起。於是阿小拿了自己名下的戶口麵粉，為哥兒達的女人做點心。阿小這麼做是出於身為女傭的自尊，而女傭的尊嚴就是連同主人的顏面都要顧及的意思。可是她偷茶，那就不是出於顏面，而是源於感情了。如果每一個人在她／他自身的階層裡，都有屬於自己特殊的表達感情的方式，那麼阿小便是以這樣的方式來表達她自己的那份感情。

阿小的男人養不起妻兒，平時除了做點皮貨買賣，有時講講海底烏賊的奇聞來哄哄阿小之外，這個男人百無一用，甚至到了問阿小要錢的地步！因此當阿小聽見姊妹淘秀琴放話給未婚夫說：「沒有金戒指不嫁！」這時阿小的心就被刺痛了。可是痛歸痛，生活還是得過下去，尤其當他們夫婦倆口兒一起抬頭往上看的時候，大抵上就會欣慰多了。那樓上有一對新婚夫妻，結婚的排場比秀琴大上不知多少倍！然而一百五十萬頂下來的房子，卻天天用來吵架！尤其是在半夜，簡直打鬧得雞飛狗跳，荒唐不堪！

阿小的前後左右上上下下，竟成了一片廣袤的荒原！所有情的荒蕪、愛的荒疏、男女關係的荒唐失序……，都在這裡。然而儘管世界如此荒涼，有時在阿小自家養分澆薄的生活園地裡，也還是開一點小花。張愛玲說，在熨完了衣裳之後，阿小便調麵粉攤煎餅，這是她和兒子百順名下的戶口粉，戶口糖，男人吃著覺得無功受祿，於是背著手在她四面轉來轉去，沒話找話說。然後父子倆趁熱先吃了，而阿小還繼續攤著煎餅。太陽黃烘烘照在三人臉上，後陽臺的破竹簾子上飛來一隻蟬，就像阿小的處境一般，沒人知道牠是怎麼熬過了生命中艱難的夏天，到如今還存在的。只知牠如今趁熱大叫著：「抓！抓！抓！」

張愛玲感覺到，那是響亮而快樂的聲音。

生活中幸福的氣氛，如此希微地旋繞在一家三口之間，可悲的是，這還是在別人的屋簷下過的日子。可是張愛玲抓得到幸福。

比起丁阿小無奈地接受著屬於自己的一份感情。我的眼光更離不開葛薇龍，因為她擁有了一份純粹到沒有半點雜質的愛情。薇龍長而媚的眼睛，直掃進鬢角裡。她有心機，思路一面靈活地轉動，卻又在行動上忍不住退縮。尤其當她看到姑媽白膩中略透青蒼的臉龐，嘴唇上還有一抹紫黑色的胭脂。薇龍心頭也曾經一震！她多麼害怕自己就此墮落。可是為了完成學業，薇龍還是決定摸著眼前的黑路，一步一步走下去。

她依附著姑媽的處境，便是將自己做成一個替姑媽勾引男人的釣餌。「對於追求薇龍的人們，梁太太挑剔得很厲害，比皇室招駙馬還要苛刻。便是那僥倖入選的七八個人，若是追求得太熱烈了，梁太太卻又奇貨可居，輕易不容他們接近薇龍。一旦容許他接近了，梁太太便橫截裡殺將出來，大施交際手腕，把那人收羅去了。」這些一再重複的戲碼，薇龍都看慣了，倒也毫不介意。即使是薇龍自己看中意的人，就是那個唱詩班的英俊少年盧兆麟，薇龍也不介意。

這個盧兆麟，高個子、闊肩膀、黃黑皮膚，只要向薇龍輕輕一笑，雪白牙齒便在太陽裡發亮。尤其是在那個適合戀愛的閃亮的日子裡，風恰巧向這面吹，盧兆麟耳裡聽著姑媽的話語，眼睛卻泰然自若地四下看人，他看誰，薇龍也跟著看誰。結果目光竟然聚焦在一個十五六歲的混血兒女孩身上。不過薑還是老的辣，薇龍只稍不留神，盧兆麟便仍舊陷入了姑媽的掌握，這時兩個人四顆眼珠子串成一線，直是難分難解。然而四顆眼珠的旁邊卻突然來了一雙腳！那個不識相的喬家少爺，一雙手抄在袴袋裡，只管在梁太太面前踱來踱去，嘴裡和別人說話，可精神全都凝住在梁太太的身上。

薇龍為了解救姑媽，拋下了幾分鐘前還是情敵的混血兒周吉婕，上前與喬家大少攀談，儘管喬琪喬是個除了玩，其他各方面都一無是處的年輕人；儘管眾人都分析他將來應該分不到什麼家產；儘管葛薇龍很謹慎地處理與他的距離，可是薇龍仍然一失足便踏進情海的深淵。張愛玲替薇龍清楚記下了踏空深陷的那一刻：那天「三個人在汽車裡坐著，梁太太在正中，薇龍怕熱，把身子撲在面前的座位的靠背，迎著濕風，狂吹了一陣，人有點倦了，便把頭枕在臂彎裡。這姿勢，突然使他聯想到喬琪喬有這麼一個特別的習慣，他略微一用腦子的時候，總喜歡把臉埋在臂彎裡，靜靜的一會，然後抬起頭來笑道：『對了，想起來了！』那小孩似的神情，引起薇龍一種近於母性愛的反應。她想去吻他腦後的短頭髮，吻他的正經地用力思索著的臉，吻他的袖子手肘處弄縐了的地方。」

張愛玲說，愛情是在回憶中，方顯得甜美。薇龍想著自己的愛情，像擁抱著一種軟溶溶又暖融融的感覺。這份突然襲來的愛情，很熱；然而因為是薇龍一輩子的單戀，所以也很冷！凡是被愛情網羅的人啊，儘管心裡熱著，但手腳卻是冷的，而且冷到直打著寒顫！可就是這冷冷的快樂逆流，抽搐著全身，讓戀愛中的人心裡緊一陣，又緩一陣，總是沒有著落。

葛薇龍那麼清醒地愛著喬琪喬，因為她的愛情同時包含了一份現實生活的責任，於是薇龍的巨大犧牲中，閃現了母性的光輝，和丁阿小一樣，從此生命中也多了一份很大的承擔。也許每個女人的愛情中，都曾經出現過類似母親關愛之情的延伸，因為殷寶灩也是如此，張愛玲說她是「一個母性的女弟子」。寶灩見到羅教授的那天，羅潛之正像個天真的孩子一般，用激烈的指揮家手勢說道：「如果我們今天要來找一個字描寫莎士比亞，如果古今中外一切文藝的愛好者要來找一個字描寫莎士比亞……。」當時整個空氣中，來回震盪著呼喚愛情的氣氛：「茱麗葉十四歲，為什麼十四歲？……啊！因為莎士比亞知道十四歲的天真純潔的女孩子的好處！啊！十四歲的女孩子！什麼我不肯犧牲，如果你給我一個十四歲的女孩子。」羅潛之如此寂寞，如此渴望在文學的世界裡找到他的女神。

殷寶灩從此以後常常去羅家，為孩子們帶來甜蜜、溫暖與激勵。然而對羅太太而言，這種不勾引她丈夫的美麗好心女子，反而具有更大的威脅，因為殷寶灩的存在等於降低了羅太太的格調。寶灩的眼睛從羅太太的身上轉移到羅教授，很明顯地在問：「怎麼會呢？這樣的一個人……。」羅潛之只好像是被打敗的野獸一般，從此不再避諱眼神裡最深沉的孤獨。

男人的孤獨自有女人來安慰，而女人的孤獨呢？故事結束的時候，因為雨太大，路上又沒有燈，馬路上全是些坑，坑裡又全是水，阿小只得拋下她長夜漫漫中等待著她的男人，重回鄰居那裡去把兒子接回來，然後在哥兒達的大菜檯上胡亂睡了；而葛薇龍到底是為喬琪喬心甘情願地賣了自己，卻還能笑著說：「我愛你，關你什麼事？千怪萬怪，也怪不到你身上去。」至於殷寶灩呢，她的愛情只留給愛玲說了一個，很壞的故事，壞就壞在因為這篇小說，打散了男女主角現實生活裡唯一的一段愛情……。

女人，還是只能一個人走到最後。

短的是生命，長的是折磨
——〈金鎖記〉

中國現代文學史上，自從出現了「曹七巧」，文壇彷彿注入了一股議論不絕的湧泉！她的喜與怒、愛與恨、多情與決絕，讓讀者既欣賞又畏懼，一方面興起了窺視其隱密世界的欲望，同時也對她一生披戴著黃金枷鎖坑殺自己親人的悲劇，感到不寒而慄！

她原是麻油店櫃檯上的一塊活招牌，卻沒有因此選擇門戶相當豬肉鋪的朝祿，作為婚配的對象，在嫁入姜家豪門之後，反而承受了一輩子精神上的折磨與苦難。她的丈夫患有嚴重的骨癆，每一坐起來，那脊梁骨便直溜下去，看上去還沒有個三歲的孩子高！於是她逐漸養成矛盾怪僻的性格，兄嫂來探視她的時候，她直對著哥哥發出怨毒的怒氣：「我只道你這一輩子不打算上門了！你害得我好！你扔崩一走，我可走不了。你也不顧我的死活！」直到兄嫂說不過她又待不下去了，臨別時，曹七巧還是翻箱子取出幾件新款尺頭送與她嫂子，又是一副四兩重的金鐲子，一對披霞蓮蓬簪，一床絲棉被胎，侄女們每人一隻金挖耳，侄兒們或是一隻金錁子，或是一頂貂皮暖帽，另送了她哥哥一隻琺藍金蟬打簧錶……。如此劇烈反覆的性情，在在揭露她內心世界的矛盾情感，而所有的作為，最終也僅落得嫂子一段令人無奈的褒貶：「我們這位姑奶奶怎麼換了個人？沒出嫁的時候不過要強些，嘴頭上瑣碎些，就連後來我們去瞧她，雖是比前暴躁些，也還有個分寸，不似如今瘋瘋傻傻，說話有一句沒一句，就沒一點兒得人心的地方。」

曹七巧的性格複雜，除了在婚前婚後已產生很大的變化之外，她以小叔為畢生追求愛情的對象，卻在財產上遭到了小叔算計，此後她的性情更是一路滑向了不可收拾的偏狹與扭曲。姜季澤無意於嫂嫂，卻有心算計她犧牲一輩子青春換來的錢。七巧當時雖仍是笑吟吟的，然而嘴裡已是發乾，上嘴唇黏在牙仁上，放不下來。她端起蓋碗來吸了一口茶，舐了舐嘴唇，突然把臉一沉，跳起身來，將手裡的扇子向季澤頭上滴溜溜擲過去，痛罵道：「你要我賣了田去買你的房子？你要我賣田？錢一經你的手，還有得說麼？你哄我——你拿那樣的話來哄我——你拿我當傻子！」她還隔著一張桌子探身過去打他！

由愛生恨的曹七巧，在後半生的歲月裡，用盡機關也只能拿所有的力氣來對付和破壞自己親生兒女的幸福婚姻。她的媳婦芝壽熬不過折磨在半夜裡猛然坐起身來，嘩啦揭開了帳子，直覺到這是個瘋狂的世界。「丈夫不像個丈夫，婆婆也不像個婆婆。不是他們瘋了，就是她瘋了。」曹七巧的瘋狂是連帶使得周遭僅存的親人都受到了一生的荼毒與傷害。更可怖的是，她的女兒長安，在求學與婚姻皆無望之餘，竟被母親強迫纏足，而且染上鴉片毒癮！最終還逐漸成為母親的翻版：「她不時的跟母親嘔氣，可是她的言談舉止越來越像她母親了。每逢她單叉著袴子，揸開了兩腿坐著，兩只手按在胯間露出的櫈子上，歪著頭，下巴擱在心口上淒淒慘慘瞅住了對面的人說道：『一家有一家的苦處呀，表嫂——一家有一家的苦處！』——誰都說她是活脫的一個七巧。她打了一根辮子，眉眼的緊俏有似當年的七巧，可是她的小小的嘴過於癟進去，彷彿顯老一點。她再年輕些也不過是一棵較嫩的雪裡紅——鹽醃過的。」

張愛玲毫不留情亦不掩飾地描寫這個在偏執狂母親摧殘下成長的少女，最終只能落得未開花先凋萎的殘敝人生景象，而讀者滿腔的唏噓與哀憫，最終仍歸結到曹七巧的身上，晚年的曹七巧橫在菸鋪上似睡非睡，三十年來她戴著黃金的枷角劈殺了幾個人，沒死的也送了半條命。她知道她兒子女兒恨毒了她，她婆家的人恨她，她娘家的人恨她。「她摸索著腕上的翠玉鐲子，徐徐將那鐲子順著骨瘦如柴的手臂往上推，一直推到腋下。」瘦骨如柴的身體陡然使她念起了豬肉鋪裡的朝祿，試想當初如果挑中了他，往後日子久了，生了孩子，男人多少也會對她有點真心吧。「七巧挪了挪頭底下的荷葉邊小洋枕，湊上臉去揉擦了一下，那一面的一滴眼淚她就懶怠去揩拭，由它掛在腮上，漸漸自己乾了。」

這個女人一生的想法與作為，有我們熟悉的部分，也有使我們側目和不忍卒睹的意外發展，然而最終都在一滴淚裡，讓我們重新回到了哀矜和悲憫的人性關懷，這就是張愛玲文學帶給我們的提升。國光劇團將於二〇一八年七月五日至八日演出精緻文學大戲《金鎖記》。它改編自小說，又融入了現代京劇的表演藝術，自二〇〇六年首演以來，佳評不斷，相信在「現代化」與「文學化」雙翼引動下，將再度飛越戲劇美學新高峰！

又見世紀末的華麗

——品讀章詒和《伸出蘭花指》

我們所生活的時代究竟是承平？抑或亂世？這是眾說紛紜，而且當下誰也說不清的事。但無論世道盛衰，升斗小民、王公大臣、文人墨客、老弱婦孺，日常生活都得吃飯穿衣，也都喜愛聽曲看戲。其實有時反而是在國運艱難的時刻，大眾娛樂的行當卻意外地取得了空前興盛的機遇。所謂生逢末世的人們，既然看不到未來的希望，便逐漸耽溺於眼下的享樂，那份存在感，能讓人們覺得自己是很真實地活著，然而就是這一點實存的處境，也不過僅是屬於個人過眼即成煙雲的小確幸。

作家章詒和曾因時代與個人的因緣際會而興發感觸，於是寫下一部男旦的發跡成長史《伸出蘭花指》。在書中，伴隨著小男孩看戲、學戲、演戲等全幅生命歷程的是外在大環境從抗戰到內戰所導致的生活苦難。此間無論是個人的小確幸，還是大時代的動亂悲劇，一切都由百姓來承擔。國難殷憂，民間已是人心浮動、塵埃蔽日，街頭搶米、銀行兌鈔、大學爆發請願遊行……。在這樣的時代，遊走四方的藝人「唱的是戲，保的是命」，心裡時時做好準備：臺上臺下熱鬧非凡，打成一片的華麗景象，其實很虛幻，「反正人生早晚也是一個『散』。」於是大家都把思想深處的渴望，以及內心的情感熱慾，都寄託在風風火火的舞臺上。散戲之後，憑藉著心靈的滿足，方能在現實生活中，接受接踵而至的不幸。這也許就是俗文學及文化興盛竄紅的社會背景。

人生在世，也許我們什麼都難以確定。而唯一能確定的是，時局總不按著我們的願望發展。如果早知大廈將傾，心情憤懣難免，何不在悲涼悽愴之餘，乾脆圖個痛快？古人有耍猴戲、拉洋片、賣大力丸。我們現代人就喜歡電競、追劇、當網紅。人人追逐眼下的時髦歡樂，乃是一種文化風貌與社會現象，它容或預示了未來。而時代的問題和它所激起複雜性，包括心與人性的沉淪，其實往往就隱匿在這些看似小玩意兒的娛樂生活之中，只是我們習焉不查，非要等到幸福已渺，才作南柯一夢之慨。

挑戰櫥窗美學

——非洲裔女作家童妮・莫里森

有一回，我們帶著許多外國學生專程到宜蘭傳藝中心去學習偶戲。師傅首先教授掌中戲的各種手法，包括：偶人怎麼走路、跑步等各式肢體動作的展現。其次是要我們每人選一個還未上色的戲偶來勾臉。我還記得我選擇了孫悟空。師傅特別說明戲偶與京劇的臉譜是不同的。我非常熱衷於這項學習，因為我實在是個戲曲迷兼小說迷，所以很想要弄清楚偶戲與人戲在臉譜上的差別，以及這差別所凸顯的意義。而且據我所知，在南管戲中，演員的身段仿自傀儡，因此與偶戲有密切的關聯。那麼在戲劇史上，究竟應該是先有偶戲？還是先有人戲呢？

正當我陷入沉思與專心於手上的繪製工藝時，突然瞥見旁邊的女孩做了一個極特殊的動作，她是一位來自聖文森的女學生，也許是聽不太懂師傅對臉譜的解說，又或許是外國人想法比較自由奔放，不受拘束。總之她二話不說，先將手上素顏的那個人偶連頭帶臉，包括脖頸全部塗成巧克力的顏色，然後再精心地描畫眼白，並且塗上豔麗的紅唇膏。我忍不住讚賞：「Beautiful！」她抬起臉來，笑得好開心！

無論是哪一種膚色的人，都應該這麼落落大方，自然而然地表現自己的身上的美！看到她這麼做，讓我好感動！然而她能夠如此正視自己的膚色，並且很自信地表現出來，其背後其實是經歷了一代又一代人，相當漫長而且痛苦的爭取與掙扎，才換來今天這一代年輕人理所當然的自我意識。

一九九三年得到諾貝爾文學獎的童妮．莫里森，她是美國的非洲裔作家，也是世界知名的小說家、劇作家，以及童書專家。她得獎的代表作《最藍的眼睛》，故事中的黑人小女孩渴望擁有一雙藍色的眼睛以及金色的頭髮，她以為擁有這些，就是擁有的一切。只要她擁有藍色的眼睛，爸爸不會再酗酒，哥哥不會再逃家。媽媽也不用整天對著孩子們瞪眼睛。她以為藍色的眼睛是人生所有問題的答案，而且能讓她實現夢想。

小女孩的純真，令我們心痛！事實上這個故事一開始就令人心痛：「一九四一年的秋天，金盞花沒有盛開。這可能是因為。佩科拉懷了她父親的孩子。」故事中的女主角在幼年歲月裡，面對自己至親的家人，她只得到一個字──冷。「我們的屋子很舊，待在裡頭好冷！每到夜晚，煤油燈不夠，我們就深陷在黑暗之中，這時蟑螂老鼠到處橫行！大人不會聽孩子們的心聲，他們只是不許孩子們跌倒或生病，因為他們視孩子為勞動力，如果受傷或是病了，誰來幫忙工作？我們無話可說，倘若我們得病，那麼醫療我們的處方將是惡狠狠的蔑視，與臭不可聞的黑藥水。」

果不其然，有一天，當她撿完煤渣回來，一聲響亮的咳嗽，立即引來母親的謾罵。小女孩帶著內疚爬上床。她穿著內衣，不願脫下。雖然吊襪帶的鉤子弄痛了她，但無論如何不能脫掉長筒襪，因為天氣實在太冷了！她躺在床上，過了很長的時間，床鋪焐熱了一小片剪影，她就不敢再移動了，因為超過這片剪影之外的地方，一概凍得不得了！

在小女孩悲慘的處境中，她發現每到聖誕節最貴重的禮物就是藍眼睛的大娃娃。同時在眾人的讚嘆聲中，小女孩受到了強烈的暗示：這樣的姿容是所有的人內心深處共同而且強烈的願望。然而就在她滿心期待抱著娃娃睡覺的時候，竟然發現娃娃的身體異常僵硬，削尖的指甲還刮傷了她的皮膚，熟睡中，一翻身，竟然與娃娃的硬頭相撞！還有她身上的紗裙令人一抱就惱怒！

面對這樣一個缺乏舒適感與安全感的娃娃，童妮在心裡發出了強烈的問號：「這舉世公認藍眼金髮粉膚的漂亮寶貝，究竟是哪裡可愛？哪裡美麗？哪裡吸引人？」

童妮．莫里森曾經在藍色的眼睛裡迷惘；曾經在金色的髮海中，忘了自己的存在；在世界櫥窗的主流價值與美學主導下，找不到自身的價值與位置。但是透過書寫，她逐漸覓得讓自己安身立命的所在，讓自己自由發揮與馳騁的空間，找到所有的想法與理念可以公開和宣揚的最佳場域。「寫作使我免於痛苦……這是我的居所，是我能掌控的地方，沒有人告訴我該怎麼做；這也是我的想像力能盡情馳騁之處，我也處在最佳狀態。在我寫作的時候，世界上、身體裡或任何地方，都沒有什麼比這更重要了。」文學創作是她生命的救贖，她視之為社會良心的港灣，也是她痛擊世界主流美學的一把重斧！

女人審判女人

——章緣〈大海擁抱過她〉

我雖然在學期間有一半的時間住在花蓮，而且學校離大海很近，但是每回瞥見遼闊的碧海藍天，內心依舊怦然悸動！尤其是在住家與校園往返的路途中，勢必會看到一片璀璨汪洋的無限景致。如果不趕時間，真想下了車，奔向大海，踩著浪花，沐浴在天光雲影之下……。過往在澳洲就喜歡徜徉於整片的黃金海岸，沿途沒有建築，因為沒有財閥炒作，沒有官商勾結，於是所有的沙灘與海水便是屬於每一個人的。

大海屬於全人類，卻並非所有人都認同大海。美華作家章緣一句：「這是別人的海。」震動了我。再一句：「海倫，不，葉明慧。」遠在海外，卻拒絕用洋名，這一點也讓我很有感觸。小說裡的女主人公葉明慧拒絕了人間的天堂——加州，也拒絕了加州的海。她是一個遲暮老派大齡又離婚的女子，做著遲遲推延的平凡的夢：希望教職生涯提早優退，然後到葡萄牙吃麵包加罐頭沙丁魚、到西班牙看佛朗明哥、再到巴黎在雨果和蕭邦的墓前獻花……。結果她只能在加州的海灣照顧失智的母親，每天把屎把尿，還得爬坡推輪椅到海邊……看海。日子重複再重複，而且日日是空白，對母親而言，所有吃過的做過的說過的，都不復記憶，也沒有留下任何痕跡，就像這海，後一個浪頭取代了前一個浪頭，一再重複，使人徒增疲怠。

小說描繪中年女子無可奈何的心境：「如果別人能那麼強勢地要求她配合，或許她有義務要這麼做；如果別人能拉下臉來做出不合理的要求，那肯定他們有權利這麼做。」葉明慧的內心獨白，道出了很多女人在職場在生活在人生的各面向上一次又一次地妥協。她對母親、對前夫、對弟弟，都是如此，為的是，避免雷霆炮火的正面衝擊。所以她並非不生氣，不憤怒不抓狂，只是「憤怒不過就是捲高的浪頭，瞬間便潰散。」因為這樣個性使然，所以過往已是錯過了太多，而她自己也知道未來將繼續錯過。雖然不願意待在加州，但有時也心知肚明，到世界各地去旅行，只不過是自欺欺人，她忙著收集旅遊手冊、瀏覽世界風光影集，又勤於向同事請教，還經常學習歐洲歷史地理宗教美術和建築……。然而那都是做給別人看的，最荒謬的是，我們總是刻意地做作，只為了那些不在意我們的人。更荒謬的是，到加州來照顧母親，是因為弟弟說他找不到保母，葉明慧清清楚楚知道弟弟在說謊，可是她還是把這謊言給吞下了。

這世界，如果連親人都對自己漫天撒謊，那我們還能剩下什麼？如今看來只有她的母親不撒謊，她母親所有的行為舉止一再地說明了，這個女人是愛自己和自己的兒子，但是她不愛女兒。即便是在女兒結婚的日子，她也只顧自己身上那襲華美的旗袍，而在明慧的回憶裡，母親於整場婚禮中，也只在意自己的社交，以至於在婚禮結束時，母親和其他的賓客一同步出會場，頭也不回地離開了。明慧最大的遺憾是母親從來沒有摸摸她的頭，甚至於和她說點體己話。而且母親早在四年前，就已經立下遺囑，將房子和所有的財務，都留給兒子葉明德。這是一種遺棄的行為，對女兒而言，是惡意的和終身的遺棄。

因此這是一篇女人審判女人的小說，而這世界上最冰冷苦鹹的水，不在汪洋大海，只在自己滿盈的眼眶中。正因為那是自己生身的母親，明慧才會那樣的痛，那樣的寒心，那樣的疲憊到全身心靈都欲振乏力。

而臉帶風霜一身疲憊的中年女子，終究是要自我審判的，她要問自己：為什麼沒有人愛我？為什麼？審判臺就在一個漲潮退潮無聲無息的礁岩區，在那裡，大海隨時給予生命，同時也接納死亡。而死亡亦可以被選擇，紅花無盡的黑夜裡，天上一道閃電插進海裡，天地亮了一秒鐘，也就是在那一個瞬間，明慧看到了審判臺，能在漲潮和退潮之間，無聲無息把人吞噬的刑臺。

女人受審的刑臺在哪裡？十九世紀末英國黛絲姑娘死在巨石陣；俄國安娜•卡列尼娜死在鐵軌上；法國包法利夫人死在自己餵食的砒霜裡……，如今葉明慧居高臨下，站在最親近大海的地方，等著漲潮……。彷彿一個世紀之後，她發現連大海也不接納她，不收容她，也不擁抱她。應該漲潮的大海卻在逐漸退卻中。比起哈代、托爾斯泰與福樓拜等男作家的書寫，女作家章緣給了她筆下的女性一段新的生命，只不過這段新啟動的生命，怎麼看都難免還帶著些許被遺棄的感傷。

返臺的異鄉客

——章緣〈黃金男人〉

我有幾次聽朋友說起他們在大陸與當地人對話和溝通的經驗，這些小故事都有點意思，耐人玩味。有一位朋友說，他坐計程車，司機聽他的口音不像本地人，因此問他從哪裡來？朋友說：「我是臺灣人。」那司機馬上說：「臺灣好！臺灣是個好地方，人人溫文有禮，客客氣氣的。」我的朋友對我說：「老師，我覺得很光榮，我想要表現得更得體，不能丟我們臺灣人的臉。」我當時深表讚許。另一位朋友雖是臺灣人，不過已經在北大工作多年了。他到新疆參加會議，因另有公務必須提早離開，於是隻身僱車行經廣闊無垠的大草原，眼睛所見即是風吹草低見牛羊，小羊們這麼可愛！柔軟得就像天上的雲朵。突然間，在一群一群羊寶寶之中，冒出一輛警車來！警察將他攔下，盤查他的證件，問他：「哪裡人？」朋友說：「我是北大的研究員。」並且拿出工作證。警察非常不耐煩，再問一次：「哪裡人？」這時我的朋友，當然也是位儒雅之士，並且是個說話輕聲細語的標準好男人，他回答道：「我是臺灣人。」警察立刻給他一個稱讚：「這就對了！」想來警察早就聽出他的口音，所以並不相信他是北京人吧。最近一個例子，是天行去上海，回程要出關時，臺胞證上的照片和他本人在電腦裡卻對不上，海關人員非常困惑，請來上級領導，滿頭疑問地說：「明明就是同一個人，電腦不知道為什麼硬是不給過？」上級領導挺聰明，他問天行：「你叫什麼名字？」「我叫曾天行。」領導說：「對了，是臺灣人的口音，過去吧。」

原來臺灣口音這麼好辨識，那麼究竟我們臺灣人說話都具有哪些特色呢？依我的省察，從小到大所上的國語課給我們的訓練是要求幾乎字字發音，其實京片子裡頭有一些字習慣上是囫圇帶過，不用精確咬字的。當然現在很多臺灣人說話都不太捲舌，國語注音符號的ㄣ、ㄥ也不分。而且在口音和語氣上，無論男女都比較嬌氣，太溫柔了，外地人聽起來像是在撒嬌。

長期旅居美國與中國大陸的海外華人作家章緣，她也有一番觀察。在小說集《黃金男人》裡，作者寫道：「他注意到女孩講話時，發音的部位偏向喉部，好像是壓著下巴說話，那聲音扁而嗲，……」「櫃檯小姐很客氣，用不捲舌扁扁嗲嗲的聲音告訴他，如果需要去故宮或淡水，或是臺北其他景點（現在歷史博物館的荷花正盛開哦），可以隨時詢問。」聽著這樣久違了的口音，一個臺灣人，被臺灣飯店的櫃檯小姐當作觀光客來介紹臺灣的景區，他的心情不知道該如何形容。事實上還不僅如此，小說裡的男主人公去國多年，回臺以後也坐上了計程車。司機卻也抱持著懷疑的口吻問道：「第一次來臺灣？」「我臺灣人。」司機從照後鏡看他，帶著疑問。男主角想：「如果他的閩南語說得很溜，一開口也就化解疑問，但是他的外省口音很重，現在更添了陸腔。」古詩云：「少小離家老大回，鄉音無改鬢毛衰。」如今男主人公少年離家，此後歷經飄萍，到處隨遇而安，結婚也好，離婚也罷，昔日的紐約，今天在上海，對他而言，都是好過日子的地方，只是沒想到當他再回到臺灣，問題不出在鬢毛衰，而是鄉音已改。於是從司機到櫃檯便自然又親切地笑問客從何處來？這處境，這情懷，這衷腸，何處訴說？如此一位來自異鄉的「客」人，對臺灣的認知又是什麼？

其實所謂的認知和事實，亦不過是想像的產物。一個人住在臺灣四分之一個世紀，又離開了四分之一個世紀的人，對臺灣的認知其實已經是一種想像。因為到了美國，很自然地會關心民主黨與共和黨。若是轉到大陸，就可能要擔心自己的事業會不會受到政治的影響。到那時，臺灣是一個怎樣的地方？那裡的人正在經歷些什麼？其實都已經遙遠。

這篇小說還探討了，什麼是異鄉人？其實他可是比當地人更了解異地風情。因為他們習慣了四處闖蕩，到處摸索。最終的結果他是一個：新上海人＋臺灣來的梁大哥＋不會說家鄉話的湖南人，在身分的轉換之間，端視男主角想要跟誰拉近距離。變色龍是遊走在各種組織之間，不落入意識形態，也不表露身分認同的一種人。章緣藉由這一類人講述海外華人的心境與故事，更重要的是，她所鋪陳的，也是自己的內心世界。並且有了這個角色的設定，一個耐人尋味的黃金男人的故事，正要展開……。

偏偏是張翎

——〈廊橋夜話〉

當同一句話聽在不同的人耳裡，產生了截然不同的意義時，如果不是因為文化的差異，那也許就是世代的隔閡了。而這個問題，這在小說家張翎的筆下，已是同時達到兩者兼具。

那句話是這樣說的：「人不能在同一條河裡，跌落兩次。」如果聽這話的人，聽出來的意思是：這世界總是在變動，因為世界變化不居，連河裡的水都不是原先流淌過去的水，所以人不可能落在同一條河裡兩次。如此理解這句話的人，比較偏向西方邏輯思維；但如果換成另外一種理解：人是不應該跌入同一條河兩次，無奈生活偏偏就是如此，因為個人有個人的命。如此看待這句話的人，思想中有強烈的命定觀念，而這也是中國古老的包袱。

旅居加拿大的中國作家張翎在〈廊橋夜話〉裡，寫了月嬌和阿意兩代母女對這句話的理解和呈現的差異，正是世代與文化的雙重課題。小說家讓我們看到母親的傳統，女兒的推新；母親是固守的，女兒是開放的；母親回歸，而女兒則是毅然決然選擇出走……。

當年月嬌發現與楊廣全結婚這件事，幾乎從頭到尾都是謊言。婚後的所有事件，將她十九年來的人生打擊成一堆碎片！她原本有機會可以走出這個家，然而就是為了肚子裡的孩子不能沒有爸，出走的月嬌只好又順著原路往回走。奇怪的是，夫家沒有人去追討這個落跑的新娘，他們只是靜靜地坐在屋子裡等，等月嬌自己回來。因為「他們吃定了她沒有後路，所以他們並不慌張。」月嬌生命的結論正是小說開頭那句有歧義的話的古老東方式思維：「人是逃不過命的。」「有誰會兩次落到同一條河裡去呢？除了我。命啊。那就是命。」月嬌所走的回頭路，正好與日後女兒遠渡重洋到法國工作和生活的境遇相對舉。也是想說開頭那句話的各自實踐。於是我們看到。張翎在一句話上頭，從語意學的角度拉開了文化的比較視野，從而設定了新舊兩代女主角截然劃分的生命情調。

但如果僅是呈現出新舊兩代女性思想與生活的差異，那麼這部小說並未獨擅勝場。然而偏偏張翎的小說具有一種文字的魔力，能將人引入故事中，無可自拔。她說月嬌嫁入楊家之後，把自己關在小茅草屋裡，不肯出來見人。那裡放著他爸爸給她陪嫁用的馬桶和洗衣盆。「她怔怔地看著那隻馬桶發愣。她覺得日子就像是這個馬桶，外表塗著清亮的桐油，蓋子上雕著龍鳳花紋，直到哪天突然掀開蓋子，才發現裡頭是一灘飛著紅頭綠蠅的屎。她爹娘讓她過了十九年捂著蓋子的光鮮時光，彷彿就是為了預備著她後面要過的揭了蓋子的爛糟日子……。」然而其實楊廣全也好不到哪裡去，老大年紀了，也面臨失業，到處打零工和必須下田的困苦窘境。於是「楊廣全的錢包像是一只水壓很低的龍頭，擰到最大，出來的水也只是滴滴答答。」諸如此類的描寫與修辭，我真是喜歡看！伴隨著故事，往往引人入勝！

但如果僅是這樣，我們還可以找到很多作家，個個都有絕妙好辭。而偏偏張翎除了寫月嬌、阿意之外，還寫了這個時代華人家庭生活中的新成員——越南新娘阿珠。這是一個結合了我們這個時代的新題材書寫。外籍新娘對於老中國家庭而言，什麼都是新的，有什麼都很陌生。故事就從名字開始數起：阿珠正確的名字應該叫做「阮氏青明珠」。「那人告訴阿貴：『阮』是姓，『氏』是墊名，和中文一樣是表示性別和聯宗續譜的意思，『青』是輩名，『明珠』才是阿珠真正的名字。」

阿貴原本和許多農村的男人一樣，年年賺錢，卻永遠也趕不上聘金的漲幅。於是和其他村子裡的光棍一般，腦筋動到越南和柬埔寨。據說只要通過一次視頻，各自找好翻譯，說不上半小時的話，就能把親事訂了。

這兩代三人無疑是拉開了女性文學的新維度。她們各有命運，各有祕聞，各有道不盡的故事題材。中國現代女性文學的發達始於五四時期，各家文本往往以女性的經驗和思維為主體，極具有現代人文主義和精神。百年來女性文學已匯聚為一股洪流，如今再加上張翎的小說，可以期待的是，這股洪流只會更為開闊和盛大。而我們所有讀者都情願落進這條河裡，無數次。

其實是思念

——張翎〈拯救髮妻〉

自詡為天生具有強大邏輯概念的「理工男」爸爸，對著心愛的八歲小女兒問道：「世界上最快的交通工具是什麼？」小女兒不說飛機，也不回答是火車汽車，卻直覺反應道：「思念」。這位一向自負的爸爸，只好將這番缺乏邏輯的回答，歸咎於孩子的母親。而這所謂的「文科女」，還真讓人沒輒。有時候連遲到的理由都讓人無言。

賤賣寶馬轎車的老太太對著這雙母女嚴格地聲稱：我給遲到者的底線是十五分鐘，可是妳們整整遲到了二十分鐘。我在等妳們實話實說，給個好理由。

在這個尷尬的當下，母親只想拉著小女兒低頭離去。她不敢說出真實的理由。於是小女兒又開金口了：「我們是為了吹蒲公英。」怕老太太聽不懂，再說一次：「我跟媽媽比賽，看誰能夠把蒲公英一口氣吹成個禿子。可是媽媽每次都輸，輸了又不甘心，還要再比。我們就吹得忘了時間……。」媽媽實在很怕讓這樣離奇的遲到理由成為人家的笑柄，於是搶過來發言權，在臉紅心跳加快的情況下囁嚅地說道：「平時，我打工，上課，她，也上課。等我把她從課後班接回來，天就，黑了。等到我和她都不上課，有時候有太陽，有時候，沒有。有太陽又不上課，又碰不上，蒲公英……」說得這麼心虛，這麼結結巴巴，這麼害怕惶恐，每一句話都帶著後悔的尾音。這對母女啊，看起來笨笨的，卻著實令人感動！

而最令人感動的，還在於作者透過這個故事傳達出女人對於男人亙古以來的思念。還記得小女孩回答父親，世界上最快的交通工具是什麼嗎？其實小女孩的答案就是這篇小說的主題。

小說從故事一開始就充滿了思念之情：二手車網站廣告上寫著 Mint condition。這兩個英文單詞拆開來女主人公都認識，可是把它們放在一起就感覺陌生。於是她打開手機翻譯，查出這是出廠狀態幾乎全新的意思。

女主人公的心上突然出現了「缺乏邏輯」這句批評的話。她心想：假如此刻丈夫在她身邊，一定用這句話來嘲諷，此刻，閉上眼睛，彷彿能看見丈夫說這話時，臉上的表情。

毫無疑問的，這就是思念了。在毫無預警，也沒有什麼關聯的情況下，女主角沒來由地想起一個人。而這個人愈是與當下現實情境無關，就愈顯得小說主角思念之深，雖然婚姻生活裡依舊充滿了謊言、誤解與背叛，夫妻之間從聚首到仳離，直到丈夫在牢獄中自殺，孩子可能死於高燒，而她自己也出了意外……。即使三口子都成了亡靈，他們依然遊走人間，帶著一份潛藏的深愛，化為無盡的思念，依舊是在許多不相干的場域中，幻現出對方的身影並且心心念念，無時或忘。

因此有人說這是一篇在疫情中寫就的亡靈小說，但我私心以為，它最深刻的主題其實是思念。

回憶，是唯一的真實

——跟著普魯斯特追憶似水年華

十九世紀的巴黎，那是個美好的年代，從宮廷時尚到婦女解放，Coco Chanel 掀起了時尚界的革命，而沒落的王孫貴族也引爆了流行風潮。潮流之所以能夠被帶動，並且發展到輝煌璀璨的極致，則又是因為隨著工業革命的啟動，城市裡豁然出現了一群富裕而且不遺餘力追求著高品味的上流階層。這群過著優雅生活的世襲貴族與新興中產階級，就是普魯斯特撰寫《追憶似水年華》時，所細膩刻畫的人物群像。

故事中的斯萬先生原先只是習慣了奧黛特固定出現在沙龍裡的身影，直到有一天，眼前少了一個她，這才驚慌失措地陷入了愛情的迷惘，那時想要抽身已是無可自拔。他整個晚上掉進了慾望與時尚交纏的香榭麗舍大道，跑遍了附近所有的餐館與咖啡廳，最終在疑神疑鬼地偷窺奧黛特是否和別的男人交往的病徵中，眼睜睜看著自己落入情海。

這典型的法式浪漫愛情啊！無疑是向世人宣告了，社交名媛所主持的沙龍，正是都會男女戀愛的溫床。與其說斯萬先生主動愛上了奧黛特，其實更真實的景況無疑是，那夜夜笙歌達旦、雅士文人談文論藝的繁華沙龍，早已編織成一張令人無力掙扎的溫柔網，擄獲了斯萬的心。

然而更大的情網，仍是巴黎這座城。後來斯萬與奧黛特的女兒希爾貝特，在小少女時期結識了小說中的男主人公馬塞爾。那是一個冷峭的日子，希爾貝特在保母的照料下，於廣場上酣暢地溜冰，當她張開雙臂逆風奔向保母時，馬塞爾並沒有看見保母，直以為希爾貝特奔放的熱情都是為了他，於是他也以熱情的雙臂報以回應。所幸希爾貝特並未被這唐突所惹怒，反而是讓馬塞爾收到了一張下午茶的邀請函。

如果沙龍女神能夠實現我的願望，我願參加這小女孩的午茶沙龍，因為她的蛋糕啊！乃是一座公主的城堡，奶油雕花將這座城牆塑造成唯妙唯肖的壁壘，以至於讓馬塞爾看得目瞪口呆的是，小女孩們確實認真地考慮著應該先從哪一處城腳下刀叉。我還希望能夠追尋馬塞爾的童年腳步，回到貢布雷，他外婆家的女僕弗朗索瓦絲為終年不下樓的萊奧妮姨媽所準備的法式經典早餐，是隨著她逐步吃完餐盤上的煎蛋等食物時，盤子上所彩繪的精彩故事，像是阿里巴巴與四十大盜等等，就會依次現形。吃早餐等於看故事呢！誰能想到這樣的美食創意？

然而關於餐盤的許多美好記憶，請跟著我回到沙龍。當馬塞爾進入青少年時期之後，終於收到了沙龍女主人的邀請。當他走入豪宅的大廳，身著燕尾服的管家隨即出現在他的面前，手中托著一個銀盤，盤上躺著一封英國製特別優雅細長窄版的信封。馬塞爾拿起信封，不明所以，只好放入西裝口袋內。那一晚，最美的耳畔饗宴，是眾賓客手中純銀刀叉與精美上等骨瓷，此起彼落，輕輕撞擊的叮叮妙響。我想像著那一派優雅的輕音樂，心神已展開了一雙翅膀，不住地想要飛向十九世紀的巴黎。可惜那晚馬塞爾又出糗了，當他回到家，脫下西裝外套，交給女僕送洗，女僕掏出了那紙信封交還給馬塞爾。我們的小男主角這時才想到還有這個。他打開信封，抽出信紙，紙上寫著一位女性的名字。那是今天晚上他應該挽著進場的女士。

沙龍文化的點點滴滴，盡在《追憶似水年華》。它是普魯斯特的年少情懷，更是千千萬萬讀者在閱讀史上，所擁有最華麗的一場夢！回憶，因為不可能真實，卻反而保證了愛情的永恆。但我們仍要持續地追憶，當歲月流逝，所有的東西都消失殆盡時，唯有空中飄蕩的氣息還戀戀不散，讓往事歷歷如在目前。普魯斯特捕捉了那縹緲的氣息，轉化為意識流動的文字，然而每一位讀者所能讀到的，都純粹僅是我們自己內心的聲音。生活中真正的發現，並不在於尋覓新的景觀，而是學習轉換一副全新的眼光，從另一番生活視角出發，我們也許可以和普魯斯特之作逐漸融為一體，讓他的意識流浸潤我們的心靈，或許我們的眼睛便能陡然閃現感同身受的光彩！那麼，我們還有什麼理由不讀《追憶》？

愛到來不及說再見

——艾莉絲・孟若〈蕁麻〉

有一種遊戲叫做「初戀」，一生只玩一次，遊戲結束之後，再也不可能回到從前。往後無論多麼好玩的遊戲，都有點像是說話言不由衷那樣，玩不到心坎裡，而且日後回想起來，不知道是不是自己下意識裡不願意觸碰那一段傷感，於是怎麼也想不起來，當初是如何惡陷入遊戲之中的。只記得一件事，分手的時候，沒有說再見。

有時候，在熙來攘往的大街上，我們以為又看見「他」了，於是帶著充滿渴望與期待的心情越過時空的門檻，一腳跨到「他」的面前，這才愕然驚覺那個人竟不是「他」，而只是一個比他差太多的人，只是這麼一個人竟然讓我們產生這樣深的誤會？到如今，人海茫茫，何處尋覓？尋覓那悵然已久的如煙往昔。

唯有書寫，將往日一段最美最癡最痛的情懷寫成故事，寫成生命的樂章，寫成一篇莊嚴隆重的愛情禮讚，那也還是不能夠就此釋懷，但至少可以在字裡行間，重新再看見「他」俊朗的側影、矯健的身手、理性的思緒，以及……掀起衣衫時，裸露出來的嬌嫩的肚臍。

這可愛的肚臍眼，是愛麗絲・孟若，二〇一三年諾貝爾文學獎得主自傳小說裡的情節，也是她諸多追憶裡，最難割捨的一章。而孟若也是我所僅見「初戀」題材寫得最好的小說家。「好」的定義是我們在她的故事裡，終於和自己面對面相見了。

那真是一場遊戲一場夢。一個鑽井工的兒子帶著養狐場主人的女兒，在九歲和八歲的年紀，他們沿著河流的上游找到了那座雙跨的公路橋，那是小女孩家平常帶著狗狗從未走到的遠方。那天午後，他們和那個橋下的孩子們玩遊戲了。

我們從小也是玩遊戲長大的，像是躲貓貓、跳房子、鬼抓人……，可是從未像加拿大的小孩那樣，在這麼小的年紀，就玩起了戀愛氛圍濃郁的「炮彈遊戲」。男孩子當士兵，負責扔擲炮彈，女孩們在後方捏泥土製作一次一發的彈丸。如果士兵被擊中，他會喊遊戲場域中一個特定女孩的名字，於是女孩便奮不顧身衝上前去，將男孩拖回後方給予救護。

「我為麥可製作武器，而他喊的也是我的名字。」「當聽到聲音傳來時，全身肌肉立刻緊張。好像電流疾馳而過，內心頓生一種迫不及待想要獻身的感覺。」「我和其他女孩兒不同，因為我只為一個士兵服務。」「我以前從未像現在這樣跟這麼多人一起玩過。身為奮力拚搏的龐大集體中的一員，卻在眾多成員中被挑選出來，誓為一個戰士效命，這感覺真是美妙。」愛情就在此時白熱化了。這裡不是萌發點，而是高峰。至於愛情究竟是在哪一個瞬間發生的？這個問題對大多數的人而言都不可考。人們只知道，一旦醒覺自己深陷其中，那愛情的苗火早已燃成了熊熊烈焰！

「當麥可受傷的時候，他一直緊閉雙眼，軟弱無力地躺在那裡一動不動，任由我用黏糊糊的大葉子敷在他的額頭上和脖子上。」而初戀之可貴，就在於突破禁忌的那一刻，內心抱起了震撼的響雷，外表卻還能夠包裹上一層甜蜜的糖衣。也就是在這個時刻，養狐女喜孜孜、甜蜜蜜地要他把襯衫掀起來，將玩家家酒的樹葉當作是醫護用的棉花和繃帶，輕輕拍在他那白白嫩嫩的肚皮上，於是他看到了麥可「可愛嬌弱的肚臍眼」。

那麼小的孩子，也許不懂得肌膚之親，但似乎仍有這方面的慾望。又或許那其實是長大以後在回憶中的渴望。然而童年的摯愛又確實比大人的愛戀多了一分鄭重與尊重。那個酒醉後對小女孩有性騷擾嫌疑的臨時工（「他喜歡抓住我，撓我癢癢，直到我笑得都快窒息了，他才放開。」），此人毫不忌諱地對小女孩說：「你們兩個在泥巴地裡打滾了，這下你們可得結婚了。」說這話的人有罪！夫妻是什麼？「他們生活在不同的世界裡，幾乎都要認不出對方來了。」這可惡的臨時工，真敢以夫妻之名來比擬真正相愛的人？要知道愛情是神聖的，無比的神聖，對於初戀之人更是如此。不僅眼裡揉不進沙粒，並且全身上下數十兆細胞都在嚴正拒絕各種肉體的示愛。那些費盡心機只為了尋找對方的隱私之處，在互相愛撫之中所得到的快感同時也引發了羞愧之心，還有每一次赤裸裸的坦承相見，這一切只會讓人更無法接受自己。

「愛情很短，遺忘太長」，詩人聶魯達的話適合用在所有的愛情之上。然而在孟若的小說裡卻可以改一改：「愛情依舊短暫，而遺憾卻不可避免地終身相隨。」鑿井工是逐水草而居的短期工人，他當然不會以孩子們的意志去配合自己的工作。於是提包走人的時刻在無預警之下迅速來到小女孩的身邊，它靜悄悄不說一句話就帶著了麥可。離別的時刻沒有依依之情，離別之後也還未意識到今生永不相見。多少年後，也還是不解，為何當初沒有告別？當家裡的新井湧出甘澈的水源時，為什麼沒有意識到那是兩人之間的關係終結的暗示？為什麼大人不能顧及孩子們的感受？而將所有的苦果都丟給小孩兒自己去承受？「直到麥可消失，我才真正明白離別的滋味。我的整個世界發生了天翻地覆的變化！彷彿是一場劇烈的土石流，將生命中所有的一切都給沖刷掩埋了。」

往後的十年八年，彈指即過，卻還經常想起當年的遊戲，到如今，已經不怕痛苦，對於心碎也早已經免疫，所耿耿於懷的只是——當年為什麼沒有說再見？

Remains，史蒂文斯不懂黑夜的美

——重新感受石黑一雄《長日將盡》

如果一個人走到生命的暮年，卻還淒淒惶惶，心有空缺，很想彌補，只是晚了。那必定是關於愛情。

當一對年輕人理直氣壯地說：「我們要結婚了！沒有錢？誰在乎？我們擁有彼此，已經足夠。」這就到了最應該結婚的時刻，任何人都不可以有意見，有也沒有用。我們應當抓住的就是這樣的時機。盡情相愛。人生的一切都是「時機」的問題，一朝錯過，那就只能是遺憾，沒有彌補這種可能，所有的、所謂的彌補，只是自己騙自己，自己安慰自己罷了。

而更無從彌補的是，當年拒絕戀愛的理由是：工作、工作和工作。為了博得職場上的好名聲而放棄了一個人的真情。那是補不回來的。永遠補不回來了。諾貝爾文學獎得主石黑一雄得獎作品《長日將盡》（The Remains of the Day）說的就是這樣的故事。在改編電影中，生命美好時光已經過了大半的男主角史蒂文斯告訴旁人：「事實上，我從前犯了點錯，我現在要去做亡羊補牢的事。」然而在劇情結尾處，女主角肯頓望著碼頭上一一亮起的彩色燈管，發出了感嘆：「每晚

街燈亮起，人們總是歡呼。」她已經決定未來的方向沒有史蒂文斯同行的軌道。眼神看起來好傷心好傷心的史蒂文斯問道：「為什麼人們喜歡夜晚？亮起的彩燈？」史蒂文斯不懂夜晚的美，因為他永遠活在白天的工作和經營。肯頓說：「因為一整天到頭來，人們等的就是華燈初上這一刻。大家認為這是一天中最美的時候。」在人生的夜晚降臨時，我們期待著什麼？又得到了什麼？肯頓決定回到丈夫的身邊，儘管那是一場一路走來跌跌撞撞，表面上看起來還像樣，實際上經不起輕觸和推敲，因為那早已是如同瓷器般破碎的婚姻，但誰的婚姻不是如此？至少她還可以陪著女兒凱瑟琳待產，將來看著孫兒孫女長大。因此她拒絕了回到達靈頓公爵大宅工作的邀請。事實上那段時光，人生最美好的時光，早就過去了，只有史蒂文斯不曾理解和面對這個事實。

也算是豐收，這人生。儘管兩人都承認過往曾經有錯。史蒂文斯將大宅總管的專業與榮譽看得比生命還貴重。過往他像是拂去身上的灰塵一般，每天輕輕地拍掉肯頓加諸在他身上愛的亮片。肯頓想在他黝暗滯悶室內擺放一束鮮花，以明亮而且有生命力的花朵暗示進一步關係的可能，卻頻頻遭到阻礙和拒絕，軟釘子來自史蒂文斯需要而且必要做個一流的稱職的好總管。這個形象與因為新人的樣貌是衝突的。浪漫愛情將會嚴重地削弱他的專業形象，破壞他終身追求的志向。所以他們即使每天近距離接觸，每晚在溫馨的起居室裡談話，也曾經到了耳鬢廝磨的地步，像是肯頓硬要奪走史蒂文斯手中的小說，兩人臉貼著臉，手碰到手，僵持對質了好一會兒。但其實是這樣都不能擦槍走火，引發戀愛的氣氛，就為了史蒂文斯超強的克制力和把持，於是天天談公事，即使肯頓最後以放聲大哭來表達自己心中的悲苦與抗議，這位大總管依然以主管的高度，要求她帶著女僕打掃好所負責的區域範圍。

這就沒輒了。不僅肯頓無奈，我們所有的讀者也都沒有心情了。肯頓有錯。她自己也承認，錯在賭氣，一賭氣就嫁給了其實並不喜歡的人，遠遠地搬離開大宅，一去二十年。二十年足以消磨人世，讓青春好景付諸東流。流逝的還有當年對愛情品質的要求。隔著二十年的無形高牆，肯頓如今更不可能毫無任何視野障礙地以高分貝向世人宣告：「我們擁有彼此，已經足夠！」這種任性的歡欣的不顧一切的呼喊，只能是在當年。二十年後的她，也只好說：「我愛我的丈夫，因為在這世上只有他需要我。」好寂寞的一句話。

史蒂文斯再度放開肯頓的手，那就是一輩子不相見了。原本有可能好好相愛的兩個人，在人生最後的階段裡，不是把握，不是彌補，而是只能再度放手，因為錯過就是錯過，沒有所謂的彌補，根本沒有這種可能。

石黑一雄下筆毫不留情，用了Remains這個字，這是要故事中的兩個人自虐般地感受歲月不斷地、慢慢地啃噬著自己。還要他們小心翼翼地捧著早已破碎不堪、懊悔不已的靈魂，在風華凋零殆盡，在大雨滂沱之中。道別。逼迫他們承認，錯過愛情，便錯過了一切。

兒童的陳年恐懼
——石黑一雄《我輩孤雛》

每個人的心裡都躲著一個孤獨的靈魂，孤兒意識沉睡著，睡得很深，逐漸探到了底，那是靈魂的最底層。隨即醒覺，於是將生命中最大的恐慌、憂慮和焦急，自廣袤的感情洋流中淘澄出來。

那是我們從小都害怕的事，我們怕失去父親和母親，即使在多年之後，它仍是我們心中的陰影，糾結著生命中最難以承受的疼痛，說不出口卻又難以排解，於是它會趁著各種縫隙流瀉而出，自己也許未曾意識到，然而外人的眼睛卻是雪亮的。

《我輩孤雛》裡的男主角班克斯，很清處地記得十四歲生日當天，有兩位眼睛雪亮的朋友送了他一件有趣的禮物，那層層包裹的禮物拆到最後，便是隱藏在他心靈深處，最需要解鎖的事。他的父母在他年幼時期，相繼莫名地失蹤了！沒有人能告訴他為什麼，即使和他最親的菲利普叔叔也不能。然而以他當初的心智程度，也還能判斷此事與他們居住在上海，靠著英華洋行賣鴉片給中國人有關。鴉片觸痛了某些善良信教的英國人，而他們卻妨礙了洋行的利益。班克斯的父母被誰帶走了？他亟需探索，只是年紀尚小，有朝一日，他必付出行動找尋。這樣的信念，使他在許多不經意的舉措中，透露了心中的渴望，因此他得到一把放大鏡。

放大鏡做為孩子們之間餽贈的小禮物，卻是一項具有標誌性和象徵意義的物件。正是它牽動起主角生命中最迫切的念頭，他立志當一名偵探，卻又不僅是一般人眼中的偵探，不僅僅是通俗懸疑故事裡的男主角。他盼望長大，等待出名，總有一天，要回到上海，找到造成他生命巨大空缺的源頭。在他的想像中，他的父親和母親還在那裡，這麼多年過去了，他一廂情願認定他們都還在那間他集中證據分析出來的空屋裡，由於潛意識不能接受其他的可能性，所以他寧願相信，他們吃得好、睡得好，一心只想等待兒子長大以後，變成一名優秀的偵探，前來破案，伸出救援的雙手。

隨著眼前逐漸展開的偵探之路，路上卻走出了韓明絲小姐。她不美，但是使人分心。事實上，韓明絲登場的時候，已經是一位少婦了。因成熟到拉警報的年齡，迫使她在社交界不擇手段地尋找大人物來做為婚配的對象。「我看得出來，她的姿態洩露了心中的城府。最重要的是，我在她眼睛周圍注意到一種特質——可說是嚴厲而苛刻到無情的眼神——如今我回想起來，那天晚上，主要就是為了這點，我才如此醉心地注視她。」班克斯回憶道。

一位急不可待的社交名媛和一個籍籍無名、初出茅廬的小偵探，這就是石黑一雄設計出來的男女主角。好鮮明洗練的形象，韓明絲眼高於頂，不耐煩和小人物打交道；而班克斯亟待成就大志、尋回生身父母，於是這段情感的長路和注定要延宕多時的結局，攫取了讀者一路追蹤的目光。石黑一雄的愛情之眼始終透現著新鮮晶明的光芒，無論是《長日將盡》裡老人遲暮中反覆地追憶，或是《別讓我走》始終惺惺相惜卻不能相守的男女複製人，在不重複的敘事中，共同存在的是他們緩緩地流淌的細膩情感，直到溢注在生命中任何一個乾涸的角落，好像在告訴我們，即使處境最悲涼的人也能含著一方甜蜜的糖。只是這方糖，在故事中將漸次溶化，最後都化在淚海裡……。

關於這個故事，還有一根扣住人心的弦——班克斯的兒時玩伴，日本人秋良。他的存在照現出班克斯幼小心靈需要陪伴、需要慰解的孤獨和脆弱。「緊接著父親失蹤後的幾天，我記得的事不多，只記得常常擔心秋良。」即使日後再度踏上尋找父母的道路，重新回到上海，多年前的印記仍銘刻在班克斯的心板上。是什麼樣的時代，在什麼樣的家庭裡，會讓一個八歲的孩子心頭蒙上了陳年的恐懼？其中有租界區裡的中國恐怖傳說，然而更多的是這裡的孩子們面對自己祖國的陌生、懷疑和恐懼感。秋良害怕做錯事會被送回日本，而班克斯當然也不想回到英國，反觀租界區卻又是一個扭曲變形的世界，像是一面照妖鏡，照映出人世間無情冷酷的諸多怪異現象。

班克斯父母的貌合神離源自英國人的鴉片生意。母親每每責罵父親的聲音，敦促了班克斯快快躲回兒童遊戲間，去尋求溫暖和庇護。「為這樣的公司服務，您不覺得羞恥嗎？告訴我，賺這種褻瀆上帝的錢財來過活，您的心能安嗎？」母親冰冷的眼神和父親為了掩飾尷尬而故做歡愉的語氣，讓班克斯的童年景象顯得荒涼與破敗。那些華美的洋房、舒適的家具、歡樂的氣氛……，都是用殘害中國人的鴉片堆積出來的。班克斯才八歲，他也僅知道這些。

上海租界區的英國小孩和日本小孩懷抱著對母國質疑與不信任的心態，又眼睜睜以似懂非懂的目光注視著父親賺取不義之財，建構了他們世界的全部：舒適的臥房、充實的書齋、令人心安的遊戲空間……，就連一顆球、一輛腳踏車，都來自鴉片！

於是他們華麗的生活反而像是建立在一片空無的廢墟之上。外表英國建造的洋房，內部以橡木裝飾成和式的格局，進進出出之間，也許秋良並不知道一顆心該放在哪裡。而班克斯在父母失蹤後，被送回倫敦姑母家撫養，長大後，他終於躋身名偵探之流，所以他勢必要回到上海，回到所有問題的起點。答案呼之欲出了嗎？他揭開謎底的過程，無疑更叫人驚詫與痛惜！當時中日戰爭拉開了一道殊死的火線，班克斯甩下韓明絲熱切的追求和等待，義無反顧地跳入火線，那裡有手持軍火的日本人，還有殘弱如游絲的中國老百姓，可是秋良在哪裡？父母又在哪裡？

石黑一雄很少寫刻板的反派，然而一旦下筆，卻又使人眼光無從移開。菲利普叔叔頭髮稀疏灰白、脖子變粗、雙頰下垂，老邁的形象是訴說真相的最佳姿態。然而連這樣一個壞人，也還有良知，只是一點也不能改變他所主導的殘酷事實。他為了愛戀的情慾不能如願，竟將班克斯的母親推入火坑以洩憤！推給了殘暴的中國軍閥王顧，那是個罔顧中國百姓、沒有民族自尊心的土匪，壞到骨子裡的反派。班克斯的母親在他手上受盡了凌辱，卻換來班克斯在倫敦幸福成長的全部資源，包括他優質的教育和成為偵探的夢想。

石黑一雄在他所建構的文學國度裡，將一切實質的存在都解構了，只留下愛。母親對兒子的愛，足以使她放棄所有的理想和追求，甚至連最後一點身為人尊嚴都可以被丟棄在爛泥淖裡，讓人唾棄踐踏。在作家的定義下，所謂母親，就是在備受屈辱的痛苦中，沐浴著兒子得到幸福的光輝。生命消逝得太快，什麼都來不及挽留，但是繼而一想，做什麼也都是徒勞。唯有愛，是真實的存在。

另一個陽光燦爛的日子

——托馬斯・曼《魂斷威尼斯》

當我們開始寫作，一心一意想要創作，那便是陷入「愛」的狀態中。因為我們希望被寫作的對象，在我們的文字中閃耀發光。世人都無法抗拒這種慾望，尤其是像阿申巴赫這樣的老作家，更是深知慾望之火竟似海，衝得人向前踉蹌翻滾。

托瑪斯・曼名作《魂斷威尼斯》裡的老作家阿申巴赫，就被慾望的火焰燒得生命中只剩下珍貴的痛苦。他像所有戀愛中人，一心只想跟那個被命運之神帶來的美少年接觸，但也像所有戀愛中人，一旦得到了這難得獨處的機會，他卻又開始緊張焦慮掙扎和不知所措，最後終究不敢逾越雷池，於是他又回到原來的狀態——每天每天，只是等待，等待著美少年的出現⋯⋯。

在故事的序曲中，有三個長相奇特的人，一步一步地將長年觀察與書寫人物的老作家推向了威尼斯，也推向「死亡」。第一位男子將他透明的眼睛銳利地望著遠方，這漫遊者的姿態，激發了老作家的想像，從此渴慕年輕人的遠方。

第二個怪人留著山羊鬍，叼著一根菸蒂，說道：「威尼斯，好地方！了不起的城市！你無法抗拒他的魅力。」阿申巴赫在這空洞的話語中，登上了搭載著第三個怪人的老船，前往義大利。

這第三個人怪在過度時髦，鮮黃色的西裝配上紅色的領帶，還戴著帽簷向上翻捲的大草帽。然而他其實是個老人，卻裝扮得像年輕人一樣。這個老人為什麼要裝年輕呢？阿申巴赫的眼睛發燙。

在時髦的恐怖老人牽引下，作家看見了一個連造物主都不能再多修改一筆的人間傑作。那是個十四歲的少年，美得出奇。蒼白的面容與認真的表情，使他渾身散發出一種純粹的美。以西方人最高的藝術標準是「希臘雕像」而言，這個十四歲的少年就是一尊會動的，活生生的希臘雕像。托馬斯．曼在書中如此形容道：「他不曾見過類似的傑作，不管是在大自然中，還是在造型藝術之中。」

有了這份幸福的羈絆，阿申巴赫的日子不在只是原地停留，而是讓一個陽光燦爛的日子繼續延伸，連接上另一個陽光燦爛的日子。在愛慕美少年的迷醉之中，他深深地看懂了自己。其實我們也都看懂了，那無非就是蘇格拉底與斐德羅，是老與少，醜與美，智慧與純真，慾望與愛情的辯證。不過阿申巴赫仍為世人嘆息，因為讀者只能識別作品，卻不知道作品產生的緣由。

那麼《魂斷威尼斯》產生的緣由又是什麼呢？一九〇四年托瑪斯．曼突然向一位女子求婚，這個舉動使得作家身旁的親朋好友們都嚇了一大跳！因為托瑪斯．曼從來不近女色，雖然他沒有明確地昭告周知，然而我們從他多部「美少年」的書寫中，可以窺見托瑪斯．曼對於同性戀慕所傾注的熱情。他的另一部名著《約瑟夫和他的兄弟們》四部曲就是起因於作家迷戀上了一個美少年。那是他兒子的朋友，一個十七歲的少年，托馬斯．曼無可自拔地寫道：「他是我作為一個人所能體會到的最後的激情。」

及至《魂斷威尼斯》，則起源於作家偕妻子到威尼斯，於此邂逅了一位男爵的兒子。然而與小說不同的是托瑪斯．曼並沒有偷窺和尾隨少年，他當機立斷回到德國，卻從此展開了漫長的思念。直到有一天馬勒的第八號交響樂觸動了他的心，他更加清楚地意識到了自己的性傾向。

因為旅行，因為美，讓一個未出櫃的戀童的初老男人，在文字的世界裡，偷嚐了禁果。

醉步踉蹌

——讀劉以鬯《酒徒》

真正的清醒，是頭痛；秋天遲來的風，使人汗珠漣漣；夜晚的香港，是魔鬼的地盤，在這個時候，我怎麼能就此回家？「站在鏡子前，我看到一隻野獸。」

說這些話的人是個小說作家兼酒徒，然而在醉步踉蹌時，他總是道出了再清醒不過的話。其實「小說家」從來不是一個人唯一的職稱，而且很可能只是一個副業。至於他的主業是什麼都好，可以當醫生，可以當律師，可以當店員，可以做生意……。最怕的就是，他的主業仍然是一個寫小說的，只不過是那種成天被追稿債，專門連載通俗趣味的寫手。面對著簇新的稿紙、順手的筆，可就是不能寫自己真正想寫的東西。其背後唯一的理由，大家都不陌生——僅是為了糊口。人生如果真走到這個地步，恐怕就是莫大的悲哀！而劉以鬯的小說《酒徒》寫的就是這種文人最悲憐的處境。

小說主人公心裡想的是一個中篇小說，故事裡有個貧病交迫的書生，影射小說男主角，而《酒徒》的作者也像是量身打造似的，悄悄藏身其中。這個每天只用麵包和糖水果腹的窮作家好不容易在刻苦的環境裡完成了一部千錘百鍊的著作，卻從此到處求售無門。出版商甚至於問他會不會寫武俠小說，因為這樣才能迎合一般人的胃口，只要能寫武俠小說就不必再餓肚子，興許還可以買房買汽車。但是海明威拒絕。最後他被房東掃地出門，連買麵包的錢也沒有了，作家依舊九死不悔，賣掉了大衣，窩在樓梯底下繼續寫作。他的創作欲猶如一把熊熊的烈火，燃燒著自己。直到某天早晨，剛回到住處的舞女，在樓梯口發現了一具無名的屍體，手裡緊緊握著小說原稿。其後警察打開來看時，上頭的題目是「老人與海」。

故事想到這裡，《酒徒》裡的男主人公笑了，大約讀者們也笑了，那劉以鬯在寫小說的當下，可能也笑了。作家就是用他那支利筆無情地嘲諷自己，鞭笞自己。因此，笑也就是哭。在小說裡男主角被警告斷稿次數太多，排版副刊的工人和總編輯告狀告得社長不耐煩了！於是決定陣前換將。會有這樣的結果，那是因為「社長對小說一無認識，對於他，小說與電影並無分別，動作多，就是好小說，至於氣氛、結構、懸疑、人物刻畫等等都不重要。」可是偏偏劉以鬯認定了對內在真實的探求，是小說家重要的目的。有勇氣創造並實驗新的技巧及表現方法，以至於超越他的時代，更是歷史必然的發展。只不過最令人感嘆的是，現實生活之不允許，已經到了與純文學敵對的地步。劉以鬯藉由男主人公醉眼朦朧中，回答後輩「為什麼我們的時代不能產生像托爾斯泰那樣的大作家？」他仍是一副醉態的模樣，說出了清醒的話：因為作家生活沒有保障、一般讀者水平不夠、其實有程度的出版者也是鳳毛麟角，而且稿費和版稅都太低，也沒有好的書評……。

然而，現實的殘酷是沒完沒了的。在男主角的慾望底層住著十七歲的少女，那是房東的女兒。

「十七歲是最美麗的年紀，美國有本厚厚的雜誌就叫《十七歲》。」只可惜她稚氣的臉龐底下有一顆蒼老的心。她有一雙安徒生童話的眼睛，卻背著父母抽菸又喝酒，時常是三杯白蘭地下肚，也不改面色，只不過會酒後亂性，做出可怕的事情來……。此外，現實的殘酷又像是洶湧的海浪，一波連著一波，激盪著男主角原本有條理的思維，讓他時而「思想凌亂，猶如用剪刀剪出來的紙屑。」以至於「思想極凌亂，猶如勁風中的驟雨，紛紛落在大海裡，消失後又來，來了又消失。」原來這位清醒的酒徒作家也有糊塗的時候，但不是因為酒醉，而是為了張麗麗。張麗麗有一雙現代的眼睛，卻保存著石器時代的思想。故事裡的作家只得承認在張麗麗的面前，他永遠是一個失敗者，他的感情很容易被肢解，他需要隱藏自己的狼狽，他就像是小學生見到了脾氣暴躁的老師，什麼事都不敢做，只想擎白旗。

面對十七歲少女，作家可以對自己說：「我不再年輕了，不能將愛情當作一種遊戲。我當然需要愛情的滋潤，但是絕對不能利用她的無知。我必須忘掉她。」可是面對張麗麗，他只能兩手一攤，失去自制：「感情就是這樣一種沒有用的東西，猶如冰塊，預熱就融。麗麗是那麼的可鄙；但是我仍極欣賞她的吸菸姿勢。」

站在上個世紀六十年代香港街頭，劉以鬯將他的不安，化為意識流，寫進酒徒的生命扉頁，只因為「這些年來，為了生活，我一直在娛樂別人；如今也想娛樂自己了。」與此同時，他從沒有停止叩問：一個心臟病加上哮喘病患者普魯斯特，寫出了永垂不朽的《追憶逝水年華》；而那半盲的詹姆斯．喬伊斯也居然能夠寫出《尤里西斯》，這是什麼力量造成的？應該不僅僅是強大的企圖心，或是一般我們所說的人生目標吧？能夠讓這些大作家超越自己，超越時代的那股力量究竟從何而來？對於這個問題的解答，到目前為止，我們只能相信卡夫卡了。因為他曾經說過：

「人類企圖了解上帝的規則，那是得不到結果的。」

今夜炮火全開

——《西線無戰事》與自然書寫

就在前線炮火隆隆之際，飛彈猶如雷雨灑下，這時候如果突然想要上廁所，那會是怎樣的情形？

「我們搬了三個箱子，圍成一圈。」此時天空很藍，四周青青草地上點綴著圓錐花，個個搖曳生姿，引來小粉蝶兒穿梭在柔軟的盛夏微風裡。而這三個木箱，「就在火紅的罌粟花海中」……。因為小兵時時得有人監管，因此在前線上廁所其實已成為一種被強迫的公開亮相。然而雷馬克卻反而保留了這件事的純潔意象：「我們的臉皮愈來愈厚……其實露天上廁所，也是一種享受」，不僅可以聽見遠方如同蜜蜂嗡嗡的炮聲，坐在馬桶上還能遙望高射炮造成的裊裊白色煙霧，尤其是當它正在追蹤飛機時，煙霧就會快速竄升。這樣的視覺與聽覺「享受」，果然不是一般人能夠經常親身體驗的。而發自內心的感動，也就從此油然而生。一般人若不是每天身陷險境，在性命攸關的刀口上過日子，沒辦法想像火紅的罌粟花以及夏日柔柔的微風，能夠讓人感動到什麼地步！

雷馬克的自然書寫，一直很吸引我的感官，在炮火全開的緊張時刻，他選擇謳歌「大地」。戰場是個漩渦，會把人不自覺地吸引進去。然而大地卻帶來了抵抗的力量。當士兵們用力把身體貼緊大地時，他們同時也將所有的恐懼與怒吼交付給了沉默安穩的土地。在洞穴和深溝裡，大地積蓄了無比的反擊力量，蜷縮在它的臂彎，士兵們一回又一回地被賜予全新的十秒，讓他們得以再多跑一點，再多活一下。

「瘋狂的炮火幾乎將我們撕碎，而你卻又將生命交回我們的手中。」劫後餘生，是一種不可言說的幸福！這一點，戰場上的士兵體會最深。而最美的那一刻，是聽見流彈爆炸聲響時，人們本能地趴下，依著潛意識裡的信賴，將生命托付給了大地。將土地寫得富有生命、感情和靈魂，這是《西線無戰事》表現萬物有情的美好呈現。

但也有令人驚悚萬狀的場景。有一回，他們在深夜裡偷鵝。作者寫出人與自然搏鬥的慘烈。「我縱身一跳，馬上抓到一隻……我瘋狂地抓住鵝的頭去撞牆，想把牠打昏，但是鵝竟然發出巨大的鳴響，兩扇翅膀也不停地掙扎，我愈是奮力搏鬥，鵝的力量就更大！一路拖著我跌跌撞撞……」閱讀這段故事，我想像那隻大白鵝好像要把男主角抓上了天。

更恐怖的是，鵝的躁動引起了德國獒犬的注意，這隻狂吠的大狗瞬間精準地朝男主角的脖子撲過來。在千鈞一髮之際，「我馬上躺下，把下巴縮進衣領中，一動也不敢動。」最後他把手一公分一公分地輕微移動著，在彷彿過了好幾個小時之後，一旦他的手觸碰到槍，卻也不是迅速地拔槍開槍，而是一再地抖個不停。

然而最妙的是，當這兩個偷鵝的小士兵，最後終於擺脫掉大獒犬，也解決了大白鵝。他們最想要的卻是兩個可以供他們長眠安息的鵝毛小枕頭。於是一邊拔鵝毛，一邊小心翼翼地收存，同時想像自己在枕頭上題字：「在猛烈的炮火中，溫柔安息吧！」令人心痛的是，他們隨時都能想到自己不久之後，將在炮火中倒下……。

誰能夠把「死亡」這個課題寫得如此劇力萬鈞？而且是藉由動物故事與自然寫作，來抒發內心巨大的恐懼。誰能將整段情節推出一個令人意想不到的反高潮式結局，讓我們面對這群十八歲的「鋼鐵男孩」，只是忍不住唏噓嘆惋？

唯有雷馬克。

生命怎麼會是如此地沉重？

——雷馬克的吶喊

一戰的導火線是費迪南大公遇刺。但其實當時的歐洲早已分裂為兩大敵對的陣營。所以當奧匈帝國對塞爾維亞宣戰之後，協約國與同盟國的成員們，便紛紛以其各自陣營的立場捲入了戰爭。

德國是同盟國的首腦，他們計劃先擊敗法國，然後調集部隊轉往東線，接著討伐俄羅斯。而提出這一套作戰方略的人是當時的參謀總長阿佛列。他之所以要這麼做，是為了防止德國被法國與俄羅斯雙面夾擊。

然而這項計劃推展得並不順利。以法國為首的協約國在西線與德國對峙，後來竟逐漸演變成為低於地面，各自鞏固防守的塹壕戰。也正是在這樣的背景下，德國小說家雷馬克寫下了當時僅十九歲的學生兵保羅在壕溝裡對準了一名不慎跌落的法國士兵脆弱的胸膛猛刺。很寫實的是，那個法國士兵並沒有立刻死去，而是整整痛苦呻吟了一夜，保羅和他彼此折磨，形神俱耗，更兼保羅負疚甚深，正待要施予援手，那法國士兵竟溘然長辭了。

「我很年輕，才二十歲。但我對生命的認識只剩下絕望、死亡和恐懼。各民族之間被迫為敵。人民在沉默與無知的情況下，順從而且無辜地互相殺戮。這世界上最聰明的頭腦都在製造武器和話術，好讓眼前一切能夠長久持續下去。」雷馬可無限感嘆又感傷。而「戰爭不過是種死因，就像癌症和結核病、流感和痢疾，只是死得更頻繁，更多樣，更殘忍。」他還有一段話，讓我每每看了都忍不住傷心：「一切都在流動和溶解。泥濘潮濕的大地，是一個漂著血色漩渦的黃色池塘。死者、傷者和尚且活著的人，都將慢慢地深陷進去。」德國與法國陷入壕溝裡，形成了長期對峙，各自鞏固的塹壕戰。窘困中的德國還得面對東線的俄羅斯，這一方的戰役則顯得激動而且活絡。阿佛列參謀長戰略的失敗，讓德國注定困留在守勢的局面。不久之後，美國加入了協約國陣營。而俄羅斯則發生了十月革命，布爾什維克黨掌權後，抵擋不住德軍的猛攻，於是被迫簽約退出戰爭。

隨著俄軍的投降，雷馬克寫出了戰俘的形象：「那些在黑暗中的人影，他們的鬍子飄動在風中，我對他們一無所知，只知道他們是戰俘，這就已經夠令我震撼了。在我眼中，他們的生命一無姓名；他們的存在，無辜清白。如果我多知道一點他們的姓名和背景，甚至於能夠理解他們的願望與期待，憂傷與痛苦，也許我會很同情他們。但事實我對他們真的一無所知，於是我感受到的是——眾生皆苦。生命怎麼會是如此的冷酷和沉重？難道就只是為了上級的一道命令，就讓這些沉默的影子必須成為我們的敵人？」

雷馬克容或寫出了戰爭的悲哀與無情，然而更重要的是，他表達出這世界上一直存在著巨大的荒謬，使人不得不在無可奈何與痛心疾首之餘，將一切上綱到宗教的角度來給予詮釋以自我慰藉。「在某一張桌子上，有些人簽署了文件，簽文件的人，我一個都不認識，可是文件的內容卻是要我們上戰場，去殺人。」雷馬克所書寫的戰爭文學，讓我們看見了一個不明不白的事實：誰和誰應該是敵人？究竟該如何區分敵我？我們為什麼必須要去殺人？去與素不相識的人為敵呢？究竟是誰叫我們如此的？

而那些一個接著一個死去的戰俘，的確是帶著悲歌走的：「日子一天天過去，在一個霧茫茫的清晨，我看見又有一個俄國人被埋葬了。每天都有人死去，而這些俄國人下葬時，戰俘們都齊聲唱著讚美詩歌，他們的合唱分為好幾聲部，從遠處聽來好像是荒野中的手風琴。」

向晚時分，葬禮結束後，有個曾經在柏林留學的俄國人，幽幽地拉起了小提琴，他閉上眼睛，神情陶醉忘我。演奏中，隨著音樂節奏，他輕輕地搖擺著小提琴和自己的身體。當他知道保羅會彈鋼琴時，便邀請保羅為他做鋼琴伴奏，演奏中俄國人還時時對著保羅微笑。

我越來越不清楚的是，到底什麼是敵人？什麼是朋友？這個問題在生活中似乎很好回答，但是在戰場上就變得好模糊⋯⋯。

老師說的那個世界並不存在

——讀雷馬克《西線無戰事》，寫在教師節當天

「回到兵營，我們明天要寫信給看坎姆利希的母親。」讀著雷馬克的《西線無戰事》，我感到心頭不住地發冷。一群十八歲的男孩子，要怎樣寫信給他們同儕的母親，訴說她的孩子此刻正躺在軍醫院裡，而且快要死了。這位母親在孩子踏上征途之時，已經哭得「整個人都快溶解成脂肪和水了」。如今如何能接受她的孩子一條腿已經被截肢，而且軍護拒絕給他打嗎啡，因為任何人看到他，都知道他不可能活著離開醫院了。

在這本書裡，這班十八歲的男孩，最熟悉的就是「死亡」：「他臉上出現了前所未有的皺紋，這種皺紋我們太熟悉了，因為我們已經看過不下百次。說穿了那也不算皺紋，而是一種徵兆。皮膚下已經看不見生命的脈動，生命已經被壓迫到身體的邊緣，死亡正在裡頭一步步逼近……。」更令人痛心的是，同袍們分明記得不久之前坎姆利希還和大家一起烤肉、蹲彈坑，而如今他的形容面貌，已不是當初的那個人了，連聲音聽起來都如同死灰。

我閉上眼睛，看見了一張張還是孩子氣的臉，於是無論如何不能原諒鼓吹他們去軍區報名的

級任老師。這位坎托雷克老師性情嚴厲、個子矮小，更兼精力旺盛。他在上課時用矯情的聲音發表長篇大論，要同學們一起入伍，別做「膽小鬼」。在這一波波社會聲浪底下，大家都被沖昏了頭，沒有人敢真正地拒絕從軍，也沒有人知道究竟發生了什麼事，即使連受過高等教育的人，也沒能看清一切，只是興沖沖地，完全搞不清楚狀況。因此很多人心裡都不想去當兵，但是最後也沒有人敢真正地拒絕。雷馬克痛批：「如果像坎托雷克這樣的老師也算是一種罪，那世界上每個人都有罪，而像他這樣的人也多得成千上萬數不清。」事實上這些人錯就錯在他們都是堅信自己正在用最正確的方式做好事。但是結果卻使得「教育成了罪魁禍首，也讓人感嘆，教育使人愚蠢。」

小說男主角告訴我們：「對於十八歲的我們來說，老師應該是引領我們進入成人世界的導師，他們應該帶領我們進入工作、責任、文化與進步的世界，帶領我們走向未來。」然而結果卻是，「他們繼續講課寫文章，我們卻在戰地醫院裡和死人對望。他們把效忠國家稱為偉大事業，我們只知道每天都活在害怕死亡之中。」其實在這群年輕的孩子裡，沒有人不愛自己的祖國，但是在每一次勇往直前，衝鋒陷陣之後，這群孩子只能更加認清了一個事實：老師們說的那個世界根本不存在。

雷馬克以冷靜的筆調鋪陳出令人痛心的現實，而那現實的戰場又確乎是令人痛苦地笑出聲來的荒謬劇場。保羅的同學裡有個人叫約瑟夫·貝姆，圓滾滾的身材，個性很隨和，他對於報名從軍這件事一直很猶豫，最後因為怕「面子掛不住」，所以即使心裡很不願意去當兵，但是終究不敢不去。

而令人頭皮發麻的是，貝姆是第一個走的人。他死得很慘！「在衝鋒陷陣時，他被子彈射中雙眼，我們以為他死了，便把他留在戰場上。因為當時時間很趕，直到我們忽然聽見他的尖叫聲，看見他滿地亂爬，才知道他之前是痛得昏過去了，如今他眼睛看不見，沒辦法找掩護，結果在我們還來不及救他之前，就被敵軍射死了。」

發出從軍參戰呼聲的人有罪！我們單看保羅·雷馬克的小說在一九三三年納粹當權後，被打為德國的禁書，迫使作者本人放棄德國國籍，奔赴美國。我們就更應該認清宣揚戰爭者猙獰的面目。也應該看見這本書裡面所提到的學生最信賴的，在社會上最有權威代表性的老師們是失敗的。他們原本應該擁有更多的判斷力和知識，可惜最後卻讓學生們在那樣青春的年紀徹底地在死亡戰場上，摧毀了課堂上所建立的信念。「第一場戰火即證明我們的決定是錯誤的，這個錯誤連帶徹底瓦解了老師教給我們的世界觀。」作家的筆，是社會的良心。而雷馬克的筆，豈能不令教師警惕？

該對媽媽說實話？

——《西線無戰事》裡的老少年

在ＡＩ產業發達的時代，可能有許多人酷愛沉迷於戰爭主題的電玩世界裡。然而只有真正參與過戰爭的人，才知道這種遊戲究竟玩的是什麼。

離家的歲月，思鄉的情結，古往今來，繫繞在每一個遊子的心頭。然而打仗的士兵，卻別有一番滋味，非常人所能體會。在小說《西線無戰事》裡，男主角保羅放假回家。他的母親日夜憂心，積勞成疾，已經臥床不起。看見兒子回來，非常心疼地問：「前線是不是很可怕？」保羅隨即平靜地搖搖頭：「不可怕，妳別聽人亂說。前線哪裡可怕了？」

我只能說，保羅長大成熟了，他懂得以撒謊來安慰母親，使她不再驚嚇，不再擔憂。因為被逼到戰場上的年輕人，都是在貧窮底線上生活的孩子，同時也是沒有特權的平民百姓。既然父母親也拿不出辦法來讓孩子免於出征，那麼只好讓孩子反過來安慰父母。

「可怕」這個字眼其實是不懂得它的意義的人才說得出來。一旦真正經歷過「可怕」的事情，到那時，這個詞彙也就不值什麼了。母親說戰場很可怕，那是因為她根本不知道那裡的情況。保羅什麼也不說，因為他不想讓母親知道兒子提著步槍深陷地方戰壕，原本以為會有一場硬仗，卻沒想到裡面的人個個姿勢僵硬，就好像是中風了。他們有的靠在防護牆，有的躺在掩護壕，卻是身體發紫，全身僵硬，這就是毒氣戰的後果，待在戰壕裡的士兵，已經全都死了。

這些話能當作故事講述給母親聽嗎？儘管前線可怕的不得了！做兒子的也只能說：「你看看我，我還胖了呢！」母親聽得這番安慰的話，一定是狐疑到膽戰心驚；而兒子平靜地語氣其實也從反面訴說著他已經癱軟在巨大的恐怖意識裡，無法掙脫。保羅盲目地順手從背包裡拿出起司、麵包、奶油、肝腸、白米⋯⋯，這是他的軍糧，當兵的孩子不就是圖個讓家裡的老母親能夠吃的上大白米和起士麵包嗎？保羅看著母親的手又蒼白又憔悴，活在亂世，只有他上戰場才是唯一能讓全家人吃飽的好辦法。

至於休假回家，這是每個士兵最衷心期待的日子。然而經歷過無數的死亡事件後，「家」怎麼還會是「家」呢？這裡明明有母親，有姐姐，還有心愛的桃花心木鋼琴，「但我就是沒有回家的感覺，總覺得好像有層紗隔著，還差了一步的距離。」因為他懷疑如果戰爭結束後自己能夠幸運地回家，到那時，心境是否還能像戰爭以前那樣地純真和平靜？

戰爭把每一個人的家，毀滅於無形。在死亡遊戲的恐怖歲月裡，有一塊極為沉重的壓力與負荷，今見在靈魂深處擴大、瀰漫，直到這層陰影這一生一世都不可能輕易拂去。保羅面對著鋼琴，也站在自己的書櫃前，他好想再次抬高了腿，放鬆了自己，舒舒服服地坐在老沙發的臂彎裡，讀讀自己喜愛的書籍，但是心中鐵鉛般壓力沉重而巨大的陰影，早已不再能夠重新喚醒他對未來的期待，以及對人生的思考，更重要的是戰爭讓他失去了年輕人的朝氣。

電子戰爭遊戲的玩家玩出了一股熱忱，然而真正從戰場上回來的士兵，他們也許擁有了各種死亡的知識，然而這一輩子，將再也不會看見自己青春的活力與對生命的熱情。

爺爺睡覺覺了

——寫在父親節，談安妮・艾諾

父親離開我們已經有五年了。至今只要一看見他的照片，我的眼淚就立刻掉下來。

二〇二二年諾貝爾文學獎得主法國女作家安妮・艾諾的得獎作品《位置》給了我面對現實的勇氣。大約在半年前，她剛剛得獎之後，我開始閱讀她的小說，一開卷便很驚訝於她的勇敢、冷靜與敏銳。她揭露了我們不敢看，遲遲不肯解開來看的死亡之謎。在閱讀她的書之前，我還抱有一絲幻想，希望爸爸在另一個時空等著與我們團聚，我們也渴望再與他相見。而在重逢之前，我願以回憶與寫作搭起一座等待的橋梁，但願將來走到橋的那一端，就能看見他完好如初的影像。這感覺好像回到小時候功課寫完，便等著他回家吃晚飯的那段空檔；也像是每年暑期媽媽帶我們回臺中外婆家小住，那時候我也一直等著週末爸爸來團聚。從前，等著等著爸爸就會回來。而如今……於是我通過書寫父親的流亡歲月，爬梳他的亂離經歷，藉以理解他所走過的人生道路，同時也以之界定自己生命的意義。而這段歷程也在安妮・艾諾的引述中求得了印證。「我嘗試以這種方式來解釋：在我們違背叛逆之時，寫作是最後的倚靠。——尚・惹內」

我不僅自己一個人寫作，而且還邀集一群好朋友一起寫作。此作者群之中也真的有許多人和我一樣，一直不敢觸碰這個題目，而最終都在淚光婆娑裡完成了各自的追憶。

「我媽媽出現在樓梯口，她拿著餐巾按一按眼睛，聲音直板板地說：過去了。」小說家以如此平靜淡定的口吻描述了一切的過程，包括她們一起幫爸爸梳洗和刮鬍子，因為要趕在身體僵硬以前讓他穿上三年前女兒結婚那天他所穿的那套西裝。在這段趕工的時刻，母女兩人都沒有說話，沒有哀哀痛哭，也沒有低聲啜泣，有的只是靜靜地做事，並且沒有一絲慌亂；有的只是尋常對話和語帶感情的呼喚，雖然話語間感覺爸爸好像還活著，但是並沒有給人一種脫離現實或是不願意接受現實的感覺。事實上，安妮・艾諾只用一句話和一件事來表達女主角對父親的深情。她在母親直板板的聲音說：「過去了。」之後寫道：「接下來的幾分鐘我已經沒有記憶……。」把極度的痛苦與震撼寫得如此輕微，教人幾乎察覺不到。同樣是處理生死學，如果說妙莉葉・巴貝裡《刺蝟的優雅》表現出法式的優雅；那麼眼前這篇小說應該可以說是表現出法式的冷靜了。

除了這樣一句飽藏深情的冷語之外，故事一開頭安妮・艾諾還寫了一件事：小說女主角正在里昂的一所中學試教。在進入教室之前，女主人公略帶諷刺地想道：「那個神態倨傲正在批改卷子的女老師，下筆可是沒有半點遲疑。要是我接下來這一個小時的試教不出差錯，那麼我下半輩子就有資格像她那樣了。」女主角面對一個數學班的學生，必須講解二十五行巴爾札克的《高老頭》。而她在拿到教職的那一刻，馬上寫信給父母，告訴爸爸媽媽，她是正式的老師了。然而這語氣依舊是出奇地平靜。也許有人要問，這個開頭與後面的主要故事有什麼相干？答案是得到教職之後兩個月，父親過世。女主角在第一時間告訴父母她得到教職的喜訊，雖是法國人，已經達到中國孝道的水準了。

更重要的是《高老頭》！我非常喜歡這個「很不起眼」的小細節。法國經典名著裡的「高老頭」是一位偉大的而且夠傻的父親，他什麼也沒有，卻把所擁有的一切都給了兩個寶貝女兒。他在許許多多不眠的夜裡，拚命地壓扁那些他摯愛的妻子生前珍惜的銀器，只為了換錢給女兒過好日子；自己捨了豪宅，寧願住在破落的公寓裡，只為了將好房子、好馬車等寶貴的資產留給女兒。他明明很懂得麵粉生意，是能夠賺大錢的人，但是為了一雙千金幸福的歸宿以及她們癡癡戀戀的愛情，高老頭終日辛勤奔波，因此根本無暇顧及自己的命運和前途。

如此說來，安妮．艾諾小說中的女主角以《高老頭》獲取正式教職，這段開頭的「楔子」與後續女兒思念並書寫父親的故事主題，在文脈上便有絲絲縷縷的緊密關聯。這是最令我擊節讚賞之處。這樣精心細緻的文章處理，也需要讀過並且喜愛法國文學作品的人來與之共賞和對話，才能咀嚼出互文的滋味。

喪禮結束之後，女主角說：「接下來，我動手寫小說，他是主角。」然而寫著寫著，她明白了這不可能用「小說」的形式來呈現。也就是說，面對這個題材，不應該先決定藝術表現形式，甚至於不應該只尋求特定而且至情可感與撼動人心的故事來書寫。「我拾掇爸爸的話語、他的動作，以及他的喜好，他人生裡一些重要的事件，還有我曾經與他一同分享的生活印記。」沉浸在些點點滴滴的回憶裡，也許「平鋪直敘的文筆，自然流露的寫法」，才是最好的筆調。「就像我以前寫信給我爸媽，報告生活近況一樣。」

只要是愛，就應該讓它以原來的面貌繼續延伸。父親走了，女主角到隔壁房裡，抱起午睡的兒子，輕聲說道：「爺爺睡覺覺了。」這話聽起來像是自言自語，既是對兒子說的，也是對自己說的。她疼愛兒子，猶如父親疼愛她，這是愛的延續。而我在這句話裡，同時也感覺到女主角的孤寂之情，猶如後文中她曾提及自己僅見過祖父一面；如今她的兒子還那麼小，恐怕連見外祖父一面的印象，都付之闕如。因此生命和世代的延續唯有倚靠寫作來傳承，在爺爺睡覺覺之後，孫子還有孫子的後代只有在此書寫之中，方能得知和印證爺爺當年曾經怎樣生活過……。

巨人的箱子
——《百年孤寂》的世界觀

有一天，易家蘭端起一鍋熱氣騰騰的濃湯，要從爐灶上移往餐桌。此時桌子平整而且開闊，整鍋湯置放於此，應該是萬無一失。可是他三歲的小兒子突然發出警告：「湯鍋就要倒下來啦！」易家蘭既然不認為有危險，於是也就繼續移動腳步將湯鍋徑直置放在餐桌上。但奇怪的事情發生了，那湯鍋竟然不明就裡真的整個倒下來，砸了個粉碎。

易家蘭不是心疼那鍋湯，而是帶著懷疑的眼光看著自己的孩子，內心一直惶惑不已。然而作為父親的老邦迪亞聽說此事之後，卻不以為罕。他告訴太太：「這是很自然的現象。」

自從廚房裡的湯鍋抑制不住地往桌邊倒，老邦迪亞也開始正視孩子們無邊無際的奇想與對事物的特殊認知。例如這位父親給孩子們講地理課時，其實他是不斷地描述世界各地的「奇蹟」。孩子們在父親運用自己無邊的想像力之下，彷彿經歷了一場又一場精彩的魔幻之旅。孩子們因而得知南非某部落有一群人既聰明又溫暖和善，他們喜歡以靜坐沉思來當作日常的消遣娛樂。在地圖的指引下，父子三人於簡樸的小房間內，想像著他們手牽手，走走路，就走到了愛琴海。接著玩遊戲，爸爸帶著兩個兒子從一個島跳到另一個島，一直跳跳跳，跳到位在希臘馬其頓東地中海的第一大港——薩洛尼卡。

當吉普賽人再度來到馬康多，老邦迪亞牽著兩個孩子穿梭在市集裡，滿眼看到的是鑲金牙的江湖術士和長出六條手臂來的魔術師，還有一個人叫賣著隱身糖漿。終於老邦迪亞帶著孩子們走進了一座陰暗的帳篷，迎面看見一個渾身毛茸茸還穿著鼻環的光頭巨人，他腳踝上掛著沉重的鐵鏈……。

巨人因此寸步不離地守著一個大箱子，當老邦迪亞付了三十塊錢，巨人便揭開那箱子，老邦迪亞與孩子們還未看清箱子裡放著什麼東西，就先感受到一股寒意。孩子們往箱子裡探頭，只見底一塊透明的物體。我們看馬奎斯如何描寫老邦迪亞父子初次看見「冰塊」時，眼中心裡不能免除的悸動與好奇心：「透明物體上有無數白色細針，當夕陽的霞光映照在絲絲縷縷的細針上時，整塊透亮的物體立即閃現出數不清的五彩繽紛小星星。」

父子三人分別把手按在冰塊上，那神祕的陌生事物，使得恐懼與喜悅穿透了老邦迪亞的心胸。他第一次不知道該如何對兒子們解說眼前這個從未見過的新事物。然而兒子卻將手陡然縮回：「好燙！」這一聲喊，把作父親的喚回了現實。西方人心目中最慎重的事情之一，是將手平放在《聖經》上宣示。而拉丁美洲人心目中閃現最光輝偉大的時刻之一，乃是將手平放在前所未見的新事物上。

《百年孤寂》就是要我們跨越主流世界觀與價值觀，去關照地球的另一端，那裡的人們過著和我們完全不一樣的生活，而他們的故事也顛覆了我們長期以來所累積的理念與思想。

老邦迪亞愛作夢

——再讀《百年孤寂》

在這個世界上，有個醉心於夢想的丈夫，背後勢必就有一位超級務實的妻子。她像是將一枚氫氣球牢固地栓在地球表面上一般，不曾讓丈夫隨著夢想飄然遠去。在文學世界裡，諾貝爾獎得主賈西亞·馬奎斯筆下的老邦迪亞就是典型飛蛾撲火式的追夢者；那麼他的太太易家蘭也就只能命定般地成為疲憊而能不為夢境所惑的家庭主婦了。

這對夫妻所發生的衝突，在《百年孤寂》裡，首先是老邦迪亞所每做一場夢，幾乎都要燒光易家蘭所有的積蓄。這樣的夫妻檔，一個是受好奇心的驅使；一個是被缺乏安全感所威脅。而整個馬康多小鎮，如果沒有這兩股力量編織交纏，剛柔並濟，又怎麼建造得起來呢？我們人類的生存與奮鬥，一方面來自好奇心強，因此想要開拓，想要追尋，想要發展；另一方面又受到安全感的限制，於是我們守成，我們珍惜既有的成果，我們小心翼翼地走出接下來的每一步。所以我說，這氫氣球與拴住氣球的木樁，乃是絕配。而老邦迪亞、易家蘭，以及馬康多小鎮，容或就是人類文明歷史的濃縮與隱喻，標注著文明往前滾動的進程中，需要兩股力量在前進的同時互相制衡。

話說回來，老邦迪亞做過的夢，乃是千古絕唱！故事從一個「遙遠的下午」開始說起。原來每隔三年到處流浪的吉普賽人就會來到小鎮一次。外來者給凝滯的小鎮風情帶吹進一股新鮮的氣流，而且這股氣流對別人的影響力還有限，對於老邦迪亞來說，那可是樁樁件件都具有致命的吸引力呀！首先是兩塊大磁鐵所到之處，凡是鐵鍋、鐵盆、鐵鉗、鐵爐都得從原地倒下，木板上的釘子和螺絲也都嘎吱嘎吱地拚命想掙脫出來，甚至於有些早已被遺忘的失物也可能陡然間出現。這時，吉普賽人只需要推出聳人聽聞的標語，就足以讓小鎮的居民為之瘋狂，讓這裡的氣氛從一潭死水瞬間活化成為汩汩的清泉。「萬物都有生命，該是我們喚醒它靈魂的時候了！」果不其然，老邦迪亞願意用山羊和驢子換來兩塊大磁鐵，而且希望能夠吸到珍貴的金子。然而數月之後，他僅得到一副猶如大葫蘆般的中世紀破鎧甲。

吉普賽人再次出現時，帶來了望遠鏡，讓一個站在遠遠村口的女人，看起來居然近在咫尺。於是又一句聰明的標語出現了：「未來的世界，我們足不出戶，就能看個透徹。」在老邦迪亞瞠目結舌之餘，吉普賽人又拿出了放大鏡，不是只把東西放大而已，而是將一堆乾草因陽光直射進而被點燃了星火。那同時被點燃的，還有老邦迪亞的新夢想。他不顧易家蘭的傷心流淚，拿了一盆金幣來換這放大鏡。因為他相信，這一招可以用在戰場上來對付敵軍。只不過在對付敵軍之前，必須先通過具體而且有效的人體實驗，於是他決定要讓自己的身體被點燃，這樣他才能確切知道這種武器的殺傷力夠不夠強？

終於，鬧到老邦迪亞的身上處處潰爛，千瘡百孔，他才寫好一部教戰守則，想要獻給執政者，只可惜信差離去之後，從此音信杳然。他就這樣等了好多年，那神奇的「太陽戰術」也隨之修改了好多遍，直到吉普賽人帶著幾幅葡萄牙航海圖和各種航海儀器，三度來到馬康多。

地圖，不用多說，神祕的氣息與未知的遼闊領域，就深藏在其間，令老邦迪亞心醉神迷！我們也不知道他是如何在這個二維的平面地圖上進行沉思與研究。作者只告訴我們他研究時的「症狀」，包括他長期關在小房間裡，不與外界聯繫，而且開始出現自言自語的情況，到後來神魂彷彿都已經不在自己身上了，當初創建小鎮的勞動力和實踐力也不知飛往哪裡去了？如今他是四體不勤、五穀不分，甚至於食不知味。然而真理就在這樣的狀態下被揭發了：「地球是圓的，像一枚橙子。」易家蘭大為光火！她以保護自己的孩子，捍衛自己家庭的姿態，動手砸了老邦迪亞的觀星儀……。

吉普賽人此時又出現了，一直與老邦迪亞進行交易買賣的是個老人，他的臉色陰沉，鬱鬱寡歡，戴著一頂黑色寬邊的大帽子，那帽簷寬到就像是一隻烏鴉展開了雙翅，他身上的絲絨背心，仔細看上去，不僅千瘡百孔，還有許多發霉的痕跡……。這神祕老人證實了外界的研究和老邦迪亞所說的一樣：地球是圓的。這是在保守勢力抬頭的時候，前衛力量適時的反擊。易家蘭很不高興，她說在老人的身上聞到了魔鬼的氣味。而老人卻以化學常識來回應她：「妳所謂魔鬼的氣味其實就只是硫磺加升汞。」

賈西亞·馬奎斯撰寫《百年孤寂》，不僅傳遞了南美洲的風俗文化，這樣的撰述，同時也是人類歷史進程的縮影。科學知識起步發展之際，這株新興萌芽的小草周圍仍然是被許多神祕的力量所侵襲，因此它極有可能在還未發展出具體成果之前，就被神話、宗教、習俗、傳統觀念等等力量所吞噬和淹沒。因此，它勢必要在老邦迪亞奮不顧身地追求知識與科學，以及熱情接收外來新事物的精神下，與傳統抗衡，與保守勢力產生衝撞，人們才可能慢慢地看見理性的曙光。而這道曙光其實就是馬奎斯想告訴我們拉丁美洲哥倫比亞現代化進程中分外艱辛的發展軌跡。

世界蒙上一層永遠揮不去的悲傷

——三讀《百年孤寂》

老邦迪亞是個愛動腦好思辨的人，惟其如此，他的痛苦也就對別人說不清了，連他的結髮妻子易家蘭也不能夠理解他。吉普賽人帶來了兩塊大磁鐵，將街坊鄰居的鍋碗瓢盆、多年來的遺失物，像警察抓小偷一般，銬上帶走，無一遁形。連同家具上的鐵釘，都蠢蠢欲動，癡狂癲迷，幾乎要跟著磁鐵私奔了！一般人只是瞠目結舌，唯有老邦迪亞產生了突發奇想，他認為這兩塊大家伙可以像是一拍即合地找到伴侶那樣攜手牽來黃金。可是命運同他開玩笑，他費了九牛二虎之力，最終只吸到了一具帶著重盔甲的骷髏，而且還是一具癡情的骷髏，因他胸前帶著鏈墜，裡面藏著女人的頭髮。這是給老邦迪亞一大諷刺，為了給這個拋家棄子而竟日沉迷於研究各種天文物理現象的男主角，一個當頭棒喝！

但是這一棒，打不醒他的追求與熱情。吉普賽人又帶來了放大鏡和望遠鏡。特別是放大鏡對焦了太陽，能夠把他自己燃燒得遍體鱗傷。老邦迪亞不惜燒了自己，也要實現腦海中不斷冒出來的奇思妙想。他將這項實驗付諸於新式武器，還附帶著戰略攻防的手冊，讓信差翻山越嶺，在廣闊的沼澤裡迷了路，在暴風雨中逆行向上，也曾經遇到猛獸，也曾經飽經疫情，在絕望到了極點時，又差點失去了生命。最終將這份實驗成果報告書送交給政府。我們可以想像老邦迪亞的滿心期待，猶如石沉大海，直到他不得不相信一切付諸東流為止。最可悲的是，在一個十二月的禮拜二，他忍不住在午餐時間，將他長期以來飽受煎熬與折磨而獲得的結論做出宣洩痛苦似的發布：「地球和橘子一樣是圓的。」易家蘭突然也失去了耐心，狂吼起來：「你自己一個人當瘋子，別汙染了我的孩子們！」易家蘭氣他不理稼穡，不顧孩子。然而老邦迪亞依然痴心不悔，目的只有一個：向著文明走。

有一段時間，他以為文明在北方，於是展開了一場大膽的冒險，在一年十多天看不見太陽的濕熱沼澤地裡前行，潮濕的靜謐的最古老的回憶，壓在他們的心頭，讓他們喘不過氣來。最難能可貴的是，他告訴自己：「沒有關係。最重要的是，不要迷失了方向。」在不斷地研究，不斷地嘗試，甚至於可以休息不斷地學習與吸收的過程中，我們知道他的方向是對的，甚至於進程也超前了，只可惜距離文明新境，還有相當大的距離。

當他們的眼前出現了一艘西班牙大帆船，並且牢牢地卡在石子地裡。老邦迪亞的心便沉到了海底。因為有船就有海，有海，便阻隔了他們尋找文明的道路。

「世界蒙上了一層永遠回不去的悲傷」，這世界上最悲傷的人不是活在落後境地裡的人；而是明知可望也可及的地方有人過著比我們還要更文明昌盛的生活，同時擁有開化的智識，但是卻怎麼樣也到不了那裡。

於是老邦迪亞成為「百年」之中第一個「孤寂」的人。在馬康多，每個人都相信他之所以變了一個人，是因為受妖術所害，因此變得荒廢工作、冷落家庭，成了喪心病狂的人了。其實他真正想帶著大家追求的，不是現實生活中的安逸與平穩，不是家家戶戶擁有前庭後院，花木扶疏，雞鴨成群，兒女活潑成長，妻子免於憂愁。他所期盼的是更高的靈魂的滿足，對於高度文明的嚮往，對於新知的熱情崇尚，還有對於研究這個世界的高度興趣……。只可惜這一切到最後，僅以他是個瘋子做總結。而他確實也崩潰了，崩潰在全村的人以安居樂業為由，對他展開了不合作的態度來抵觸他再多跨出一步就會成功的文明之旅。功虧一簣的頹喪，使人感到從四面八方，無邊無際人心的荒涼廢墟中，吹來的一股寒意。至此，老邦迪亞的魔幻對峙眾人的寫實，教我們在這場文學的世紀對決裡，看到了南美洲人深深的悲哀。

光之所在
——讀《源氏物語》

比起《紅樓夢》裡受到三千寵愛的男主人公賈寶玉，《源氏物語》裡的男主角源氏公子恐怕更搶眼，更受到矚目。賈寶玉這個名字突顯出玉石瑩潤如酥而且曖曖內含光的特質。至於光源氏則無疑更是一個明星般的亮點。因為光源氏的含意，即為光之所在。

賈寶玉銜玉出生，那光源氏更是在出生後不久，即豔驚四座。面對這麼俊美的小男嬰，父母該如何是好呢？只因為他是次子，而且是天皇的次子。這就是個難題。自古以來，廢長立庶，幾人能成功？遍閱歷史，漢高祖劉邦曾經受到戚夫人的慫恿，一心想立庶子為太子，而結果實在太不堪！戚夫人的下場很恐怖，那呂雉更是徹底展現出人性的醜惡，罪無可逭。

那麼日本平安王朝時期女作家紫式部怎麼記載和描述一個庶出皇子的生命故事呢？原來天皇疼惜桐壺更衣所生的這個孩子，但是孩子的母親家世背景不夠強大，因此不能夠成為孩子終身的靠山。於是天皇當機立斷，將這孩子貶為臣民，賜姓光源，給他偌大的宅邸，僕從如雲，為的就是要讓他一生無憂無慮，幸福美滿。同時天皇也相信，這麼做，能讓桐壺在天之靈感到安慰。

政治需要智慧！親子之間的互動，也唯有愛，才是最好的驅動力與潤滑劑。給孩子再大的權力，也不過是滿足大人的虛榮和野心。況且權力與幸福是對峙的，一個是黑暗山洞裡兇猛咆哮的野獸；一個是山洞外和煦陽光下隨風搖曳款擺的野花。天皇的愛，給了光源氏一生溫暖和煦的陽光與春風，他讓孩子不愁衣食，並且擁有一座春夏秋冬四季庭園的民間宮殿。這是比《紅樓夢》早了七百年的人間大觀園。

然而父母親能做到的，能為孩子的起步所做的鋪路，也就僅止於此了。往後的一生幸福與否，源氏公子需自己去闖蕩⋯⋯。

而當我們在第一次走出自己的生活圈，赫然發現這世界上有人過著和我們完全不一樣的生活。那是感官體驗的第一次覺醒，這經歷是寶貴的，是絕無僅有的，也是引發我們日後不斷向外探索的重要契機。

源氏公子的初體驗就是這麼的新鮮，引發他偌大的好奇，也促成了他人生第一場愛戀。這個他所愛戀的纖纖弱女子，卻在日本文學史上烙下一個頂頂的大名──夕顏。

說起來，源氏公子認識夕顏的那一天，他並沒有刻意地想要走出自己的生活圈，他只是思念起保母，那是在他生活中，在他生命逐漸成長外擴的同心圓中，最核心的一個人。因為源氏公子從小就失去了母親，那麼保母對他而言就是情感世界裡最重要的依靠了。他想去尋求母愛的安慰，然而保母在源氏長大之後，就已經搬回自己的老家，那是個陋巷裡的窄門淺戶。可是就在這麼一個偪促逼仄的地方，竟然同時還住著一位天生麗質的佳麗。

源氏公子先是在車上看見了籬笆上掛著不知名的野花，因此派惟光去詢問這戶人家。只見門開啟處，走出一位淡黃色長服的清秀女子，根據後來惟光的回稟，這種籬笆牆上的小花叫做夕顏，朝生暮死，不足為奇。然而源氏公子可是大為驚奇！當初天皇與桐壺更衣的愛情故事，其實是唐代李隆基與楊玉環的翻版，都說「名花傾國兩相歡」，可此處花是野生的，人也不過是個小家碧玉，源氏公子從來沒有想過人世間還有這樣的風景，那花也不出名，人更是不知名。不過一旦好奇了，思緒便一往無前，直到他無可自拔地戀上對方為止。從今天此源氏公子經常夜半來天明去，並且因為夕顏不肯說出自己真實的身分，於是公子也隱藏了自己。他每晚帶著一副面具來看夕顏。最令他驚奇的是，每天一大早，天才剛曚曚亮，那屋外的聲響便此起彼落，清晰異常地傳入耳膜。這是他平常在深宅大院中，所沒有聽過的引車賣漿之流的聲響。不過好奇歸好奇，源氏公子總是會希望能夠與夕顏安安靜靜一覺到天亮。因此他興起了一個念頭，希望帶著夕顏到山裡的別墅去安享幾天。

只可惜，到了山上，當天夜裡夕顏就被六條御息所充滿妒意的生魂給活活地掐死了！

我們將時光快速倒帶，回到公子與夕顏初相識的那一刻，夕顏曾經拿了一把小扇子來盛籬笆上的小花，因為這花雖稱不上名貴，卻非常細嫩與脆弱，拿在手上，很可能一下子就揉壞了。因此「請用這扇子盛著」。夕顏這位柔弱善良的女子就是那籬笆牆上的小花，生命無常，使得她與花皆不得善終。在紫式部的鋪陳與描摹中，花即是人，人也如同這花，只不過作家還把夕顏當作是一個重大伏筆，日後源氏公子見到了擁有烏黑美麗秀髮的玉鬘，知道她竟是夕顏的女兒，到那

時，夕顏的真實身分才會以曝光的方式呈現在讀者的面前

那麼究竟六條御息所的生魂作孽，甚至於傷害人命，這到底是怎麼一回事？許多研究者都試圖說明，但畢竟誰也不知道真相如何。其實連六條御息所自己也不確定。如果一定要問她本人，我想她會說：「就算是我做的吧！」於是她自請謫調遠地，隨著她的女兒成為下一任的齋宮，她就順勢離開京都了。其實在故事一開始，所有的戀愛連序幕都還未展開時，六條御息所已經作為源氏公子的「前情人」而存在了。

我對於這個角色，既同情又愛憐。最同情她的那一次是在賀茂祭當天。這是日本古代慶祝豐收的節慶，又稱為葵祭。在節日的前四天，人們會從山上現採一萬枝新鮮的葵樹葉作為遊行隊伍的裝飾。遊行的起點是京都御所，經過賀茂御祖神社，最後抵達上賀茂神社。而祭典當日人們駕著牛車，車上妝點著葵葉，這隊伍可長達一公里。而此項傳統習俗在平安王朝時期達到了高峰。當時源氏公子已經正式娶妻。日本古代的許多詞語經常令我們觀感一新。例如：宮廷內低階的嬪妃，有「更衣」這個名號；貴族娶親，新娘子稱為「添臥」；妃子生了孩子，可以稱為「御息所」，這就是將六條住的地方轉為她的名號。而如今源氏公子已經有了添臥，那是名門閨左大臣千金葵姬。並且在賀茂祭這一天，葵姬因為懷孕期間，身體感到非常不適！母親勸她出去透透氣，葵姬這才乘坐她家的牛車參加了遊行。沒想到在途中遇上了六條御息所的座車。兩家車伕爭車位，吵得太兇！葵姬家的車伕還對六條御息所冷言奚落，最後竟然將六條家的車桿給打斷了！六條御息所的車子幾乎倒塌，只能靠著別人家的車子才不至於讓她跌出車外。就在這時候，源氏公子意氣

風發，神采飛揚地飆馳而過。當他看見葵姬的車子時，立刻停下來，向她致意，然後立即揚長而去。

源氏公子並不知道當時六條御息所也在場，但是六條眼見這一幕，心灰意冷已極，對京都與情人都不再留戀。當天晚上，有僕人告訴源氏公子車伕爭奪事件。公子立刻寫信去安慰六條御息所。對於前情人還能有這份心，我私心以為也堪稱難得了。而我因有感於整部《源氏物語》中，六條御息所用情甚深，因此也受傷很重。雖然表面上看來淡淡的，卻更凸顯她纏綿哀婉的美。於是數度走訪了書中描寫六條帶著女兒齋宮遁世清修的「野宮神社」，感覺與這位女主人公好貼近！這裡像世外桃源一般既幽僻，又夢幻。似乎很適合感情受傷的女人藉以尋求內心的平靜。

附帶一提，當時他們男女交往，寫信寫得很頻繁，情人清早離去，必定回頭傳信給對方，表達讚美與感謝之意。他們將信紙折疊打結之後，會別上一朵鮮花，也許就是梅花、桃花或杏花，代表春天的喜悅。如果是一封分手信，也許就會別上枯枝，我還看到《平家物語》等書上寫，被分手的情人會在信紙上灑幾滴淚，傳遞離別的傷情。而六條御息所表達落寞傷感的方式是以「淡墨」書寫。彷彿是想表達感情淡了，一切無從眷戀，心頭便縈繞著無奈的感傷情緒。我反覆捧讀這些卷帙，再三吟詠，直覺得美得不能釋卷。

關於生魂的故事，日本近現代還有許多作家在他們的小說裡都有所著墨。我推薦讀者們閱讀谷崎潤一郎的〈柳湯事件〉，日本可以說沒有作家不受到《源氏物語》的影響。谷崎潤一郎也包括在內，況且他這篇小說也寫得引人入勝，可圈可點。

《紅樓夢》第一回作者藉由空空道人之口說：「因見上面不過談情，亦只是實錄其事。」我想這段話放在《源氏物語》之上，亦甚貼切。而道人終於在受到石上書的洗禮之後，「因空見色，由色生情，傳情入色，自色悟空」。賈寶玉和源氏公子最後都選擇出家而成為一名情僧。閱讀過兩部皇皇巨著，在心生感嘆之餘，我們應逐漸有所領會，情感教育可以是進入這兩部書的共同切入點，但情感同時也是我們一生接受美學與哲學的試煉場。能不能讀懂這樣的經典，除了依靠個人的文學素養與造詣之外，更重要的是憑藉著我們對生命的熱愛，對人性的省察，以及在追尋自我的過程之中，靈魂所得到的救贖。

文學與科學的迴旋舞
——東野圭吾、石黑一雄、谷崎潤一郎、赫胥黎、瑪麗・雪萊、蒲松齡

文學與科學歷來相生相長，甚至於文學的創作引領了科學的發明，這是我長期以來關注的課題。我們如今就從這個角度來檢視幾部文學作品。其實這些例子多得不勝枚舉，除非一個人從來不親近文學，否則不會沒有發現這有意思的現象。

我很喜歡東野圭吾的小說，雖然在《第十年的情人節》裡，〈出租嬰兒〉並不是我最熱愛的一篇，但是它真是一篇經典的AI人工智慧小說。故事裡的女主角擺明了是因為自己不想生小孩，卻又希望能夠擁有短暫的育兒體驗，享受一下做媽媽的快樂，因此到高科技公司去租賃了一項新產品——人工智慧寶貝700-1F。

這個軟綿綿、沉甸甸的小女嬰被設定為十個月大，體重八千五百克，而且是一個根據客戶遺傳基因計算出各種數值進而做成的小小機器人。業者甚至於已經能做到當小baby的眼睛微微睜開，露出笑靨時，霎那間，便能使購買者的心融化進她的眼眸裡，於是小說裡的女主角整個人都沉浸在當媽媽的喜悅情緒裡而不能自拔。我們於是可以想像，未來當人類的生命增長，大量的工

作項目都已交給電腦和機器人負責，屆時將會空出大把大把的時間，這時候該做什麼好呢？或許所有的海外旅行都已令人厭倦，逢年過節又不必搶票趕搭各種交通工具，凌空渡海飛回老家去探望父母和親人，因為人們早已經習慣以視訊「見」面了。到那時，可以玩的遊戲，可以打發無聊時間的活動，大約就「只剩下」AI了。

這篇故事中的女主角也是如此，她偶然看見一個可以體驗育兒生活的廣告，因此希望能夠抱個小機器人回家養育，藉以感受育兒生活的點點滴滴。至少滿足一下自己的好奇心，而且不必負一輩子的責任。我怎麼看都覺得這個點子對未來人而言，一定是有興趣的，因此這項產業也應該富有很大的商機。而且到那時候將會有更多人晚婚，或者應該說更多人選擇不婚，儘管男女交往的時間很長，終究也不會有一方提出結婚或是求婚的想法。我們看到這篇小說裡的男主角，是位高富帥的紳士，職業很稱頭，做事認真負責，又有經濟能力。作為戀人，應該是具有百分百好條件的對象。但儘管如此，女主角也從來沒有興起過結婚這個念頭。

應該說對於未來的女人而言，不結婚沒什麼，但是沒有生過孩子，沒有自己的小孩，就會感到有點缺憾。這就是她租賃小小機器人的初衷。然而，沒想到的是，小嬰兒珍珠一回到家就開始哭，一直哭鬧個不停，讓媽媽好生苦惱，不知道是該換尿布了？還是她餓了？

結果不如意之事，還真是十常八九，最嚴重的一次是，嬰兒車在大賣場完全地失控。原來未來的嬰兒車也是自動駕駛的，可是不知道為什麼，那天的嬰兒車忽快忽慢，而且不安排理出牌，在整個廣大的賣場間，任由女主角疲於奔命地追趕。事後她才知道，這是一個電腦程式偶爾出現錯誤的狀況，那嬰兒車就像是跟女主角玩捉迷藏似的，只要人稍微靠近一點，那車子就迅速地奔馳遠離，女主角實在害怕嬰兒車撞上牆，傷害了孩子。這可不是鬧著玩的！於是我們可以想像未來的世界，最令人擔心的事情，就是電腦錯亂的時候。在某個大當機，或者是電腦病毒橫行的狀況下，人類的生活很可能遇上動盪與浩劫。

此外，孩子在成長過程照顧，難免會發高燒、流鼻水、食欲不振。這時候如果再遇上同居男友需要加班，不能準時回家。那麼女主角就得自己扛起育兒的全部工程，甚至於連預約好的美容院都去不了，回頭又面對一旦哭起來，就完全停不下來了的小寶貝，這時真是以跌入人間煉獄來形容，都也再不為過的。

可是命運之神捉弄人的那隻手，似乎永遠停不下來，就在女主角手足無措的時候，突然發現珍珠高燒近四十度！如此驚心動魄的育兒經驗，其實是每位父母都嚐過的辛酸史。如果後悔了，反正是ＡＩ，應該可以退貨，但其實不行，因為人工智慧公司已經跟顧客簽過合約，合約期限未到，提早退貨，是要罰款的。所以女主角只好硬著頭皮帶著孩子去醫院，那當然也是虛擬的醫院，一所醫生和護士都配合劇情演很大的醫院。所幸當珍珠吃過藥，身體迅速恢復了健康，躺在嬰兒車裡，突然笑了起來，而且以最可愛的聲音叫了聲「媽媽」。那時女主角的心，又再度掉進蜜糖裡，陷入無盡的沉淪了。

然後就在這樣的溫馨的時刻，租約到期了。我們可以想見女主角一定和珍珠難分難捨。甭說珍珠可愛得不得了，就是日常生活需要給孩子把屎把尿，女主角也已經習慣了這樣的日常，而且這一段長假過得比她想像中還要充實愉快！當然問卷調查還是要具體填表的，在租賃小寶貝的各種電腦系統裡，還是有缺失。而這個部分可以讓店員回報給總公司，在程式上再持續做調整，相信新一代的ＡＩ小嬰兒會更加符合顧客的需求。

然而令我們意外的是，女主角在回覆顧客滿意度時，也就是在小說的結尾處，作家大爆冷門，告訴我們其實那個孩子的爸爸也是租來的！原來這家ＡＩ公司有些附帶產品可以提供給女性客戶做選擇，例如想租賃嬰兒，卻連帶希望孩子能有爸爸的情況下，女性客戶也可以同時租賃一位理想的丈夫。而在這個故事中，原本女主角所設定的理想丈夫是認真工作，勇於接受挑戰的人生勝利組，不過如今事過境遷，她領悟到一件事：女人家育兒的時候，丈夫最好能夠從旁協助，甚至於偶爾犧牲一下工作來照顧孩子，這才是完美的男人。

總之，假期真的結束了，女主角明天又要開始工作，就在這時候她的好朋友打電話來，炫耀自己已經第Ｎ次搭乘飛行船上外太空去做宇宙旅行，雖然外太空景色單調，但是顯然有些人比較偏好體驗無重力感，這兩個閨蜜各有各的喜好，原也無可厚非，可是聊著聊著竟然抖露出她們倆同年齡的事實，而且都已經六十歲了！面對到底要不要結婚？在體驗過育兒的經驗之後，終究決定要不要生孩子？還是沒個結論。

但是不要緊，因為即使已過六十歲，那也還不到人類平均壽命的一半呢！她們還有好長的時間可以慢慢地考慮自己未來的人生該如何度過。

東野圭吾為我們勾劃出一個未來世界的想像圖，女性不必忍受妊娠之苦，也可以體驗抱抱孩子，並且感受家庭溫馨的美好。萬一忍受不了另一半，大不了解約，另外買一張票，再做一次宇宙航行，回來以後甩甩頭，就把什麼都忘了。等下回再次心血來潮，就租個自己喜歡的情人吧！

如此突破現有的人倫關係與人際束縛，重新規劃愛情與親情，究竟能否引發我們對人生抱持新的憧憬？這得端視個人的價值觀而定。但我想科學家很可能已經卯足了勁，準備往這個方向起跑開賽。文學止步之處，往往是科學展開的契機與起點。我們接下來為大家講述諾貝爾文學獎得主石黑一雄的作品。

一九九六年第一隻複製綿羊桃莉誕生於蘇格蘭愛丁堡大學旗下的團隊。然後桃莉在六歲時離開了人世，那是二〇〇三年的初春。僅僅兩年之後，二〇〇五年，長期旅居英國的小說家石黑一雄交出了一部入圍布克獎的名作《別讓我走》（*Never Let Me Go*）。原來對於複製羊，大家可以沒什麼意見，可是接下來如果要複製人，那麼小說家便覺得必須展開關於倫理、關於道德、關於人性的深層思考。

這部小說的背景是恬靜的英國鄉村，一所與世無爭的寄宿學校，學生們都非常單純而且好學，尤其是熱愛藝術以及運動。只有兩件事情讓人感到有點納悶，但是又找不出理由來反對。其一學生們怎麼都不放假也不回家呢？第二件事情是校方頻繁地給學生做身體檢查，並且在課堂上宣導抽菸飲酒等不良習慣是萬惡的淵藪，他們嚴格禁止學生做出危害自己身體的任何舉動。如果說還有第三件事，那就是校方非常獎掖學生的繪畫創作。這些事情初看似乎是平常，但其實都是作家埋下的伏筆。

孩子們在學校裡有歡樂也有哀愁，甚至於整篇故事的架構是圍繞在一個三角習題上展開的，而且是由女主角第一人稱回憶錄的形式來訴說他們特殊的生命歷程。

就在春夏秋冬、寒來暑往之間，孩子們漸漸成長，也開始意識到自己的未來，對於人生的願景產生了遐想。這時又有兩件事情令人不解。第一件事是歷史課堂上，當學生們認真地討論極權統治的鐵絲網這個問題時，老師看起來幾乎是要崩潰了！第二件事情是在某個下雨天，學生不能到戶外打球或做體能運動，於是他們在教室裡高談闊論起來，有的說將來要當醫生，有的說將來要成為明星，還要去美國……，一直面對窗外的老師突然忍不住轉頭告訴學生們：你們哪裡都不可能去，因為你們是複製人，要為本尊提供器官。

這位老師很快地就被校方遣走。而學生們也就一知半解地接受了這個事實。原來他們每個人一生最多被摘除三次器官，也就天不假年，絕對活不過三十歲。在他們漸漸成長成熟之後，又聽說一個傳聞，只要證實兩人相愛，就能延後摘除器官。在一場奮鬥之後，最終連這個幻想也破滅了。而這些複製人留下最大的悲劇就是在藝術創作中看得見他們是有想法、有感情、有靈魂的，所以他們是真正的人，卻被社會以不人道的方式來對待。

從另外一場意義上來說，石黑一雄創造了當代真正的悲劇。這些孩子們抗爭了，而且是以愛情之名來對抗命運，儘管最後依然慘敗。但是我們可以回顧古希臘悲劇，那時候的故事通常是強大的主人公與捉弄他的命運不斷地對抗與拉鋸。憑藉著他們堅強的意志與超凡的勇氣和能力，因此成為人間稱頌的英雄。原來在命運的手掌心上，他們從來翻不出勝利的成果，只能一再突顯人類的渺小與深深的無力。從這個意義上來看，複製人確實是真實的人類，悲劇的人類，兼具哲學與文學意義上的人類。

故事結束時，女主角的好朋友們都已經離開人世，包括她一直深愛的男孩也讓她眼睜睜地看著，看著他第三次走上手術臺。對於一個有思想，有感情，有靈魂的人而言，這實在太殘忍！不過女主角自己也心知肚明，她正在步入朋友們的後塵，最後終將逃不過命運的捉弄。

石黑一雄作品一出，當即引發討論。就算人可以取代造物主來複製人，靈魂可以複製嗎？感性可以複製嗎？還是我們能夠眼睜睜看著這個社會上有某些人懷抱終身的不幸與次等階級的身分忍辱活著嗎？當文學家啟動發言權的時候，科學家就該停止往前的衝動。也許靜下心來思考人生的價值與倫理的意義，才是我們更重要和迫切的需求。

隨著後疫情時代的到來，人們的娛樂生活在短時間之內已產生了巨大的變化。其中最明顯的現象之一，就是影視作品的轉型。從前受歡迎的作品首重大明星，而今恐怕是已經邁入了不太需要真人明星的時代，電影製作過程中，需要的是更精良的動畫技術，以超仿真人加上大量特效，整部影片就可以達到幾乎是真人電影的效果。再加上串流平臺已經自帶流量，因此節省下來的正是從前聘請明星以及宣傳廣告所需的高額成本。

而當我們不再需要大明星和真人演員，卻依然可以在螢幕上看到超仿真人的現身時，那些真正的大明星會作何感想？製作團隊又掌握了多少資源和訊息？觀眾的反應到底是如何呢？這些問題而情況，其實早就被一百多年前，生於東京的作家谷崎潤一郎所設想並給予解答了。

小說〈人面疽〉的故事拉開序幕時，我們看到了兼具東、西方美貌與精采演技的電影明星歌川百合枝去年曾經應東京日東電影公司之聘，獲得了史無前例的高薪。

然而最近她卻被一件事情給困擾住了。據說有一部由歌川百合枝主演的神祕劇最近在新宿、澀谷、青山、品川一帶不知名的電影院上映，並且在東京的郊區做巡迴演出。這有點像是現在的串流平臺，捨棄了大牌演員，也不再負擔高額的宣傳費用，而是鎖定平臺的客群，收取會員費以維持流量。重點是百合枝完全沒有印象自己曾經演過這部名為「人臉腫起物」的電影。然而這部電影中的女主角似乎又是按照百合枝被定型的角色形象來做的設定，百合枝有著洋人活潑開朗的一面，很適合演身手靈活的女賊、毒婦或女偵探等角色。百合枝容或真的沒有演過這齣戲，所以影片中的女主角，以現在的電影模式來解讀，那就是動畫片中的超仿真人了！

在這部電影裡，女主角是在沿海城市風月場所中第一貌美的花魁娘子菖蒲太夫。至於男主角則真是一個完全沒有人見過的「演技派明星」，也像是現在我們能看到的動畫演員。在串流平臺上，不需要大牌明星，只要特效與動畫做得好，一樣能吸引客群。而這位男主角就是以他的特殊造型來吸引閱聽眾的。原來他在戲中裝扮得極醜，而且骯髒又齷齪，是一名乞丐，卻擅長吹尺八。花魁深深地為他的音樂所著迷！而乞丐也興起了染指花魁娘子的野心。不久之後，乞丐的願望有了實現的契機。原來花魁即將於心愛的白人私奔，白人反過來祈求乞丐幫忙將藏著花魁的行李箱拖到寂靜的海邊藏好，等待白人深夜來接手。但乞丐卻提出了一個非分的要求，他希望在花魁藏身與等待之時，能盡情享受花魁的身體。「這是我一生的願望！」

白人雖然有點猶豫，但是為了讓自己的預謀成功，還是答應了乞丐。只不過花魁娘子本人卻不同意，驕傲又任性的菖蒲太夫一想到自己的身體被滿身汙垢，又長得像鬼一樣的乞丐所觸碰，簡直比死還難過！最後白人藉口自己忘了帶行李箱的鑰匙而商船馬上要起錨，於是掏出金子來打發乞丐。乞丐沉痛地表示：沒有花魁的世界，活著也沒有意思，於是他一心一意投海，而且他要在花魁的面前跳下去，死去之前，還發出怨毒的話：「我直拗的妄念，我醜陋的面孔會扎入妳的皮肉，一輩子纏著妳，直到妳死！」

不久之後，菖蒲太夫的膝蓋長出了人面疽，那眼睛、鼻子、嘴巴的線條，無疑就是醜陋而又充滿復仇心的乞丐！這怨靈一旦附身，菖蒲太夫也逐漸變成一個陰鬱狠毒，多情大膽卻無比嬌美的婦人。她開始做出許多傷天害理、謀財害命的事，卻又在夜半無人時，深自悔過，只是不久之後又再度沉淪。

菖蒲太夫過著奢侈豪華的生活，內心依舊受到良心的譴責，但肉體卻更加豐盈豔麗！

我每回閱讀這篇小說，內心總是浮現出許多可與之互文的例子。例如：乞丐日日夜夜以尺八守著花魁，希望能與她一夜溫存。這個故事與中國的〈賣油郎獨佔花魁〉的前半部，彷彿有點神似。而怨靈附身後，菖蒲太夫便開始發生種種荒腔走板的行徑，最後甚至殺害了自己的丈夫。這是有一點浮士德博士與魔鬼梅菲斯特打交道的味道。而女主角從舊金山到紐約，從紐約到歐洲各國，迷惑了多少貴族、外交官，以及高貴的紳士，她吸乾了他們的血來建構自己壯麗的豪宅，只是每到夜闌人靜時，她便飽受良心的譴責，然而她的肉體卻是更加地嬌豔動人！這個段落直指奧斯卡．王爾德《道林格雷的畫像》。

這麼多文本為〈人面疽〉提供的文學奇想的背景與藍圖，可能也可以說明谷崎潤一郎對經典文學的涉獵之廣與吸收之深，甚至於他在轉化與改寫的功力上，都很不同於一般。

最後，小說中提到當時日本環球電影公司有一位技師經常負責製片的特效，其專有名詞稱為「加深」，這種技術能使畫面出現類似光折射進來、覆蓋畫面的效果，英文是 film burn 或者 light leak。儘管這種特效能夠讓人面疱看起來更加立體，也更加恐怖，就像書上說的：「非常恐怖的醜男，腫起來的臉型，看過一次就忘不了，太不可思議了！是隱喻而令人害怕的表情⋯⋯。」可是有一個地方是無論如何「加深」都做不到的！在影片第五卷正中間的部分：「女主角反抗腫起物，想把臉撥掉，臉孔卻咬住她的手腕，把右拇指夾在牙齒間不放。」畫面中，百合枝的五根手指掙扎，而且感到痛苦，這是當時無論如何「加深」都做不到的畫面特效。

一百年前的谷崎潤一郎能夠想像出如此絢爛獨特的電影美學風貌，充滿了官能刺激，卻無法在現實的技術層面上達到這個標準，於是他只好訴諸超現實主義的寫作，將這個痛苦掙扎的手指解釋成怨靈附身，也就是百合枝受到了不知名男子的詛咒！

一百年後的今天，具有AI程式設計的製片者想要做到這樣的特效，讓動畫與真人綰合得天衣無縫，應該不是難事了。我們要佩服文學家的想像力永遠走在時代的前沿，後繼者再花一百年的時間追隨，將文學的想像與設計，具體實踐，這是人類文明發展一條隱微的路線。循此，我們可以在時間軸的中上游繼續追溯，一同來看看赫胥黎的《美麗新世界》、瑪麗·雪萊《科學怪人》，乃至於三百多年前中國的短篇小說之王蒲松齡的《聊齋誌異》，這些文學篇章裡，俯拾皆是對未來世界的想像，只是當時技術還做不到，所以讓這些小說由於志怪，或曰科幻。然而隨著科學研發的日新月異，小說家們的奇想，如今都有一一被實現的可能。還有些有趣的點子，到目前為止仍不見蹤影的，那有志於研究科學的新一代專家們應該可以回頭再多讀點經典文獻了。

一旦科學家同時具備文學家的敘事力、闡釋學，以及後設、互文等種種能力，又能旁徵博引，博古通今，那麼他研究和發明的前程，我相信將是不可限量的。

西元一六〇九年英國海軍在百慕達群島海域上遭逢暴風雨，其中有一位倖存的將領喬治·薩默斯（George Somers），最終登岸上了陸地，但眼前的世界卻是一個充滿超自然力量，而且處處顯得怪突的地方。

一年後，莎士比亞從這個遠離英國本土來到荒島的特殊經驗中得到靈感，寫出他人生最後一部戲劇《暴風雨》。故事中的公爵，因為酷愛讀書，不理政事，因此被弟弟篡位。弟弟即位後，還將公爵與他的女兒一同趕出海外。父女倆漂流到荒島上，公爵險些被歹人傷害了性命。他的女兒米蘭達曾經說過一句很諷刺的話：How beauteous mankind is! O brave new world, that has such people in it.

「多漂亮的一群人啊！有這樣的人住在這裡，還真是個美麗的新世界！」就是這一句反話，挑起了三百年後英國作家赫胥黎寫作動力的敏感神經。他要用更強烈的諷刺力道來警醒世人：我們正走向一個高科技的未來，但那恐怕是個一點也不美麗的新世界！

在作家的想像中，未來的世界，科技高速開發，不僅能夠複製人，還能夠預先設定要複製什麼樣的人。小說中，所有的人在出生之前已經被規劃為社會階層中的一分子。高階的主管階級是

α與β，這些人在胚胎成形時，即被悉心照料，務必將品種維持在高水準的程度，因為將來這些人都要成為社會的精英，甚至是領袖。不過社會上最多的人是γ，他們是平民百姓，是社會的中堅分子。而最低階的人就是δ與ε，他們完全只做勞力工作，因此在胚胎設計上僅給予低下的智力。尤其是最後一種人，他們甚至於被剝奪了語言能力，只能發出單音節的聲音。為了造成這樣的結果，其手段也很殘酷，就是以人為的方式讓最底層的這些人嚴重腦部缺氧，就會變成如癡呆型的人物。反之，最高一階層的人，在胚胎發育之前，其實已經被大量地複製，然後再讓這些生命聚在一起進行一連串的競爭，最後脫穎而出的胚胎才能獲得生長的權利。於是可以想見，這個「井然有序」的國家或社會，具有多麼「高水準」的競爭實力。所有關乎現實生存之外的事物，都被認為是不需要的。那就必須對這五種人施行洗腦。例如：嬰孩只要一看見美麗的花朵，就馬上電擊他，讓他感到顫慄和害怕！長此以往，將來他再也不會喜歡美麗的事物，也不可能會為了藝術而創造藝術，在盡可能地提升競爭實力的前提下，人們只顧追求現實利益。

How beauteous mankind is! O brave new world, that has such people in it.

看到這樣的「美麗新世界」，我們腦海中不由得又浮現了莎士比亞的名句。只不過這一次，我們是更加感嘆了！這是我們要的世界嗎？在高度競爭的環境中，我們失去了什麼？這是作家所扣問的。而人類究竟有多麼希望做出複製人？尤其是可以隨自己的意願製造出比自己更強大、更厲害的複製人，就好像我們手上的3C產品，一代比一代更先進一般。這個問題可以追溯到二百年前，還是英國人，不過是一位女性作家瑪麗·雪萊。是英國人並不稀奇，因為英國有哥德小說的傳統，就像我們接下來要談的中國志怪系列，初看似覺荒誕不經，仔細一想，其實是作家運用語不驚人死不休的敘述本事，為我們遙測未來。這系列的文本其實也是西方浪漫主義的一環。在《科學怪人》的故事裡，科學家維克多．法蘭克斯坦異想天開，從墳墓裡挖掘出各種屍體，並採集他們最強大的器官，企圖拼湊和製造出一個史上最剽悍的人造人。而這部書最大的諷刺，也在於後半段，人造人的結果是人類被科學怪人追殺！男主角全家人幾乎無一倖免，就算逃到天涯海角，這個科學怪人硬是比真實的人類強大百倍上山下海，水裡來火裡去，都難不倒他。那麼作家是不是要告訴我們：科學一往無前的結果，是我們將被自己一手創造出來的高科技所反噬？

現代人生活讓我覺得很滿意的事物之一，就是所謂的觸控式螢幕（Touchscreen）。這一類的電子顯示器非常方便，可以輕鬆便捷地徒手或是以觸控筆來輸入訊號，因著感應式螢幕上的觸覺回饋系統有即刻搜尋編程內各種驅動程式連結裝置的功能，於是它取代了從前的機械按鈕面板。而且智慧型新螢幕所顯示出來的畫質連同影音效果都非常生動出色！所以我想一旦有了觸控式螢幕，我們的生活就離不了它，舉凡智慧型手機、餐廳的點菜系統、GPS、提款機、各種售票機，還有停車場的繳費機器……等等，都是觸控式螢幕可以應用的範圍。

但是可能很多人不知道，如此便利的觸控式螢幕，還兼具了拍照、存檔，以及高畫質、高解析度等功能與特質的現代化設施，早在三百多年前，就已經出現在鄉土小說家蒲松齡的《聊齋誌異》這部名作裡。

我們來看兩篇小說，第一篇〈丐仙〉，這是說有一位精通針灸的名醫高玉成大發善心，從路邊撿了一個滿身爛瘡的乞丐回來養病。這個乞丐卻很不知分寸，竟然與高家的管家點餐起來了！今天要湯餅，明天要酒肉，雖然管家嫌他多事，可是高玉成並沒有二話說，完全答應他。然而萬萬沒想到的是，這個乞丐原來是個神仙，他傷好了之後，便尋思報答，他要請高玉成吃飯。地點卻是在高家後花園，然而當時的季節天寒地凍，在那裡吃飯能耐得住寒嗎？怎奈乞丐非常熱誠，高玉成也就勉為其難赴約了。宴會當天的景象如下：

「至園中。覺氣候頓暖，似三月初。又至亭中，益暖。異鳥成群，亂哢清咮，彷彿暮春時。亭中几案，皆鑲以瑙玉。有一水晶屏，瑩澈可鑒：中有花樹搖曳，開落不一；又有白禽似雪，往來句輈於其上。以手撫之，殊無一物。高愕然良久。」

花園被施以魔法，竟然溫暖得如同三月天，更奇妙的是高大夫看見了一個「水晶屏」，在這個清晰如鏡子般的大螢幕上，顯現出動態的畫面，不僅有奇花異草，而且不斷地發生花開花落，還有像白雪一般的禽鳥在空中徘徊流連。這麼生動的影像，吸引了高大夫的目光，不僅吸引他的目光，還吸引了他的手指。可是當他伸手觸碰時，並沒有摸到花朵或是雪禽，仍然只有一面水晶屏幕。書上說高大夫感到非常錯愕！

我們今天所使用的螢幕，也大致如此。可是蒲松齡的螢幕還不只如此。當高大夫要喝酒時，螢幕裡飛出一隻大蝴蝶！栩栩然猶如大雁一般大的蝴蝶，飛到高玉成的面前，竟然又搖身一變成為仙女，倚靠在高大夫身旁，原來她的工作是勸酒和助興。像這樣的設計，今天我們可能可以用AR或VR等虛擬實境的方式來呈現，但是當年高大夫可沒有戴目鏡，並清晰地看到蝴蝶與美女，不過當他醺醺然想對美女非禮時，美女瞬間又轉變成夜叉了！蒲松齡所想像出來的螢幕可以做出流暢的影像不說，螢幕裡的影像還能飛出螢幕之外，與真人互動，繼而玩起變裝遊戲來，動作迅速又不遜色，真是令人目不暇給！

我們再來看一篇〈八大王〉。這也是一個善心人的故事。有個姓馮的書生答應讓人用一隻大活鱉來抵債。當他看到這隻鱉，覺得很特殊，而且又是有生命的，於是二話不說將牠放生了。不久之後，馮生在水岸邊跟人起了衝突，當他報上自己的姓名時，對方那個醉漢突然倒地下拜，口口聲聲說馮生是他的救命恩人。可見這個醉漢就是當年那隻大活鱉。而他報恩的方式也很特別，從口裡吐出一個小人硬是擠壓到馮生的手腕關節裡。從此以後，馮生能看到別人看不見的東西。譬如有人要賣房子，他看見這個房子地底下藏了很多黃金，於是立刻買下，當然也就發跡致富了。這樣的例子多了起來，他便收購了很多很多的金銀財寶，古董珍玩，其中有一面鏡子非常特殊，比你我手中的 iPad、iPhone 都毫不遜色呢！

「得一鏡，背有鳳紐，環水雲湘妃之圖，光射里餘，鬚眉皆可數。佳人一照，則影留其中，磨之不能滅也；若改妝重照，或更一美人，則前影消矣。時肅府第三公主絕美，雅慕其名。會主游崆峒，乃往伏山中，伺其下輿，照之而歸，設置案頭。審視之，見美人在中，拈巾微笑，口欲言而波欲動。喜而藏之。」

馮生當時正在迷戀肅王府的三公主，這位公主美豔絕倫！令馮生不能自已。於是他趁著公主出遊的時刻，躲在暗處偷拍她。得到這珍貴的影像之後，可以存檔在鏡子裡，待回家之後，馮生很色情地將螢幕上的照片放大，高畫質的影像好得不得了！公主的一根根頭髮，都數得出來呢！而馮生的拍照技術也不錯，他拍到公主「拈巾微笑，口欲言而波欲動。」蒲松齡的文言文寫得真好！我們竟然看得懂他精鍊的語言文字，同時也看到了他所形塑出公主動態的美感。可惜的是，這三百多年前第一代的相機，就算鏡頭很好，容量卻不足，所以前一次所拍的照片會被後面新拍的照片所覆蓋。「若改妝重照，或更一美人，則前影消矣。」不過蒲松齡連這個存檔的功能都想到了，也實在很難得！

文學有時真的走在科學的前端，而且距離拉得很遠！我們今天才能享受到的高科技，明末清初那一會兒，一個山東鄉下的窮作家，一個連科舉都沒法兒好好考上的落魄塾師，在當時已經提出了如此新穎和前衛的點子，而且讓他小說筆下的主角們使用得駕輕就熟，並且從中得到了很大的好處！因為肅王知道小女兒被偷拍之後，氣得不得了！要砍了馮生，可是三公主卻堅持自己的容貌已經被他看得一清二楚，除非嫁給他，否則沒有第二條路。於是我們這位男主角馮生還真的是絕處「逢生」，最終贏得美人歸！這真是教我們一樣擁有觸控式螢幕和智慧型手機的現代人不得不感嘆和望塵莫及呀！

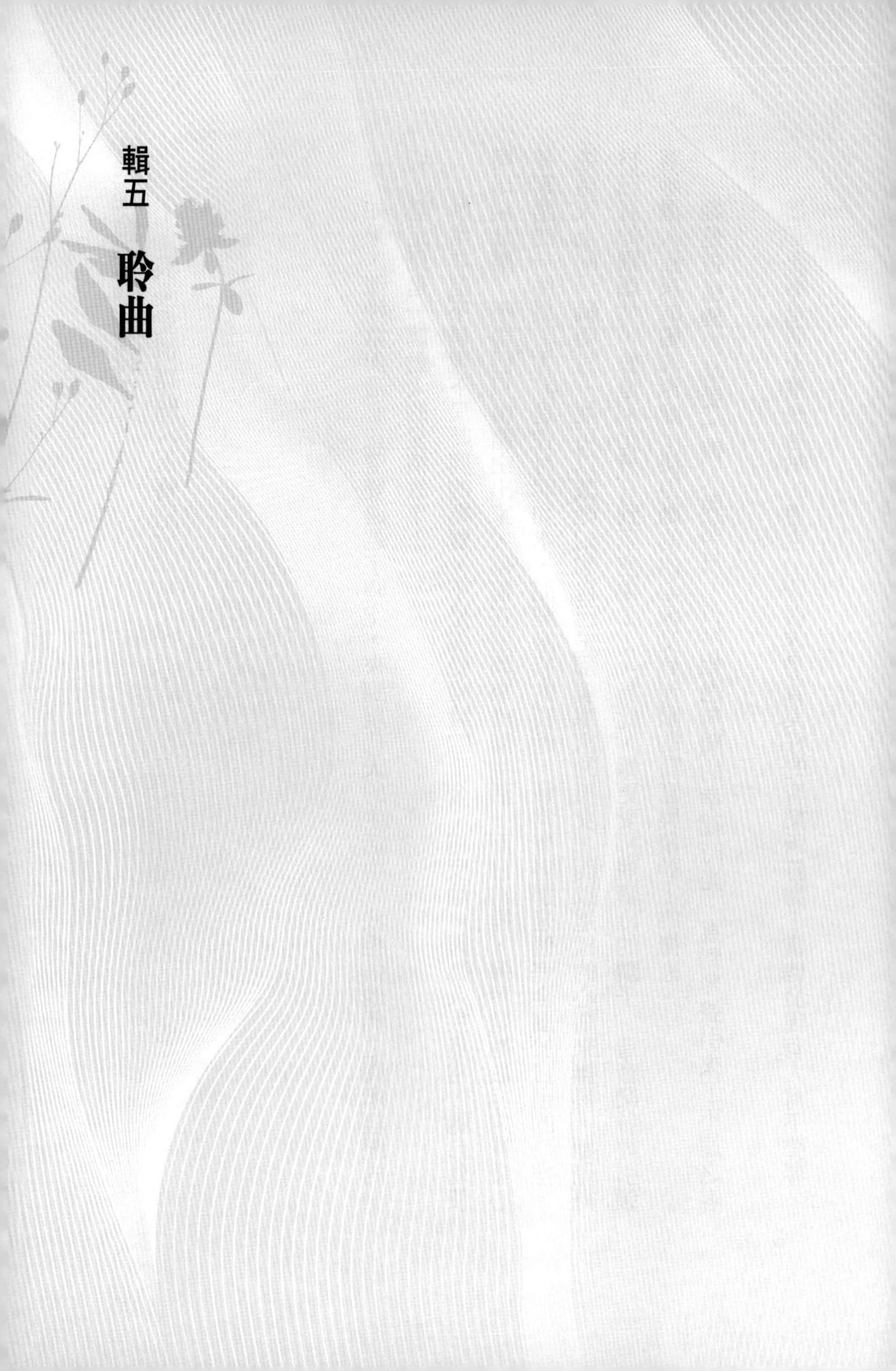

輯五 聆曲

輕輕偷走她的詩……

——浪漫愛情崑曲《玉簪記》

如果，陳妙常與潘必正雙雙跨越了時空，來到現代人的生活中，我相信他們之間所經歷的一切，必定仍是一篇動人的愛情故事！

妙常非但不是現下最時興的媽寶，不是備受呵護的千金；相反地，因為人生無常，她自幼便與母親分離，不得已只得藉由出家，寄宿在道觀來維繫生活。而日常裡，彈琴是她最能夠抒發心靈絮語的一件事。尤其是在月明如水、閒庭寂寂的夜晚，妙常覺得那是個完全屬於自己的時空。遙望天上的一輪明月，便可以讓她幻想自己是那廣寒宮的孤女，而以這樣的心情來撫琴，她覺得自己真的飄飄然，像是羽化飛升到了空中……。為此，她更愛那些清冷的調子，這音樂曾經引領著她潛入孤寂的靈魂深處，使得她的內心感受到無限的詩意與精神上的撫慰。

她是這樣樂於享受一個人與明月、古琴相融無間的幸福時光。直到琴聲引來了不速之客……。

潘必正雖是個不擅長考試的書生，卻很容易為美好的音樂所打動！當他發現有人月下彈琴，可以彈得如此出神入化！他便興起了與之切磋的念頭。果然，他大膽地試探著妙常的反應，不僅向她借了琴，還即興彈奏了一首訴說自己心頭孤獨的琴曲。妙常聽懂了，卻故意顯現出氣惱的神色。而這一場音樂才子才女的心靈對話，最終竟引發了潘必正的一場大病！也許是老天爺垂憐，妙常得到機會，可以隨著道觀主人前來探病，她一看便知，潘必正是為了自己才生病的。妙常便將自己的心情寫成了詩。沒想到在她伏案睡去的時候，潘必正來了，他沒有吵醒妙常，卻輕輕偷走她的詩。

妙常清醒之後，羞怯難當！眼看著潘必正手裡捏著她的詩稿，那一觸即發的熱戀，已迫近眉睫……。

世間最纏綿的愛情故事，必定是相愛的人卻注定要分離。潘必正為了道觀乃清修之地，而且人言可畏；也為了大考試期臨近，猛然在愛情的軌道上，急踩煞車！這回卻是陳妙常拿出了無懼的精神，急忙登上一葉小舟，在秋江湧浪間，破風前進……。

故事的結局，可以任人揣想，呈現在戲臺上的，也只是諸多可能性之一，而最美好的收場，永遠是留存在我們心底深處難以抹滅的那段回憶。

我倆在一條船上

——再談《玉簪記》

《玉簪記》是一齣典型的才子佳人崑曲愛情小戲。然而它所折射出來的文化光譜，卻異常耀眼奪目！首先，故事的時代背景在設定在南北宋之交，作者在故事一開始即拉開了亂世的大幕。

當時北方有一著名將領金兀朮，他是金太祖完顏阿骨打的第四個兒子。西元一一二五年宋金開戰，金兀朮攻打湯陰縣，一口氣招降了守軍三千多人。緊接著搶渡黃河，宋軍迫於情勢，緊急燒毀浮橋，金兀朮眉頭也不皺一下，直接率領騎兵涉水，很快地上岸之後，放手燒殺宋朝官兵，絲毫不手軟，然後進逼開封，逼得宋徽宗棄城出逃，金兀朮進而窮追猛打，迫使宋朝答應割讓大塊土地。

原以為金軍北返之後，大家可以稍事安心，沒想到不出半年，在同年的八月，金兀朮再度揮軍南下，並且在第二年的四月，攻陷了開封，徽、欽二宗被俘虜，這就是歷史上著名的靖康之變。而故事中的女主角就在此時出現了。

在金兀朮大局南下之時，金陵城裡有一位千金小姐陳嬌蓮慌慌張張地隨著母親每天東奔西跑、東躲西藏，過著艱困的逃難生活。有一天，她竟然找不到母親了！作者將虛構的平民小人物，丟進了大時代的洪流裡，看她的生命如何流轉，如何掙扎地爬出自己的一條生路。

就此與母親失散，嬌蓮在這偌大的金陵城裡舉目無親，無依無靠，迫不得已只好在一座女貞觀裡出家了。我們話分兩頭說，有個書生名字叫潘必正，他今年很不幸地又落榜了。他不想回家，因為實在沒有臉，想來想去突然想起金陵女貞觀裡的觀主是他的姑姑。如果前去投靠，應該可以得到收留。就這樣，他在女觀裡遇見了出家後的嬌蓮，如今已取了法名，叫做陳妙常。

男女之間互相愛悅，彼此傳情，試探對方的感覺，這是人世間最甜蜜也最苦澀的滋味。《玉簪記》從〈琴挑〉開始，一路傾洩少男少女的愛情絮語，訴說陳妙常與潘必正的相思依戀。在清涼如水，明月高照的夜晚，陳妙常獨自抱琴撫吟。琴聲引來了潘必正的知音守候，猶如莎士比亞在《羅密歐與茱麗葉》裡所說：「於命運之書中，我倆屬於同一行字。」潘必正與陳妙常就屬於同一行字。他借妙常的琴彈了一首〈雉朝飛〉，並且吟唱到：「雉朝雊兮，清霜；慘孤飛兮，無雙；念寡陰兮，少陽；怨鰥居兮徬徨，徬徨。」這明明是在暗示妙常，自己是個單身漢。於是妙常也彈了一首古琴曲〈廣寒遊〉，形容自己像是在廣寒宮裡孤獨冷清的身影以回應潘必正。才子佳人在月光下共彈一床琴，互訴衷懷。然而畢竟男女有別，潘必正的過度積極，卻引來陳妙常的矜持。潘郎見事不諧，竟生起病來。妙常聽說，自是非常關心。她主動隨觀主前去探病。潘必正見到了妙常，一時高興起來，便藉機向妙常撒嬌，訴說心情。兩人隔著觀主眉目傳情，唯有書僮進安看得出小主人公的心意。

不久之後，陳妙常因為這場探病，意惹情牽，思緒萬端，竟然也病厭厭地忍受起相思之苦了。而她排遣愁緒的方法是寫詩填詞。當她苦悶煩愁到了極點，在百無聊賴之時，便伏案而睡了。就在這個時候潘必正適時地來到妙常的房裡，輕輕偷走她的詩。並且從她的詩中，讀出了妙常的綿綿情意。於是喚醒妙常，拿詩在手，得意洋洋地逗弄妙常。妙常抵賴不得，遂與她心愛的潘郎海誓山盟。雖然愛情的果實甜美，卻不宜在應守清規戒律的觀院中持續發酵。觀主容不得世間情緣，於是催促潘必正即刻離開道觀，前去赴考。

一夜之間失去了情郎，陳妙常勇敢地僱了一葉小舟，急追潘必正。江上風浪高漲，兩艘船上的同心人，拚命地呼喚對方，直到兩人同在一條船上，到此時，竟是無語凝噎，只能執手相看淚眼，陳妙常取下碧玉鑾釵送給潘必正留念；潘必正回贈白玉鴛鴦扇墜在匆匆亂離之間權作信物，兩人終究只能依依不捨地話別……。

纏綿婉轉，情思細膩的崑曲，正是明季小品文作家暨養生美學家生活中最美的素養。《玉簪記》在作者是晚明萬曆年間的文人高濂。高濂最著名的著作其實《遵生八箋》。對於明代的文人而言，生活美學與養生之道是不可分的，他們博覽群書，下筆有神，喜愛談論生活中四時的變化與身體的調適，也關心如何益壽延年，如何讓生活更寧靜安樂？書中還教我們。怎麼穿衣吃飯？怎麼服藥？怎麼品味休閒時光？最高境界是告訴了我們如何退隱以求其志。因此晚明小品乃是有意境同時也很實用的生活美學指南。我們從這個角度來欣賞當時的文人，便同時也能夠理解到他們編寫崑曲劇本的心境了。於此，我們不妨將崑曲藝術視作文人的生活實踐，是他們很自然隨興之所至而完成的視聽美學。

到了《紅樓夢》的時代，曹雪芹說他們家演《玉簪記》時，暫退了文武場，只教男女主角搬上真的古琴來吟唱，崑曲與古琴兩大雅樂相結合，僅是這樣勾勒出一個畫面來，已經足夠我們產生無限的遐思了。

神仙怎能不思凡？

——黃梅戲《牛郎織女》

牛郎織女，七夕相會，層層鵲橋，是愛的使者，也是情的見證。這美麗的神話，浪漫的傳說，從小就在我們的耳畔響起，從而探入我們的潛意識，成為濃得化不開的心靈暖流，也是生命最初始的愛情教育。當我們凝望夜空，它是燦爛星河中最美的一首詩。同時這個故事也常在我們的口中傳訴，尤其是與心愛的人分隔兩地，過起異地戀情的生活，到那時我們就是特別能夠體會牛郎與織女的纏綿真情，以及他們所受的苦。

可是為什麼這麼耳熟能詳的故事，在生活中如此常見，卻在傳統戲臺上相對地稀罕呢？舞臺的生命力源自觀眾，而觀眾但求在劇場中聽見好故事，看到好演員。觀眾即是造夢的人。「牛郎織女」是人們仰望星空幻想而來的浪漫傳奇。當我們抬頭看著天上，久而久之，便嚮往起天堂裡的眾神仙。祂們不必辛苦工作，永遠坐享其成，又可呼風喚雨，還許點石成金……。然而又久而久之，人們在持續的幻想中，又逐漸改變了心意，他們揣度：其實神仙才羨慕人間呢！

在繁華似錦的紅塵中，有美酒佳餚，有笙歌婉轉，有廣袤的田園，有無垠的大海，到處都有無盡的寶藏，而俗世自有俗世的美，在此間，相愛的男女組成家庭，便能生兒育女，牧養種植，能興旺家業，亦可以和諧鄰里。而幸福就在其中，在這美滋滋的倫常小確幸裡，活下去的力量也會源源不絕地生發湧流。這股力量，天上的神仙永遠不能體會。祂們不知道，人類靠自己的雙手努力工作，進而養活一家人，看到妻子兒女吃得開心，穿得漂亮，孩童一天比一天進步成長。那打從心底得到的滿足與安慰，神仙怎能體會？

於是我們可想而知神仙漫長的生涯是很倦乏的，神仙們都很無聊也無知，祂們不懂在辛勤流汗之後獲得豐收的成果，會令人喜悅到什麼程度；祂們也不能體會，懷胎十月陣痛分娩生下嬌兒的那一刻，從我們生命深處汩汩湧現的愛是多麼豐沛，打從那一刻起，我們但求無私的奉獻，人類因而體會到更崇高的「愛」。

於是每個神仙都思凡。祂們都想成全自我，哪怕只有一次，也不枉此生。尤其是牛郎，他的田園躬耕，本來就應該在人間實現與完成。於是他邀請織女同祂下凡來體現世間男女存在的意義與價值。他們的愛情建築在共同的價值信念之上，至死不渝。然而此舉這卻惹得威權統治者心生憤恨！其實天上的愛侶所觸犯的天條，僅僅是人間最樸實最本能的欲望和需求。

於是天堂、人間形成了對照組，對照映現出王母娘娘等大神硬生生拆散牛郎和織女的無情與殘暴，相反地，人間這是處處有溫情，牛郎在人間的街坊鄰居、哥哥嫂嫂，甚至於那頭牛，都給了這對夫妻一個現世安穩的照拂。而天堂這面鏡子，同時也照出了神與神之間無愛，可是人間之所以成為人間便是因為這裡擁有各式各樣的愛，男女之愛、親子之愛、手足之愛、朋友之愛，還有鄰里街坊之間的相親相愛……。

這齣戲對我而言最好看的地方在於牛郎被王母打入凡間成為一個赤貧的農家孩子，他的樸實、認真、勤奮、善良，讓再次下凡的織女更加心動！面對著相見不相識但是仍有機會再度相愛的這個憨小子，織女這會兒終於看見了他真誠可靠的本質，於是選擇了他和他的生活成為自己終身的依託。這份感情不帶有任何現實的雜質以及功利的色彩。是人世間最純樸的一份愛，讓我們重新在現代社會愛情氛圍澆薄的荒草叢中，找到了那顆睽違已久的真愛的美果。

這齣戲的演員亦可圈可點。尤其是男女主角，火候成熟，在舞臺上游刃有餘，唱念做打都已做到完美無瑕。在我的理解中，演員始終是在演出自己，也務必要演活了自己。曾韻清老師的牛郎憨態可掬，誠懇、青澀又可愛；哈憶平老師所飾演的織女，非常溫柔婉約，而且側重在女主角多情的一面，做工很是細膩。王鶯驊老師的金牛，慷慨、正義又有魄力。其實他們都是在演自己，正是以設身處地的思維來詮釋故事人物，於是將角色融入自我，而又演活了自己，於是那戲自然透顯出生動吸睛的藝術靈光！

兩個新娘與一個荷包

——《鎖麟囊》帶來的啟發

薛湘靈，這個命運多舛的女子，歷經風浪，到頭來對生命感慨繫之，對家人充滿感恩。富於波折的歲月，也將她淬煉得更為堅強。

事實上，薛湘靈乃是存在於清初小說家胡承譜的筆下。筆記小說《只塵談》中有一篇〈荷包記〉，胡承譜不寫才子佳人的邂逅，而是在大雨滂沱之中，讓兩位新嫁娘不期然相遇。故事由於拉開序幕，可知胡承譜對場景的鋪設，與人物的謀劃，很不同於一般。而且以很獨到的角度，深入女性的內心世界，而且是兩位女性命運各自升降，地位互有交錯所發展出來的心路歷程。

原來新娘子對於自己未來的人生命運難測，既感到惶惑與恐懼；與親生父母硬生生的離別，又充滿了無助與傷痛。因此胡承譜直接寫「哭」，將所有的恐懼與痛楚都化為滂沱的涕淚，就像花轎外的大雨，無止境地灑落，無法抑制地縱情宣洩。

然而，同樣是新娘同樣是哭，兩個女子卻有著別樣的心思。薛湘靈雖然要嫁人了，卻仍是一片懵懂，她家境富有，父母寵溺，最不幸的遭遇，僅僅是出嫁的繡花物品還未合乎自己的滿足與要求。而另一個新娘子趙守貞也哭，且哭得肝腸寸斷，令旁人也為之淒惻。但是她的哭卻並不單純，也不傻氣。只是哭到讓薛湘靈感好奇與不解。守貞於是哭訴：由於娘家太貧窮，嫁妝寒薄，因此嫁到夫家，勢必為人恥笑與輕蔑。其實夫家也很窮，兩個窮人相結合，結果可想而知，也就是坐以待斃了。

湘靈聽說貧家女如此為難，很快地便做了個決定，解下陪嫁品中很精緻，但是她仍不滿意的一個荷包——鎖麟囊，慷慨地送給守貞。「行合巹禮。問金之所來，婦語以故。乃合夥經商，一歲中獲利數倍，凡貿遷無不如志。」十年內，趙家憑藉鎖麟囊裡的財寶竟然發跡變泰，成為大富戶。而且守貞還生了個兒子。替兒子找保母的時候，挑選了一個經歷大洪水之後，與家人分散，生活陷入孤苦無依的女子。然而，趙家這個小兒子卻很刁鑽頑皮，經常捉弄新來的保母，讓他除了無依無靠之外，更添加了無所適從與無可奈何。保母卻因此而興發了很深的感觸，原來自己從前在富裕的環境中，也是這麼任性，這麼不講理。就在她被小公子要求去閣樓撿球的時候，意外發現了當年出嫁時，送給另一個花轎女子的鎖麟囊。她一時間百感交集，想自己當初年少無知，自矜任性，連這麼美麗的一個荷包，都嫌棄不已；至於荷包內的金銀，她更是棄之如敝屣。女子為當年的不懂事而深深自責，只希望時光倒流，讓他回到從前，因為她已經學會了珍惜，學會愛人。

是的，她就是薛湘靈。而這是一個好故事。從胡承譜的小說到焦循《劇說》裡的評述，再到民國初年，著名劇作家翁偶虹為四大名旦之一程硯秋量身打造的京劇《鎖麟囊》。兩名女子與一個荷包故事，曾經唱紅了程派的代代傳人。「怕流水年華春去渺，一樣心情別樣嬌。」「吉日良辰當歡笑，為什麼鮫珠化淚拋？」唱到聲淚俱下，「她淚自彈，聲續斷，似杜鵑，啼別院，巴峽哀猿，動人心弦……。」連觀眾也心懷悽慘。但關於它的故事，還沒完。儘管劇裡是個大團圓；戲外卻不見 Happy Ending。

一九五四年十一月《戲劇報》批判《鎖麟囊》：「宣揚緩和階級矛盾以及向地主報恩」，具有反動思想，因此遭到禁演。原來戲中趙守貞為了報答薛湘靈當年的饋贈與解危，很盡心盡力替她找回大洪水消退之後倖存的家人，讓薛家一家團聚。

「向地主報恩」而遭禁演。這段黑暗期一直持續到改革開放，《鎖麟囊》才恢復演出。作家章詒和寫名伶的故事時，提到這段經歷，也是感慨萬千：「一路的雲與月，曾經的血與汗，眼瞅歸於塵土。」其實當初的女旦都由男性來詮釋，那便是希望男人能夠多多體會與品味女人的味道。湘靈的生命歷程由嬌滴滴的富家女淪落到無依無靠，任人欺凌的孤女，其跌宕起伏的心境，以及最終的感悟，莫不給予演出者借鏡的機會，同時也考驗著演員的韌性。這齣戲勢必還要演下去，無論外在環境有多麼艱難，我們都相信藝術自有它生命力堅實的一面。

讓負心漢自演負心漢
——《王魁負桂英》文革版

「菜油敷面，不擦粉底，不抹紅，暴眼。」章詒和在《伸出蘭花指》裡，如此形塑「王魁負桂英」之苦命女「打神告廟」的悲怒神情。她的苦痛來自丈夫王魁高中後捎來的一紙休書。我們回顧王魁、陳世美、王十朋等人的故事，甚至於連賈寶玉都算是一種負心的典型，否則林黛玉不會哀哀控訴而亡。而林黛玉的身影明明又籠罩著崔鶯鶯、霍小玉，甚至還有馬嵬坡梨樹下無端端也被逼得奔赴黃泉的楊貴妃，她們共同承擔的情感創傷。

於是我們可以說，在陳世美們的輕言拋棄中，古代俗文本塑造出了層層疊疊的女性悲情意識。這一股匯聚了千百年的幽怨與苦恨，早已成為文學史上一道沖天怨毒之氣，瀰漫在各朝代的女性文學篇章裡，直逼著我們不得不正視與面對。

問題是現代女性基本上不能在這個場域裡感受到兔死狐悲。說得坦白些，失戀之痛人皆有之，但它不過就是傷風感冒一場，休息休息，便可以再出發。下一個男人再不稱意，也比上一個強。何況時至今日，誰上誰的當？誰吃誰的虧？誰沒有誰會活不下去？還很難說。

於是女人並不為難女人，只是不同情。此間最尷尬的不是別人，而是在課堂上講授古典戲曲與愛情文學的教授們。文學藝術貴在靈魂與靈魂之間不經意地撞擊，就像是兩張琴合奏出和諧的曲聲，彈琴的人能不為此共鳴而喜逢知音？其實課堂上的氣氛，要的也就是這般悠然的欣喜與莫名的感動。包括了我們要面對的那些「黑嘴，棍子眉，目光冷峻，面無表情」的焦桂英們。但看她一出場就是一聲：「王魁，賊呀！」霎那間，那聲音幻化為一股犀利透骨的寒風，直逼人心……。

當初臺下的觀眾也曾報以熱烈的叫好！所幸而今有新古典主義的劇作及文本來重新演繹這些苦女們的愛情戲。先是國光劇團二〇一三年推出的「水袖與胭脂」，劇中情節影射楊玉環在馬嵬驛兵變之後，一縷幽魂尚自猜疑，想知道明皇是否心懷悔愧？當她回顧生前的兩段戀情，更想知道王子當初將她讓給父皇的真正理由是什麼？於是她要演戲，並且由她親自詮釋王子的心聲。

在入戲之後，妃子終於徹底明白王子要交換的只是皇位。愛情令人如此寒心！什麼「在天願做比翼鳥，在地願為連理枝」，說穿了他們父子倆都僅為了皇權而活。愛情是政治殿堂上的活祭，承平時代的享樂，一旦大難來時，沒有人經得起考驗。愛情在新文本中，從神壇上跌落，只有單方面的犧牲，連在文學世界裡都已經找不到至死不渝的殉情。所以愛情成了被諷刺的對象，並以此消失魔力的形象，重新體現在劇本的世界裡，令人不得不欷歔感嘆！

無獨有偶的是，二〇一九年章詒和在《伸出蘭花指》中，讓負心的袁秋華主動為鄉間農民唱出「打神」。因為他的地主身分，還因為他要求妻子頂替他的地主身分去戴帽子，他必須要認錯、立志要深深地悔愧。「恨漫漫蒼天無際，恨王魁狠心負義。」袁秋華咬牙頓足唱出了滿腹辛酸與怨怒，他也終於徹底明白了妻子戴淑賢的苦痛。

就讓男人自己責備自己吧！就讓負心漢痛到極點而昏死在舞臺上吧！演員是如此用自己的生命來穿透劇中人的靈魂，進而深深感動了一代又一代的觀眾。那麼就讓戲曲繼續演下去，而我們在課堂上也還是繼續講下去吧！只要感動還在。

唱戲的最是戲迷！

——齡官為什麼要唱〈相約〉、〈相罵〉？

二〇二三年是「紅樓・夢崑曲」第三年的演出，過往的兩年，我們曾經和大家討論的《紅樓夢》裡的崑曲，多半呈現在喜慶宴會上，尤其是生日宴、過新年，以及宗教法會。我們也曾經和大家談過，曹雪芹借用他生活在那個年代所流行的曲目來烘托《紅樓夢》人物情緒、故事氣氛與情節鋪陳。尤其是「以戲點題」的筆法，最為特殊。其實源自《金瓶梅》，卻又更勝於《金瓶梅》。原來一部好小說是有它的內在的邏輯。任何一部戲出現在小說情節中都是有用意的。不像是我們在日常生活裡看一部戲，並不必一定是我們未來聯繫。但是小說家寫了一部戲在某個橋段裡，那必定是有所暗示，這個部分是我們都很熟悉的一種特殊筆法，叫做「伏筆」。而曹雪芹所埋的伏筆，又特別稱之為「草蛇灰線，伏脈千里」。這些情況在過往兩年的節目中，我們都為大家解釋過。那麼今天我們要看什麼戲呢？又要解釋小說中的哪些重要章回以及著名的情節呢？

原來賈府中人不僅很會看戲，很愛看戲，而且更著重於「點戲」。所謂的點戲就是在宴會中主人公選擇看哪幾齣戲的意思。在今天的上半場節目中，我們要介紹兩位很會演戲的行家，一位是家班中的齡官；一位是當家的二奶奶王熙鳳。

首先是小說第十八回。賈寶玉的大姐姐元妃娘娘歸寧省親，全家人興高采烈地迎接她，於是早早地就買了一班小戲子準備在慶元宵當天唱戲來歡度這場盛會。當天晚上貴妃娘娘點了豪宴、乞巧、仙緣、離魂。這四齣戲分別埋下了賈府之敗、元妃之死、甄寶玉送玉，以及黛玉之死的伏筆。這事件事情正是全書的四大關鍵。非常重要！

今天我們接下來看後續的情形，當元妃所點的四齣戲都唱完了之後，有個太監端著一個金盤糕點來到後臺問道：

「哪一位是齡官？娘娘說她唱得很好！娘娘還想聽她唱，不拘哪一齣。」可見得，戲無論哪一齣，主要是看演員的功力，只要表演到位了，唱哪一齣都是好的。這時賈薔作為這個崑班也是坤班的男性經理人基於對崑曲名劇的認識，以及熟知宮廷的喜好，於是命齡官趕緊唱《牡丹亭》的〈驚夢〉、〈尋夢〉；可是沒想到平常脾氣就很拗的齡官，此刻更是執意要唱〈相約〉、〈相罵〉。首先，驚夢、尋夢與相約、相罵，在文句上很對稱，前者是同一個詞尾，都用了「夢」這個字。後者則是同樣用了「相」字。因此具有連綿修辭的趣味性，而且也表現出這個小女孩與她的男朋友撒嬌唱反調的神情，賈薔要她這樣，她偏要那樣！其次，這個事件，反映出齡官對自己所屬行當的專業認知與要求。原來齡官在旦行裡屬於貼旦，而《牡丹亭》裡的杜麗娘所唱的〈驚夢〉與〈尋夢〉，則是閨門旦的專場。於是齡官選擇了貼旦戲〈相約〉和〈相罵〉兩折來讓她可以好好拿出自己專業性的戲來充分發揮本行本色。

《釵釧記》是一個典型的才子佳人小戲。故事是說皇甫吟與史碧桃從小就定親了，可惜皇甫吟長大以後家道中落，史碧桃的父親史直就看不起皇甫家，於是想要退婚，讓女兒另嫁他人。女兒感到非常憂心，害怕自己貞節不保，於是想要送一些貴重的金銀珠寶給皇甫吟這個未婚夫，於是派了小丫鬟雲香，也就是齡官要扮演的這個角色，去找皇甫吟，準備送釵鐶給他，讓他備辦聘禮來提親。可是雲香去得不巧，皇甫吟不在家，他母親接待了雲香，兩人非常友好，都很客氣，拿了一張椅子讓來讓去，老太太又請雲香坐高一點，把她當成上賓來款待。臨走前雲香千叮嚀萬囑咐老太太一定要告訴兒子：「八月十五月圓的夜晚，靜悄悄地來到後花園，我們小姐有貴重首飾相贈。」這段情節就是〈相約〉。

可是皇甫吟回來後聽了母親的話就很遲疑，因為他認為自己是讀書人應該端方正直，不能做半夜偷雞摸狗的事，而皇甫吟身旁的同學韓時忠卻不這麼想，他很覬覦這個大好的機會可以賺一筆外快，於是慫恿皇甫吟千萬不要去赴約，但是到了八月十五的夜晚，韓時忠自己去到了後花園，在昏暗中，拿走了碧桃小姐的貴重首飾，捲款潛逃了。而韓時忠假冒皇甫吟赴約這段情節其實是寫在〈落圓〉一折中。至於韓時忠為什麼會知道史碧桃贈送釵鐶一事？原來是皇甫吟與韓時忠切磋學問之際，透露出中秋之約的消息，這段情節則表現在〈講書〉一折戲裡。

此後日子久了，史碧桃愈來愈覺得很不對勁，她不明白皇甫公子拿了她的金銀財帛？為什麼遲遲不來提親？於是她讓小丫鬟雲香前去詢問，沒想到皇甫吟的母親矢口否認兒子曾經在花前月下取過小姐的首飾。雲香這一氣非同小可！就與老夫人吵嚷起來，兩人互不相讓，針鋒相對，誓不干休！這一老一小，又拿起那張椅子來做文章。與先前的〈相約〉老太太邀請小丫鬟上座迥異，這回竟拿這張椅子出氣，誰都別想坐。這就是〈相罵〉或稱為〈討釵〉的情節。

年紀小小，心志卻很好強，這位心高氣傲卻又身分卑賤的戲子，為什麼要為自己點這兩折戲呢？因為她有氣，她為了自己的身分與賈薔不相稱，眼看著愛情沒有希望也不會有結果而有氣；他為了賈府的主子像是賈寶玉，任何一個人都可以隨時召喚她「裝神弄鬼」來扮戲而感到羞恥，更是有氣！我們看《紅樓夢》第三十六回「識分定情悟梨香院」：賈寶玉因各處遊得膩煩了，便想起《牡丹亭》曲子來，畢竟自己看了兩遍，猶不愜懷，因聽說梨香院的十二個女孩兒中，有個小旦齡官，唱得最好，便出了角門來找齡官。卻見齡官獨自躺在枕上，見他進來，動也不動。寶玉近前陪笑，央求她唱一套【裊晴絲】。沒想到齡官見他坐下，忙抬身起來躲避，正色說道：「嗓子啞了，前日娘娘傳進我們去，我還沒有唱呢。」寶玉從來未受到過這種被人欺壓的情況，自己便訕訕地紅了臉，走出來了。

齡官除了給寶玉臉色看之外，接著又破口指責賈薔。原來不久之後，寶玉看見賈薔從外頭來了，手裡提著個雀兒籠子，上面托著小戲臺並一個雀兒，興興頭頭來找齡官。笑著說道：「妳來瞧這個玩意兒。……我買了個雀兒給妳玩，省得妳天天兒發悶。我先玩了妳瞧。」說著，便拿些穀子，哄得那個雀兒果然在那戲臺上啣著鬼臉兒和旗幟亂串。齡官卻只是冷笑了兩聲，不屑地說道：「你們家把好好的人弄了來，關在這牢坑裏，學這勞什子還不算，你這會子又弄個雀兒來，也幹這個浪事！你分明弄了來打趣形容我們！」

其實全賈府中人都知道齡官的戲唱得最好！也都知道她的美，長得像林黛玉。但是為什麼林黛玉是千金小姐，受到的盡是包圍和寵愛？而長得和她一點也不差的齡官，卻只能是個身分低賤的小戲子，成天受人使喚呢？這個問題沒有人能回答，是與生俱來的命，恐怕也是她能力所無法改變的事實。因此她有氣，而所有的氣，最後的化為了戲，因為她是戲精，戲演得如此好！如此叫人著迷，儘管她不愛自己的身分，但是畢竟連她自己也入戲了，因此才能把氣出在戲裡。她不想唱什麼遊園驚夢，那柔軟旖旎的夢境不能烘托她內心的不滿，因此她非要以相約以致於相罵來訴說她的心情，來排宣她的一腔怒火。其實她的怒，也是她的愛，她不讓賈薔在大毒日頭下去請大夫；她一個人在大雨滂沱之下拚命地摳劃「薔」這個字，在在說明了，儘管有氣，其實她不過就是個受苦的女子。

若士南歸寫麗娘

——《牡丹亭》的由來

西元一五九一年，明嘉靖十九年，後世知名的大劇作家湯顯祖這時千里迢迢前往廣東徐聞去赴任。事實上，這漫長而艱辛的道路同時也是他人生的轉折之路。因為這一年他寫下了一篇雖非如《牡丹亭》那般膾炙人口，卻同樣是下筆有神，擲地有聲的大作，那就是《論輔臣科臣疏》。文中他對皇帝直言：「輔臣欺蔽如故，科臣賄媚方新，伏乞聖明特加戒諭罷斥，以新時政，以承天戒事。」

湯顯祖對於當時宰相等輔弼大臣的欺上瞞下；以及各路監察御史的賄賂獻媚，發出了強烈的譴責。此舉惹怒明神宗，結果是湯顯祖被貶到雷州半島的最南端，同時也是整個中國大陸最南端的徐聞縣。在往最南端移動前進的過程中，湯顯祖經過了著名的大庾嶺，此處韶關一帶遍植梅花，於是劇作家有了靈感：男主角的名字就叫「柳夢梅」，而女主角在〈驚夢〉一上場，就以清涼宛轉之聲唱道：「曉來望斷梅關，宿妝殘。」原來他一路走來，在廣東境內也一再地聽說：「宋光宗年間，廣東南雄府尹姓杜，名寶，字光輝。生女為麗娘年一十六歲聰明伶俐。」而且杜寶原籍是山西太原，後來官升授廣東南雄府尹。這些史料記載於《胡氏粹編》、《明代通俗日用類書集刊》，以及《澠籬集》等。這些文獻的紀錄，比明代話本〈杜麗娘慕色還魂〉還要詳細。讓我們發現杜麗娘的原型來自廣東。於是湯顯祖有了故事的底稿，再加上他周身飄落著梅花雨，長久以來對於官場的腐敗感到憤恨難堪的情緒終於放下，他要找尋「情之所起，一往而深」的生命動力；他希望探索「生而可以死，死可以生」其背後是如何充滿了愛的力量。與此同時他的耳朵並沒有因為心靈的沉醉而受到蒙蔽，他分明聽見伶人捏著小嗓唱高腔。這不正是他的老家江西帶來的弋陽腔嗎？親切之餘再細聽，這果真是梆子戲，原來在明永樂年間有「移江西、填湖南」的政策，於是高腔（弋陽腔）便隨移民傳到了祁陽，接著再往各地流播。祁劇對演員的要求很高，除了身段要非常輕鬆柔軟彷彿棉花；手指、手掌以及手臂都要非常巧妙靈活，能夠做出各種「腕子花」來。至於唱腔方面，除了老旦和丑角用本嗓子外，其他行當均用「雨夾雪」，也就是大小嗓融合的方式來演唱，務求字正腔圓聲音、清亮。

嶺南之行七年後，全本《牡丹亭》殺青。湯顯祖將一枝針砭時政的如椽大筆改畫勾勒杜麗娘追求自由戀愛的具體形象。他在廣東梅嶺，看到了屬於自己的幸福道路，也找到了文學與心靈的永恆故鄉。

閨閣中本自歷歷有人
——賈寶玉不做柳夢梅的夢

柳夢梅，這個名字源自一個夢。那是在他人生最頹唐的時刻。原本以為自己可以與老僕郭橐駝之孫一輩子種樹栽花以致終老。可是這平凡安逸的耕讀生活卻讓他完全不知所措！他捫心自問，只欲求取功名，只想嬌妻美妾在懷，坦白說就是希望做大官，再娶個顏如玉的女人，這才是他真正想過的生活，才是一個男人真正該有的志向。於是他做了一個即將符合理想與願望的夢。

柳夢梅從來沒有見過這麼漂亮的女人！在夢裡，女子聲聲呼喚：「柳郎，柳郎，我已經在這裡等了你整整三年！你怎麼還不來？」柳夢梅的夢反應了他潛意識的願望，他的願望是直率而坦露的。他的慾望是世俗的慾望，功名利祿和嬌妻美妾也是男性共同的美夢。

《牡丹亭》第二齣〈言懷〉，柳夢梅說出了自己的想法：「每日情思昏昏，忽然半月之前，做下一夢。夢到一園，梅花樹下，立著個美人，不長不短，如送如迎。說道：『柳生，柳生，遇俺方有姻緣之分，發蹟之期。』因此改名夢梅，春卿為字。正是：『夢短夢長俱是夢，年來年去是何年！』」他從柳官改名柳夢梅，是為了他做的那場夢，為了夢中一個素昧平生的美人，而且這位美人正站在梅樹下，這就是「夢梅」二字的意思，因為他忘不了那夢中的女子。因此這個夢回應了他的心聲，短暫地滿足了他心底深處最終的渴望。至於「春卿」二字，乃諧音「春情」。以「卿」暗示「情」，讓我們不由自主地聯想起《紅樓夢》裡的秦可卿。她是賈寶玉夢中性愛的對象，而秦可卿亦諧音「情可輕、情可欽、情可親」，曹雪芹藉由這號人物來談情之為物，以及賈寶玉的感情世界。

只是賈寶玉也做夢，然而在太虛幻境裡，他卻不是為了追求自己的慾望，他要我們陪著他觀看世界女子共同的處境和命運。雖然寶玉無力改變，但是他的誠懇仍然打動了所有讀者的心。這是文學史上僅見的純女性意識書寫。在那些夢中的簿冊、畫作與詩文中，我們看見了遠嫁、受虐、出家、死亡……等等各種女性不幸的結局。這是以百科全書式的大規模書寫來向世人呈現曹雪芹本人的悲憫情懷，以及他獨特的關照視野與性別意識。作者寫道：「但書中所記何事何人？自己又云：今風塵碌碌，一事無成，忽念及當日所有之女子，一一細考較去，覺其行止見識皆出我之上，我堂堂鬚眉，誠不若彼裙釵；實愧則有餘，悔又無益，大無可如何之日也！當此日，欲將已往所賴天恩祖德，錦衣紈褲之時，飫甘饜肥之日，背父兄教育之恩，負師友規訓之德，以致今日一技無成，半生潦倒之罪，編述一集，以告天下。知我之負罪固多，然閨閣中歷歷有人，萬不可因我之不肖自護己短，一併使其泯滅也。」雖然是要為閨閣昭傳，然而賈寶玉還是有他堅持的原則，那就是不做柳夢梅那樣「發跡變泰」的夢。賈寶玉是反功名的。

《紅樓夢》第三十六回：「或如寶釵輩有時見機導勸，反生起氣來，只說：『好好的一個清淨潔白女兒，也學得釣名沽譽，入了國賊祿鬼之流！這總是前人無故生事，立言造言，原為引導後世的鬚眉濁物。不想我生不幸，亦且瓊閨繡閣中亦染此風，真真有負天地鐘靈毓秀之德了！』」賈寶玉對林黛玉的感情也是來自於此。正因為「林妹妹不說這樣混帳話」，因此他欽敬黛玉、親近黛玉，有時也無意間輕慢了黛玉。正所謂「情可輕、情可欽、情可親」。

裊晴絲

——曹雪芹腦子裡龐大的詩文資料庫

賈寶玉之具有高度的文藝性，我想就在於他讀懂了「裊晴絲」。湯顯祖填這一套《步步嬌》，是為了讓他心目中的杜麗娘鄭重登場，因此特別鋪陳了場景，刻意告訴我們：「現在是春天。」春天在哪裡現身呢？答案就在「裊晴絲」三個字。作者不先寫春花、春雨、春風、春水，卻凸顯了春天的「游絲」。在晴朗的空氣中，因為陽光好，光線敞亮，於是春蟲吐絲便飄忽搖曳於微風之中，因而顯得姿態特別柔軟、窈窕與美好。作者為春天風中的飛絲另創了一個新詞「晴絲」，並且著一「裊」字以為形容。於是我們可以想見在晴朗明媚清爽的日子裡，柔軟飄逸的細絲，舞出了春的消息。「搖漾春如線」，春天就在這裡了，在這裊娜嫵媚款擺搖曳的縷縷煙絲裡。

春天似乎就應該描寫游絲，似乎曹雪芹也感受到了《牡丹亭》的春之氣息，在《紅樓夢》裡，林黛玉的〈葬花詞〉便有：「遊絲軟繫飄春榭，落絮輕沾撲繡簾。」春天最美的景色，對詩人而言，除了柔軟似夢，輕盈如煙的遊絲之外，還有就是那一場又一場的花瓣雨了。所以〈葬花詞〉起始便是：「花謝花飛飛滿天……。」而《裊晴絲》這三個字實乃脫胎自南宋詞人葉夢得的《虞美人》：「落花已作風前舞，又送黃昏雨。曉來庭院半殘紅。唯有遊絲千丈嫋晴空。」湯顯祖的「裊晴絲」典出於此，就是「唯有遊絲千丈嫋晴空」給了他創作的靈感。曹雪芹似乎也很熟稔，因此讓他書中的賈寶玉一時想起「《牡丹亭》曲子來，自己看了兩遍，猶不愜懷」，須得親聆樂曲，方得細細品味與欣賞。而且又將葉夢得所云：「落花已作風前舞，又送黃昏雨。」詩句裡的落花風與黃昏雨的意象，在《紅樓夢》裡賦予了林黛玉的世界。小說第四十五回：「黛玉喝了兩口稀粥，仍歪在床上。不想日未落時，天就變了，淅淅瀝瀝下起雨來。秋霖脈脈，陰晴不定，那天漸漸的黃昏時候了，且陰得沉黑，兼著那雨滴竹梢，更覺淒涼。」正是在一代又一代文人的傳承底下，我們看到了曹雪芹私淑《牡丹亭》，而《牡丹亭》的文句又脫胎自葉夢得詞，這一條文意與修辭的隱線。

然而清代李漁在《閒情偶寄》裡卻對於湯顯祖此番填詞頗有意見：「讀傳奇而有令人費解，或初閱不見其佳，深思而後得其意之所在。」問題就出在典故用得太偏僻，絕大部分的讀者與受眾皆不甚了了，反而失去了滋味。有點文人掉書袋的味道。他質疑湯顯祖用典冷僻：「然聽歌《牡丹亭》者，百人之中有一二人解出此意否？」

李漁認為俗文本最理想的狀態應該是：「所制之曲，絕無一毫書本氣，以其有書而不用，非當用而無書。」其實從湯顯祖到曹雪芹，書讀多了，自然用典。學問大，信手拈來便是高深典故。君不見《紅樓夢》中賈寶玉曾經因薛寶釵的指點而寫下：「綠蠟春猶捲，紅妝夜未眠。」這樣的詩句，其中「綠蠟」一詞意指捲曲未舒展的芭蕉葉，其典故出處，那就更冷僻了，是唐朝詩人錢瑚的〈未展芭蕉〉詩：「冷燭無烟綠蠟乾。」所以我們可以說，正是李漁的這個意見上，讓我們看見《牡丹亭》與《紅樓夢》在戲曲小說通俗文本的外衣之下，竟是隱藏著作家知識系統與閱讀背景中不及備載的大量陌生典故，於是這兩套文本也就不同於一般的戲曲小說了，它是有高門檻的文學作品。而且也是在曹雪芹腦子裡這麼龐大的詩文資料庫的支撐下，這才造就了賈寶玉高度的文學品味與獨特的古典造詣。

誰解其中味

——林黛玉的故鄉．崑曲的故鄉

「原來是姹紫嫣紅開遍，似這般，都付與斷井頹垣，良辰美景奈何天，賞心樂事誰家院。」

林黛玉聽著音樂，心中如夢初醒：「原來戲上也有好文章，可惜世人只知看戲，未必能領略這其中的趣味。」顰兒所領略的趣味，顯然是文學的趣味，而且是純文學與雅文化的趣味。然而崑曲曲目甚夥，即使梨香苑的小戲子們只唱《牡丹亭》，其全文也有五十五齣，其中在清中葉以前經常演出的還有：《驚夢》、《尋夢》、《拾畫》、《叫畫》、《冥判》、《吊打》等。如果當日林黛玉聽見的是經常演出的折子《冥判》，她又會怎麼想呢？

【後庭花滾】……數著你那胡弄的花色兒來。（末）便數來。……（末）楊柳花。（淨）腰恁擺。（末）淩霄花。（淨）陽壯的咍。（末）辣椒花。（淨）把陰熱窄。（末）含笑花。（淨）情要來。（末）紅葵花。（淨）日得他愛。（末）女蘿花。（淨）纏的歪。（末）紫薇花。（淨）癢的怪。……（末）奶子花。（淨）摸著奶……。

林黛玉若是聽見這樣的戲文，還會認為此中有深趣嗎？

事實上，《牡丹亭》裡的淫穢露骨之語還不少。例如第十七齣寫石道姑這個石女在新婚之夜的情景，文字處理得很詼諧，讀之令人發噱：

> 則見被窩兒「蓋此身發」，燈影裡褪盡了這幾件「乃服衣裳」。天呵，瞧了他那「驢騾犢特」，教俺好一會「悚懼恐惶」。那新郎見我害怕，說道：新人，你年紀不小了，「閏余成歲」。俺可也不使狠，和你慢慢的「律呂調陽」。俺聽了口不應，心兒裡笑著。新郎，新郎，任你「矯手頓足」，你可也「靡恃己長」。三更四更了，他則待陽臺上「雲騰雨致」，怎生得巫峽內「露結為霜」？他一時摸不出路數兒，道是怎的？快取亮來。側著腦要「右通廣內」，踣著眼在「籃筍象床」。那時節俺口不說，心下好不冷笑。「新郎，新郎，俺這件東西，則許你『俳徊瞻眺』，怎許你『適口充腸』。」如此者幾度了，惱的他氣不分的嘴勞刀「俊乂密勿」，累的他鑿不窮皮混沌的「天地玄黃」。和他整夜價則是「寸陰是竟」。待講起，醜煞那「屬耳垣牆」。……有了，有了。他沒奈何央及煞後庭花「背邙面洛」，俺也則得且隨順乾荷葉，和他「秋收冬藏」。

到了第十八齣，老師陳最良來探望女學生杜麗娘的病情，也當場開了黃腔：

〔貼〕師父問什麼！只因你講《毛詩》，這病便是「君子好逑」上來的。〔末〕是那一位君子？〔貼〕知他是那一位君子。〔末〕這般說，「毛詩」病用《毛詩》去醫……小姐害了「君子」的病，用的史君子。《毛詩》：「既見君子，雲胡不瘳？」這病有了君子抽一抽，就抽好了。〔旦羞介〕哎也！

還有第三十齣：

【醉太平】（生）無多，花影婀娜。勸奴奴睡也，睡也奴哥。春宵美滿，一霎暮鐘敲破。嬌娥、似前宵雨雲羞怯顫聲訛，敢今夜翠顰輕可。睡則那，把膩乳微搓，酥胸汗帖，細腰春鎖。

此類或粗俗、色情或狎昵之語，不僅《牡丹亭》中所在多有，遍觀其他崑曲劇本也往往有這樣的現象。例如：《長生殿》第二十一齣「窺浴」一開頭就是個驪山溫泉的宮女所做的科諢：

【仙呂入雙調】【字字雙】（丑扮宮女上）自小生來貌天然，花面；宮娥隊裡我為先，掃殿。忽逢小監在階前，胡纏；伸手摸他褲兒邊，不見。……
我做宮娥第一，標致無人能及。腮邊花粉糊塗，嘴上胭脂狼藉。秋波俏似銅鈴，弓眉彎得筆直。春纖十個雷槌，玉體渾身糙漆。柳腰松段十圍，蓮瓣灘船半只。楊娘娘愛我伶俐，選做霓裳部色。只因喉嚨太響，歌時嘴邊起個霹靂。身子又太狼伉，舞去衝翻了御筵桌席。皇帝見了發惱，打落子弟名籍。

在精美典雅的曲文與淫穢露骨的道白之間，竟然存在著如此巨大的落差。慢說林黛玉，我們一般讀者難道不在此處起疑？

其實這個問題要循著崑曲起源於蘇州，而興盛於揚州這樣的歷史脈絡來尋求解答。而且解答這個問題的同時，就能明白為何林黛玉起初並不欣賞崑曲，因為她祖籍在蘇州，成長於揚州，較之蘇州崑曲的典麗；揚州的崑曲則過於直白無味。因此形成了林黛玉對於崑曲在某種程度上的偏見，爾後無意間聽見小戲子們練唱，發現竟然有好曲文時，才不由得感嘆：世人都知曉看戲，卻不懂得欣賞文中的文學之美。

崑曲源自蘇州崑山，在劇種上屬於南戲。在此發展之初，戲迷主要是文人士大夫，他們所著迷的是曲文。我們遙想文人聆賞崑曲時的神情，他們往往閉著眼陶醉在唱曲之中。所以那時候的念白少，其表演以音樂為主。

此後崑曲的發展推波與開枝散葉，逐漸需要揚州商人的支持，於是崑曲傳入揚州。而此處的戲迷卻是鹽商大賈，他們不時興閉目聆賞那些艱深難懂，又高度用典的詩文。戲子藝人們遂在演出時大量地運用說白來製造淺俗的噱頭，以便製造熱鬧氣氛，與臺下觀眾打成一片。

至於為什麼要在道白上猛開黃腔?魯迅的解釋是:「緣衰世,萬事不綱,爰發苦言,每極峻急,然亦時涉隱曲,猥黷者多。」這麼多猥黷之語,「在當時,實亦時尚」,社會風氣使然,我們僅看《金瓶梅》便知。於是我們可以想見,此時的丑、淨,甚至於部分的旦角因為慣於插科打諢,因此他們的戲份也就加重了數倍。這就是我們看到小花郎、石道姑、陳最良等許多角色充滿了滑稽情態與色情念白的原因。當時的演員為了讓本地的觀眾更容易接受戲曲,因此在念白上都改為「揚州白」,只有生、旦還保留使用官話。

從明代萬曆年間,到清朝乾隆時期,崑曲在「揚州白」的大量運用上,還加入了地方小曲,這是江淮一帶的民歌小調。當這些元素揉合於傳統崑曲之中,文人士大夫也並不厭棄;同時又受到市民大眾的歡迎,於是迎來了崑曲第二階段的活力與生命力。我們仔細考察閱讀,就會發現《紅樓夢》中寶、黛所喜愛的《牡丹亭》與《占花魁》,便同時具有「蘇崑」的婉轉典雅與「揚崑」的直白流利。於是在崑曲發展史上便有「蘇揚並稱」之說。

青春與熱情

——劇場後臺特寫

我的崑曲緣，結識在後臺。而我之看戲，也經常是在上場門的邊幕內，以這種特殊的角度來觀賞。從暗處窺視明亮的舞臺，盯著演員們的側面，看他們從事各種唱念做打，時而哭哭笑笑，時而插科打諢……，還有和我一樣站在上場門內的指導老師，我也喜歡看他們指揮若定，有條不紊地安排演員在正確的時間點上登場。同時我也經常在「守舊」那面彩色繡花大帳子後頭來回穿梭，只是前臺的觀眾渾然不覺罷了。還有我最要好的曲藝界朋友，有一大半都是文武場的樂團老師，他們坐在靠近下場門的邊幕裡，我也經常在他們正式演出或是彩排的時候，站在一旁近距離領受那大鑼、小鑼、笙簧笛子、弦索堂鼓一齊鳴奏時，所帶來的感官震撼！樂團老師們不僅僅技巧純熟，而且性格開朗，待人又極為親切有禮，不和他們做朋友，那才是很難的事哩！

自從二〇一九年，洪惟助與康來新兩位老師決定共同策劃，並且攜手推出「紅樓．夢崑曲」以來，我的後臺戲曲經驗，比以前多了許多。兩位老師是中大五十年的老同事，原本各自在崑曲與紅學的領域上，傲視群倫。一旦相約跨域合作，一時聚集了多少豪傑，大家也都很起勁地黽勉從事，為臺灣的崑曲藝術點亮一束迷人的火花，也為臺灣的紅學開創值得持續探索的新領域。

在連續三年將《紅樓夢》裡的崑曲劇目復刻於舞臺的過程中。我在邊幕後望著座無虛席的觀眾區，心裡經常想像著：這裡有一半是戲迷，而另一半則是紅迷。或者還有些人和我一樣的人，既愛崑曲又愛紅樓。也許每個人鍾情的對象不同，但最終卻能齊聚一堂，這難道不也是人間難得的緣分？

還有一段緣分也值得稍稍一提。連演三年的「紅樓．夢崑曲」同時期也在花蓮東華大學演出，而且場場爆滿，同學和老師們都很喜愛！原本花蓮人想要看戲是不太容易的事情，因為整個崑曲劇團幕前幕後好幾十人，加上行頭、樂團人員、各種器材，將之整批運送過來，本身就是個大工程！相關的經費也很高。更何況戲曲都是在晚間開鑼，演完之後已經入夜，卸妝後的演員們趕不上末班火車，一定會給他們帶來苦惱。總之，校方與劇團在克服了種種困難之後，這幾年，崑曲總算進駐到花蓮人與東華大學同學們的心坎裡。昨天我讓學生看我研究室牆上掛的一幅〈寄生草〉，他反應很快地說：「這就是上次崑曲在我們學校演出時，唱的那一段。」大學生有如此素養，我感到欣慰。

然而對於我自己而言，最大的收穫，還是在後臺。我因此得到很多機會與演員們一同作息，分享他們在戲劇之外的喜怒哀樂，以及學習到各種新鮮有趣的容妝打扮。有時候我也會將一些後臺的訊息，藉由導聆時刻傳遞給觀眾席上的粉絲們。例如：林黛玉在梨香院外聽得《牡丹亭．驚夢．皂羅袍》：「原來姹紫嫣紅開遍……」「你們知道嗎？這首曲子可是崑曲的世界名曲哦！最是婉轉動聽，也最為膾炙人口。每回只要臺上一開嗓，後臺的演員們勢必不分男女，都跟著今天的女主角一同合唱起來，只不過在後臺，他們哼唱得輕鬆自在，有的在敷粉，有的在描眉，有的就是在閒晃，但是他們都很樂意跟著唱，也許是有一句沒一句的，但是如果你仔細聽就會很驚訝地發覺，即便是輕鬆地哼唱，那咬字發音也都精準到位。更不用說其聲腔之美，能夠令人彷彿聆聽天籟。」

我想那些後臺的哼唱，自然帶著一分安逸與嫻雅，與同時間前臺演員正在戰戰兢兢、臨危不亂，務必讓自己做到零失誤的心情，自是迥然不同。常見的情況是這樣的，那正在臺上「歌欺裂石之音，舞有天魔之態」的演員，實屬學生輩，而後臺隨意合唱的才是老師，然而老師有時跟著唱到了一半，竟突然唉聲嘆氣起來：「哎呦我的媽，怎麼會唱成這樣兒？！」我想這就表示前臺演員還有改善的空間吧。

有時，我也好奇，演員們是如何詮釋角色的心境？於是趁著他們在化妝的時候閒聊來：「等會兒您要演出〈喫糠〉，這《琵琶記》裡的趙五娘也太苦了吧！」「其實我年輕的時候也很喜歡飾演杜麗娘、崔鶯鶯、陳妙常。後來結婚生子，有了許多人生經驗之後，突然能夠體會趙五娘的婚姻給她帶來的愛與愁、怨與慰，還有人生的歸屬與責任……。在這麼多戲曲中，像杜麗娘這樣的角色其實是很片面的，那戀愛故事，也只在人生的一小部分。唯有趙五娘這般人物，她從步入婚姻到夫妻仳離，之後還需侍奉公婆，又在公婆相繼去世之後，她獨自展開迢迢遠行，去尋找不歸的丈夫……，這麼多情節構成了一個較為完整的人生，可以讓我們細細地體會和品嚐生命諸多況味。因此我最愛的就是這個角色。」這是年齡和我相仿的演員告訴我的心裡話。

可是另有一回，那時我依然在上場門的簾幕後，看完整齣戲，以完全側面的角度觀戲，可以在理解演員的表達之餘，同時觀察臺下觀眾的表情與反應。當我正如癡如醉地沉浸在臺上臺下交織成一片的戲劇氣氛中，卻見到演員淚眼婆娑地回到後臺，許久之後，她依然情緒難平。

也許是我的眼光太好奇，演員突然轉身對我說：「我今年六十了，唱了一輩子的戲，此刻最能體會趙五娘，也許她的心酸，只有我知道罷了。」她對我說話時，還未卸妝，而我是如此近距離地看著一位活脫脫的趙五娘，立在我的面前，眼中轉著晶瑩的淚……。

從四十多歲到六十歲的女性身上，我終於明白了演員們是如何融入故事？並且倚靠什麼來詮釋角色的？她們用的是自己的青春，以及對於生命的熱情。

也談電影

——《刺客聶隱娘》

我很小的時候，看歷史故事，讀到法國國王路易十六與瑪麗王后在大革命時期雙雙喪生，心中無限唏噓。長大以後，有一回在美國的蠟像館裡，看見等比例的瑪麗王后卸下了絕代風華，關在牢獄之中，而我從鐵窗外往裡看的，那是以她即將赴斷頭臺的前夕所做的形塑。她的表情，她稀疏的頭髮，憔悴的面容，孤零零的身影，直接烙印在我的眼球，我為她傷心哀悼！前不久在匈牙利，導遊每天跟我們說哈布斯堡王朝的故事，又讓我想起從小到大最同情的這個女子。其實瑪麗皇后的母親瑪麗亞·特雷莎女皇，將她這個最小女兒遠嫁法國，自有她良苦的用心，可惜瑪麗王后不懂，只管盡情揮霍，加上時不我與，民怨蜂起，終於釀成悲劇。

回顧中國的公主，一旦遠嫁異族和親，其實她們自己都知道這是背負著維繫和平的重大使命。例如：唐朝的文成公主，就是一個典型。當年公主的嫁妝有：佛像、佛經、藥材、醫書、文化典籍、農業工具，以及各式珍寶。公主入藏，同時移風易俗、教化人心，也改變過藏人赭面等風氣。而關於公主和親的故事，我最近又得到了一次演講的機會，主題談大導演侯孝賢的巨作《刺客聶隱娘》，所以再將電影重看。事實上，這部電影我看了許多許多次，有些段落和臺詞，都已能背誦。其中有一句話讓我感觸最深：

此後，京師自京師，魏博自魏博……

劇中的嘉誠公主因有玉玦一對，作為嫁妝，於是她以此物象徵自己的決絕之心。她遣散了身旁所有的奴僕，讓自己一個人留在魏博，這是無言的聲明：從此以後守住魏博，不讓安史之亂那般節度使進兵朝廷的狀況再度發生。至此，唐代的國家安全，胡漢異族之間的和諧關係，維繫在了公主女流的身上。於是公主終於落得「青鸞舞鏡」，沒有同類的孤寂狀態。

這部電影裡，另一句令我感到震懾的話，是嘉信公主，也就聶隱娘的師父道姑所說的：「劍道無親，不與聖人同憂。」這又是一句決絕的話。於是兩位和親的公主，一位用世極深，立志防堵藩鎮擴大野心，一心維護朝廷，因此當他聽說連續兩任皇帝駕崩，當場大慟吐血，誠為以社稷為念；而另一位公主選擇了遠遁山林，修習劍道，專門以高超的劍術，擊殺不仁不義之徒。她們兩位的責任與使命，使她們說出決絕的話，做出決絕的事情來。加上聶隱娘，一共三位女性，又共同概括出一句可以與人產生共鳴的話：「一個人，沒有同類。」

濁賓國王得一鸞，三年不鳴，夫人謂，鸞見類則鳴，何不懸鏡照之。鸞見影，終宵奮舞而絕。

人生在世，每一個人都有自己的「青鸞舞鏡」，都有孤獨面向自我的時候，而且每個人都是那麼獨一無二，又怎麼會有同類呢？侯孝賢的電影喚醒我們每一個人實存的處境。讓我們打從心底發出沒有同類的哀鳴。以往我看這部電影的時候，總是會對照唐人傳奇。將兩個文本的情節做細部對看。而今終於體會「裴鉶自裴鉶，侯導自侯導」，每個人都有權利說自己的故事，不必為此強作類比，尋找同類。

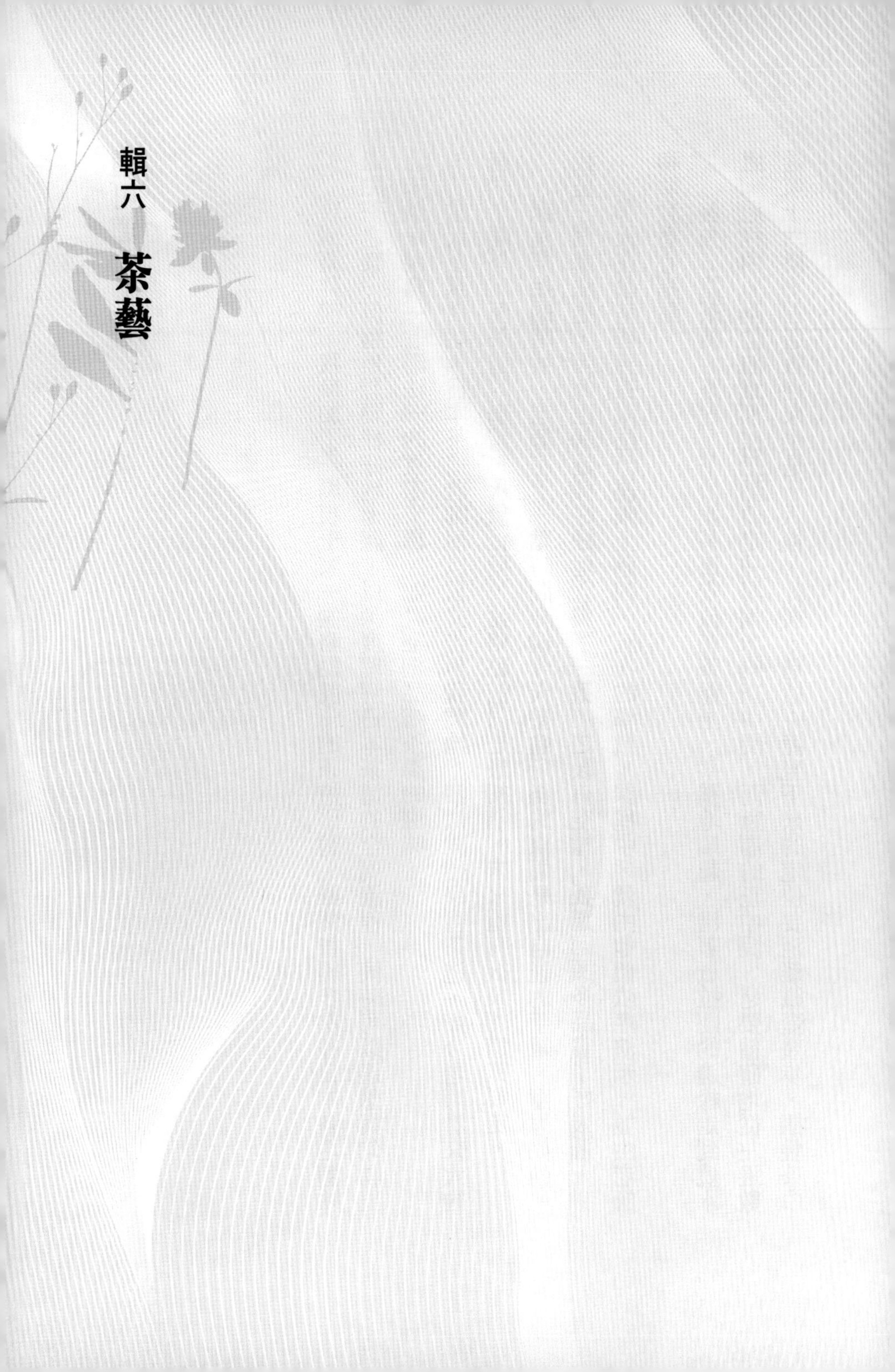

輯六

茶藝

道可道？

幾個禮拜前，我參加了一場裏千家「盆略點前」的茶道研習。雖然曾經多次在日本各地體驗過點茶之樂，但還是想要好好地上課，以深度理解日本茶道的全副流程，同時可以遙想與勾勒出北宋徽宗親寫「七湯法」的實際步驟，並且細細品嚐茶湯的滋味。

當天上課伊始，日本茶道老師便以日文告訴我們她十四歲開始學習茶道，如今老師看來大約有六十開外，而茶道的學習，永無止境，盆略點前只是最初階，未來還有很長的道路要走。

課程開始的時候，老師花了一點時間介紹今天壁龕所掛的條幅是出自誰的手筆，意思如何。我是一個書法迷，因此也就趁機好好地欣賞了一番，之後有空檔，我還回頭多品賞了好幾遍。

那天在教室裡另有兩位已經來上過四、五次的學員，課程中，就由他們依序演示，並由老師和助教悉心指點。

首先，將茶碗、茶匙、茶巾並茶棗安放在茶盤上，平穩地端起，沿著紙拉門的邊緣走到燒水處。過程中，兩位前輩都被指點要走在塌塌米的正中間，而所謂的正中間，是要精確地從左邊數過來十六格，右邊數過來也是十六格。此後，包括：跪坐下來的定位要距離鐵壺幾步、摺疊茶巾的正確手法、擦拭茶匙的正確手法、獻茶給客人時，茶碗要放在塌塌米轉角的正中間，這個得拿尺量、客人喝茶之前要先將茶碗順時鐘轉三圈半、喝完之後，再轉回三圈半，將茶碗的主要紋樣對準旁邊的另一位客人，以表示共同欣賞。最後沖洗茶碗，也有一定的規則。然後端著茶盤站起來，退出時，要先抬左腳，再抬右腳……。

我看到第一位前輩在完成儀式，準備起身的時候，總共做了三次的半起又跪坐，事後我請問他：「這也是儀式的一個環節嗎？」他趕忙回答：「不是的，那是因為我的腳麻了，怕一下子站起來，腳不穩，會摔了茶盤。」他看起來神情嚴肅，而且流了許多汗！至於第二位前輩則是在整個過程中一共休息了三次，最後總算很辛苦地完成了整套儀式。

對我而言，我只想問：「如何泡出一杯好茶？」或者讓我更直接地發問：「一杯口感適中的抹茶，應該放幾匙茶粉？水位到那裡？又該以茶筅來回刷幾次？」沒想到助教給我的回答是：「這個不一定，要看經驗，也看流派。」我驚訝的是，整體要茶道儀式的周邊規則多如牛毛，而且錙銖必較，務求做到百分百精準。為什麼最重要的環節，卻說不上來該怎麼做？或者隨人喜好，輕巧帶過？

論理，所謂「道」是在日常生活中完成自我修行，無論是做哪一行，都在那個行當裡，苦心孤詣地鑽研，用一輩子的時間，以世世代代傳承的精神，讓個人的造詣精益求精，並且讓這個行當逐漸趨近超凡入聖的境界。

恰巧我前幾日，又看了一部電影——《湯道》。日本人連浸浴，也有一套流程，僅是寬衣解帶，就能以幾乎剛脫下來的和服與配件，因其衣料上的畫作，進而搭配組合成一副優美的掛畫，既令人驚豔！又教觀看者嘆為觀止！此外，湯道也在會場掛上毛筆字書寫的條幅，老師先解釋這幅字的涵義，再介紹這幅字出於誰的手筆。最終也是最高的境界，那就是在試過水溫之後，將身體慢慢浸入浴池，直到連頸部都在池水之下，而整個浴池則是剛剛好滿水位，卻是一點也沒有流出來，這就是湯道最理想的狀態。

日本文化在所有儀式中展現其繁文縟節，我相信目的是為了珍惜與尊重。除了茶道、湯道之外，我也體驗過香道和花道。但是如果說，在中國傳統文化的大背景下，並不首重這些儀式及流程，那麼中國人講的「道」是什麼？「道」又在哪裡？我思考了幾天，於此想提出我的答案。中國人強調待人寬厚不刻薄，尤其是詩書傳家之人，此之謂「厚道」。此外，古書上說：「仁道在邇，求之若遠。」所謂：「君子無終食之間違仁，造次必於是，顛沛必於是。」仁愛之道不僅在時時刻刻之間，而且是一條人生很長遠的智慧之道。因此稱為「仁道」，至於文人將之行諸於文，以文字追隨聖賢，便是「文以載道」。「道」之一字是中華文化的精髓，於此我們重視的是它的精神內涵，講究的是它顛撲不破的哲學意義。

太和之氣
——品味冷浸龍井

如果，你是一個旅人，在東方的大地上漫遊，日復一日躑行於山野峻嶺，踩踏著綠水清溪。下過雨後，滿眼盡是天青。撫石依泉，四周一片蓼汀。

此時，你覺得口渴。那如緞似錦的花漱深處，呼應了你心底的聲音。入耳的水流潺潺，要你傾聽。你循聲鑽進了石洞，洞內幽僻處，絕無人跡。這清涼的氣息頓時襲滿胸臆。走出洞口，才仰見石壁上倒垂薜蘿，足下又是落花迷離……。

這時，你拿出一個溫潤如玉的月白汝窯茶倉，將這盈盈一握的小罐子輕輕旋開，當下心頭一靜，那龍井茶的淡遠清香，便從鼻端滑過全身。只是，你的耳朵仍在搜尋，尋覓那汩汩湧流、冽清澈的祕境山泉。

曾經，你為了求取使茶水中含有山泉溫潤口感的二價鐵離子，因此使用過一把京都極致工藝的鐵壺來煮水。而今，山泉就在眼前，何須鐵壺熱煮？冷浸龍井，更可享受一份難得的清甜。也就是這份甜，取代了熱水沖泡時產生了咖啡鹼帶來的苦澀。亦即，用清涼冷冽的山泉水浸泡龍井，可將醣類、氨基酸溶解，因而生出了甘甜與清寧。

這時，你取出一只酸枝荷葉實木茶杓，倒幾片尖峭、嫩綠而勻稱的茶葉在杓裡，以胡桃木手作茶筅，將茶葉撥進一只 180cc 玻璃珠底點杯，為了龍井不僅是用來喝的，同時更適宜讓人細細觀賞那清翠誘人的茶湯。若是熱泡，則可以先注入三分滿的山泉水以為「潤茶」，稍待片刻，等鼻尖嗅到淡淡清香之後，再注入七分滿的水。這是「中投法」的龍井茶。可以避免熱水沖泡出來的苦味，並且充分展現它的香氣。龍井的香味很清淡，需要細品，以最平靜的心情、淡然的態度，以及無所求的放鬆情緒來品賞，方能漸漸體會它的韻味。

韻味，無疑是我們文化中最重要的美學。彈古琴時，右手撥弦為聲，左手滑奏、吟猱以應和，讓聲音慢慢地輕輕地走向結束，所以就餘音消失在空氣中，猶令人回味無窮。此為「韻」。一個人除了長得好看，在舉手投足之間，自然而然地散發出某種特殊而又吸引人的氣質與魅力，那是在形體容貌之外，所獨具的「神韻」。古人將生命的涵養灌注到書法字畫之中，便讓作品產生無限的「氣韻」。總之，抓住我們眼球的是眩人的外在形象；而能在無形之中潛入人們心坎裡，使之久久難以忘懷的，卻是一種內在的氣韻。

龍井，淡而有餘韻，代表中國文人欣賞清遠淡泊的意境。文人不愛喧囂與繁華。陶淵明的歸園田居，王維回到輞川別業，蘇軾在東坡雪堂，那是文化的顛峰與俗世的典範。中國十大名茶，龍井位列榜首，便是它的清香與淡味，象徵了不炫耀不賣弄，處世惟有閒靜，待人不與其爭。往昔孔子作琴曲有《猗蘭操》，周敦頤品花則有〈愛蓮說〉，宋代畫家郭熙提出透視山水畫之「三遠」後，韓拙更進一步提出「水景」意境乃在闊遠、迷遠與幽遠。希望藉由遙望水波，感受它的冥漠迷離，以烘托出微茫縹緲的空間意境。

意境，如此寒煙渺渺的天與地，也就是個「淡」。然而在清淡之中卻是自然有餘韻，這正是「太和之氣」。清初文人陸次雲在《湖壖雜記》中寫道：「龍井茶，真者甘香不冽，啜之淡然，似乎無味，飲過後覺有一種太和之氣，瀰淪於齒頰之間，此無味之味，乃至味也。」能夠在不動聲色之間，自然而然地深入人心，在詩風中，唯有「沖淡」；在琴學上講「大音希聲」，重空靈、尚微遠，如此物我兩忘、天人合一之至境，在茶席間，也就是龍井了。

仙鶴的贈禮

——碧螺春

清康熙三十八年，西元一六九九年，皇帝御駕南巡，由《紅樓夢》作者曹雪芹的祖父曹寅接駕。事實上，這已經是玄燁即位以來第三度下江南，那年他四十五歲，而四十一歲的曹寅也已是第二次主持接駕的工作了。

人間四月，春暖花開。康熙皇帝繼上回南巡之後，今番再度住進曹家。曹寅扶著他的母親來見康熙帝，皇上見到幼年時照顧與疼愛自己的乳母，欣喜萬分！朗聲對旁人說：「此吾家老人也。」因為好久未見乳母，皇上一高興，便賜贈一品老夫人絲綢等等很多很多豐厚的禮物。

那時剛好曹家的庭院中，萱花盛開，這是代表母親的花，康熙皇帝於是更進一步親筆書寫「萱瑞堂」三個大字作為匾額，賜給曹府。那一年，孫老夫人六十有八。康熙雖然曾經有召見大臣母親的紀錄，但是親筆題字賜匾這樣的舉動，倒是少見的。

有趣的是，那年春天，皇帝還不止一回親自揮毫。原來在到南京之前大約十天左右，當時他正在太湖，四月初，天下第一巡撫宋犖進獻了一款江南好茶。此茶色澤銀綠翠碧，口感清香優雅，可惜有個怪名字叫「嚇煞人香」。事實上，這個詞乃是吳語方言。原來從前蘇州東山有個農夫，名叫朱元正。他是個赤貧之人，因無法繳付租稅，被迫潛入深山，以採摘野生果子充飢，結果還是因為體力不支而昏倒在山崖之下。夢中，他聽見淒厲的鶴鳴，抬頭便遙望那羽色潔白的仙鶴在空中翱翔。接著，幾粒種子從牠的嘴裡撒下，經過朱元正栽植之後，隔年便生長出茶樹的樹苗，並由此快速綿延，漸漸漫布開來。根據《蘇州府志》的記載：「洞庭東山碧螺石壁，產野茶幾株，每歲土人持筐採歸，未見其異。康熙某年，按候採者，如故，而葉較多，因置懷中，茶得體溫，異香突發。採茶者爭呼：嚇煞人香！茶遂以此得名。」

因為這款茶的色、香、味，實在太誘人，因此人們又將那仙鶴的來歷做了附會，說牠是王母娘娘派來的，其目的在標舉：「此茶只應天上有」。

然而愈是名貴的茶，愈需要一個相得益彰的好名字，方能顯其風雅之姿，更使其名聲朝正面的方向不脛而走。康熙皇帝的才華是歷史上著名的，他數十年不變，每日早晨必定進書房讀書，因富學問涵養，故而援筆立就。此外在那漫長的冬季過後，大地復甦，氣候回暖，萬物清新馥郁，蘇州吳中一帶人們採製了春茶。然後有曹寅負責接駕、曹寅的摯友宋犖獻茶，加上此茶色澤碧綠、形狀似螺、上市於早春，更兼皇帝富有才華，靈感似泉，又樂於題寫……。於是在諸多偶然的歷史因素簇擁之下，一個美好的流傳三百年不墜的美名，就這樣誕生了。

茶必武夷

——大紅袍傳奇

不久前，先生和我收到了一份貴重的禮物——大紅袍。

先生愛茶，我愛故事。

大紅袍，是個箭垛式的傳奇。所有關於真心付出、愛和感恩的故事都像邱比特的小箭，紛紛射向了它紫紅的嫩芽。例如：有個書生潦倒不堪，竟然到了病入膏肓的地步，後來遇到一位神奇的老和尚，老人看著生病的書生，不給他藥，而是讓他喝下大紅袍，結果書生竟然痊癒了！

不僅如此，老和尚還多給了一份大紅袍，並且斷言：書生將來用得著。

日後男主角平步青雲，科舉考試連中三元，還與公主成婚，成了新科狀元。則人生四大樂事：「久旱逢甘霖。他鄉遇故知。洞房花燭夜。金榜題名時。」他已佔了一半。至於古來才子佳人的美夢：「私定終身後花園，才子及第中狀元，奉旨完婚大團圓。」他也是有過之而無不及。更幸運的是，他還用多得的那一份大紅袍治癒了皇后的宿疾。皇帝因此龍心大樂！決定前往這茶樹的發源地進行隆重的封賞。

你道這發源地究竟在哪裡？原來就是在福建武夷山九龍窠的懸崖峭壁上。皇帝命有攀岩能力的人垂直降落，將一領紅色的袍服披掛在這個岩間的茶樹上，從此這裡的岩茶定名為「大紅袍」。這茶湯能夠連番治病和救命，雖是民間傳聞，以人生樂事與美夢來補償歲月的艱辛，滿足世人的想望。但從理性的角度，我仍然相信它有一點醫療的效果。因為它是從堅硬、貧瘠的石頭縫裡生長出來，能夠適應外在艱困環境的堅強花樹。人們若是飲用了岩茶，說不定也能夠吸收到茶湯裡所富含的頑強生命力，從而克服困難、適應環境，最終體現適者生存的精神與境界。

然而即便是所有從岩石中奮力求生存的植物都具有高度的求生本能，也都創造了大自然的奇蹟。卻不是所有岩中茶樹都具有這麼完美的品質，可以讓人品嚐到如此富裕的馨香，其中包含了空谷幽蘭的氣息及各種果香等層次豐富的茶韻。因此大紅袍本身還有更神奇的故事，等待我們繼續挖掘。

原來最原始的那幾株大紅袍所生長的地方，恰好有一道清泉終年順流而下，將山頂上的養分流淌而下，不停灌溉著這幾株得天獨厚的茶樹。但是僅有水分是不夠的，這幾株茶樹能夠生長得這樣好，還需要有日照時間及其角度的完美搭配，才能造就這夢幻的天之驕子。原來這幾個茶樹所在的位置，不會直接面對中午的驕陽，事實上這裡的位置不僅日照時間較短，同時所吸收到的光線乃是折射之後的日光，這正是茶樹所需要的環境，因此這幾株完美的茶樹日後就成了「茶必武夷」的天價名品了。

宋代詩人陸游有詩贊曰：「建溪官茶天下絕」。其實福建武夷山的岩茶能夠達到輝煌燦爛的高度聲譽，與宋代的兩位福建轉運使有密切的關係。他們是丁謂和蔡襄。為了運送方便，丁謂特製了「龍團鳳餅」，將建寧府建溪流域的茶葉順利輸出，打響了建茶葉的知名度。接著，蔡襄設計出精致的小團茶，在貨物的流通上，無疑是更勝一籌。當時范仲淹有詩云：「年年春自東南來，建溪先暖冰微開，溪邊奇茗冠天下，武夷仙人從古栽。」蘇東坡也說：「君不見武夷溪邊粟粒芽，前丁后蔡相寵加，爭新買寵各出意，今年斗品充官茶。」可見武夷岩茶大紅袍自北宋以來，被炒作得大紅大紫已逾千年。然而關於它的故事卻還沒有說完。

有一度俄羅斯大文豪托爾斯泰筆下的安娜・卡列尼娜在貴婦的沙龍飲茶的段落，引起我的興趣。書中特別指名她們喜好中國茶。而托翁筆下的另一部重量級著作《復活》當中的聶赫留道夫，每日清晨也以炊茶展開一天的生活。有趣的是，經過查證，俄羅斯人所喝的茶，正是武夷岩茶。原來在三百多年前，俄國貴族透過蒙古人購買了武夷山的茶進貢給沙皇，從此武夷茶成為俄羅斯皇室與貴族的至寶。俄國人寧可三天不吃飯，也不能一天沒有茶。然而從福建到莫斯科，是那麼的遙遠！這一趟萬里茶路該怎麼走呢？從武夷山腳下的下梅村出發，轉水運到漢口，換騾馬載馱，度過黃河，經太原、大同、張家口、呼和浩特，再改由駱駝隊穿越廣袤無垠的大沙漠，最後抵達中俄邊境的恰克圖，再轉由俄羅斯的商人繼續將武夷岩茶運往伊爾庫次克、烏拉爾，最後抵達安娜・卡列尼娜所在的聖彼得堡及莫斯科。這漫長的茶路，超過五千公里，是古代人類飲饌史上令人咋舌的扉頁！並且這一趟大紅袍揚名國外的壯遊，乃是由山西晉商走出來的成果。

這原本僅是自生自滅，乏人關注的岩間小茶樹，自從在艱困的環境中發展出驚人而旺盛的生命力之後，它的芬芳氣息與療癒效能，逐漸為世人所看重，於是他以小兵立大功的姿態，從閩南風靡到江南，又突破了地理環境的限制，越過長江，勇渡黃河，挺進塞北，穿越國境，直抵俄羅斯大作家的文學餐桌。當凱蒂小姐非常需要與安娜・卡列尼娜談談自己的心事時，她打發孩子們去餐廳：「快去，快去。你們聽見了沒有?古里小姐在叫你們去喝茶呢。」此外，這名震天下的珍品也相繼出現在《戰爭與和平》、《靜靜的頓河》巨作裡。薛洛霍夫寫道：「葛利高里來到莫霍夫家，謝爾蓋・普拉托諾維奇正從商店裡回來喝茶。他和阿捷平坐在餐廳裡，正緩緩地啜飲著暗紅色的釅茶。」

故事說到這兒，我自己也該喝一口茶了。那麼今天就選擇大紅袍吧。

自創品牌與行銷策略
——黃山毛峰

說起「漕溪村」，實在是與中國古代千千萬萬個村莊相仿。恬靜、純樸、居民世世代代勤懇善良，守著家宅薄產，一條清溪通衢，兩岸垂柳人家。白牆黑瓦的徽派門牆之下，亦不乏詩禮文章之家。

然而漕溪村卻又是個很不平凡的村子。這裡除了一般農村常有的稻米、木材、毛竹之外，最吸引我注意的特產是毛筆、木梳，以及十大名茶之「黃山毛峰」。因距離此地不遠之處，還有著名的「六安茶」，那是《紅樓夢》裡出現過的品名。能夠讓負責迎接聖駕的曹氏後裔著錄於文，可見安徽製茶名聲流播甚廣，而古人飲茶最重視水質，此地自古以來的水利工程，可謂得天獨厚，同時還有天然純淨的水流，滋養著一方土地。我們若是考察這一帶的地理，將會發現漕溪村的東北角即有「神仙壩」以及肥水的支流「天河」，其水量豐沛，水質輕浮澄澈，乃至於名稱極美！顯見漕溪村的自然風光好，此景只應天上有。

至於安徽的文房四寶工藝水準，亦是聞名遐邇，而文人文化工業的興起，則有賴於明清兩代鼎盛的文風。就在古徽州的鄉間，往往有一條小溪靜靜地穿過村落，帶著歲月靜好的流響，許給人們一個永不改變的承諾。像這樣平凡寧謐的小村莊，可謂比比皆是，然而這些小地方卻極有可能在明清兩代出現過大量的進士舉人，而且其中不乏官拜太子少保，以及各部尚書的大人物。因此，小鎮不小，處處可見文化的高度。例如：上好的紫毫宣筆，首先是對於肥兔的長毛相當挑剔，要的是長年吃竹葉、飲山泉水的公兔毛，而且只要背脊上的一小塊最有彈性的雙箭毛，並且唯有在秋天捕獵這樣的野兔，方有可能達到一枝上等毛筆：尖、齊、圓、銳的要求。這樣的手工筆，從頭至尾有七十多道工序，務求精工細作，因此成就了漕溪村等地的產業美學與文化景觀。

至於徽墨的製造，更是令人嘆為觀止。名家講究上好的墨，得用松煙、珍珠、龍腦、麝香和上生漆，因此「今有得而藏於家者亦不下五六十年，蓋膠敗而墨調也。其堅如玉，其紋如犀。」徽墨是故成為一門綜合性的藝術學問。

至於我們今天故事的男主角，正是漕溪縣人士。他的名字叫謝正安，一八七五年出生於安徽漕溪，事實上，在他出生之前兩百年，他的祖上便從浙江遷徙到了安徽，並且在此地幫傭，靠著勤懇樸實，努力向上，謝家於是在此立足發跡。

然而歲月並沒有許諾他們一個安穩的現世與未來。近三百年間，影響安徽人最大的動盪之一，就是太平天國。這一場清代中期的大規模戰爭。從道光三十年一直打到同治三年，其間歷時十四年，而動盪的歲月則綿延了將近二十年。戰火主要發生在湖北、江西、安徽、江蘇、浙江各省。事實上這幾個省分也正是當時徽州商幫主要的貿易區域。可惜在長時間的拉鋸戰中。徽商在吳楚之間的商業活動，基本上均被迫中止。當時社會上流行一句話：「無徽不成鎮」。徽州商幫帶動了城市的興起與繁榮，提振了江南各市鎮的經濟活絡，然而這一切到了清中葉以後，就在戰亂中被迫停止了，徽州商人不堪賊勢趁虛而入，在官兵與盜賊反覆循環的擄掠、勒索之下，即使擁有再雄厚的財富與資本，最終焉得完卵？

謝正安十八歲那年開始追隨岳父經商，主要的買賣在於經營江北茶行，但是就在這一段時期太平天國戰火殃及徽商，石達開的部隊一旦進入徽州，許許多多徽商累積多年的財富，便迅速化為烏有。更不幸的是，在這段顛沛流離的歲月裡，同時還有瘟疫肆虐橫行，謝正安的父母以及親戚幾乎都在這場浩劫中喪生。我們實在很難想像他是怎麼熬過來的？我想當時他肯定很茫然，不僅孑然一身，而且身無分文，唯一擁有的是岳父教導過他關於茶葉的知識。

不過謝正安心頭雪亮，他知道徽州有的是好茶，只是推廣不開來，原因是沒有好品牌。若是想要打進上海的市場，就必須建立品牌。於是他在叔父的建議下，全面清點了徽州地方的各種名茶。尤其是黃山一代有種雲霧茶，經他做過市場分析，應該是很受歡迎的一款茶品。於是他決定在雲霧茶的基礎上創製新品。

事實上，謝正安只花了五年的時間便在漕溪縣打開了「謝裕大茶行」的高知名度。他本人很懂得茶，每年清明過後，他親自上黃山採選新鮮的嫩茶，回到茶行以後，從殺青、毛火到顯毫，謝正安完全自己親手從事。於是他在研究各階段工序的過程中，逐漸製造出新茶來。這款新品形似雀舌，茶湯清澈，口感醇厚，而且能夠感受到回甘的滋味。因仔細看此茶，可以發現其芽尖的鋒芒，因為是在黃山附近一帶採選而來，是故謝正安給這款新茶取名為「黃山毛峰」。

有了新品牌，他隨即主攻上海市場的各大洋行，先讓英國、俄國各大商人點頭稱頌，表示認同，並且紛紛投下訂單，未來才有機會在國內推廣行銷。因為謝正安明白，他的產品唯有先造成威震歐洲的局勢，那些真正喝茶的滬上貴人們才會將「黃山毛峰」視為珍品。而當他接到大量訂單之後，黃山毛峰便進入到量產的階段了。又等到黃山毛峰立足於上海，享譽國際，在上海一條街上，謝裕大茶行就占了半條街，連晚清推行洋務的重臣張之洞都讚賞他的經營管理與商業理念，並且為謝裕大題字：「誠招天下客，譽滿謝公樓。」至此謝正安的新品牌有了政治人物背書，但是這還不是最好的宣傳廣告，如果能夠得到素負盛名的大藝術家給予肯定，那才是茶藝界的最高榮譽。果然不久之後，山水畫及書法界的一代宗師黃賓虹誇口盛讚謝裕大：「黃山毛峰第一家」。至此謝裕大穩坐茶行界的翹楚。至於謝正安還為自己捐官，買了個四品官銜，於是搖身一變，成為一個紅頂商人，那就不是在當時特別突出的現象了。

海青拿天鵝

——潘金蓮的點茶功夫有愛情的滋味

《詞話本金瓶梅》第七十二回，西門慶在王三官的「三泉詩舫」喝酒，直到二更時分，飲至半酣，他突然站起來想告辭。

也許是這裡的三間小軒，花木掩映，四壁文物瀟灑，頗令他想起了一個人。總之他作辭起身。在打賞了小優們之後，西門慶戴上一對毛茸茸的圓套暖耳，然後披上一件華貴高調的貂皮大衣，急匆匆地上轎回家。在書中，作者不諱言，此時他心中想著潘金蓮。

金蓮與其他妻妾不同之處，在於她不住在堂屋裡，西門慶娶了她之後，特別安排，讓她住在花園裡。那是花園裡的一幢小樓，而潘金蓮主要的生活空間是一樓的三間房。

那晚，西門慶回家之後，誰也不想要見，只是急急地往花園裡跑，因為時間晚了，他不確定金蓮是否已經睡了？當他一腳踏進臥房，便看見金蓮為了等他，今夜也是熬得很晚還未就寢。她這時才摘去冠兒，隨意挽著雲髻，因為屋子裡沒人，於是她便很輕鬆地倚靠著梳妝檯，一雙小腳蹬著爐臺兒，口中還不停地磕著瓜子兒，這動感的姿態，分明是在等待，而且是不耐煩地等待著。

她等著西門慶回來，回來做什麼呢？書上說：「火邊茶烹玉蕊，桌上香裊金猊。」也許他與西門慶真是靈犀相通，西門慶在王三官家裡喝酒喝得煩膩了，如今只想飲茶。而潘金蓮卻正好在煮水，等著泡茶來伺候西門慶。只不過，當我們看到潘金蓮的「茶藝」時，任誰都要驚訝得咋舌！

首先，潘金蓮看到西門慶進來，慌得輕移蓮步，款蹙湘裙，向前伸手接了大官人的衣裳。然後西門慶很自然地坐在了床上，那潘金蓮便取了一個「淨甌兒」，也就是一個乾淨的小茶盞，然後用她的纖纖玉手抹去盞邊水漬，接著便沖泡了一盞「濃濃豔豔芝麻鹽筍栗絲瓜仁核桃仁夾春不老海青拿天鵝木樨玫瑰潑鹵六安雀舌芽茶」。這盞茶可不得了！大約就是明清說部中，最獨特的，也最濃情厚意的一盞茶。金蓮以六安茶為底添加了芝麻、鹽筍、栗絲、瓜仁、核桃仁、春不老、海青拿天鵝、木犀、玫瑰潑鹵等。潘金蓮竟成了元明清三朝小說文本中，最為炫技的茶道妙手。

雖然這一道茶甜甜鹹鹹，口感紛繁多層次，而且很有可能一口氣念不完它的名稱，但是其實大部分的食材都不罕見，只有「海青拿天鵝」最令人費解。有些學者認為是橄欖與百果，有些學者堅持這是以綠色蔬菜點茶，還有些人認為潘金蓮在茶中添加了鵝肉！其實「海青拿天鵝」並不是吃的東西，它是元代到明中葉，北方流行的一套琵琶曲的曲名，這套曲子描繪塞外遊牧民族冬日馴養海東青，以之狩獵的情景。這樣的音樂令人閉上眼睛就看見了蒼茫遼闊的大地，以及鷹隼翱翔的天空。此曲可以用彈撥樂器來表現，有時候也會轉換到吹管樂器上，例如：以蘆笙來吹奏「海青拿天鵝」，特別有一種淒清滄桑的美感。但無論如何，此曲的演奏技巧是繁複而且高難度的。也許蘭陵笑笑生要我們體會，最顯眼的茶藝高手，是能將所有衝突和不相仿、不協調的滋味，調和於一甌之中，這樣的手藝，也難怪西門慶為了這盞茶，無論如何也要兼程趕回家，而且不進堂屋，只到花園。果不其然，「西門慶剛呷了一口，美味香甜，滿心欣喜。」當天夜裡，兩情歡洽，西門慶因問道：「我的兒，我不在家，你想我不曾？」甜蜜蜜的感情緣於豐盛美味的茶飲，這恐怕是整部《金瓶梅》裡，愛情氛圍最濃郁的一頁了。

朱家小姐的改良

——六安瓜片

相傳上個世紀初，安徽六安有位朱家小姐能製茶。她不愛花園，愛茶園，往往耽溺在自家茶園裡，仔細地挑選出春茶中最嫩的葉片，然後以小苕帚輕輕地翻炒。經過反覆實驗與練習，最後終於做出她心目中真正完美的閨閣體己茶。因為這款茶葉又輕又薄又嫩又香，所以特稱為「瓜片」，其茶湯的品質很好，包含：色澤翠綠、香氣優雅，直逼當時最紅的「峰翅」。

後來朱小姐嫁給了住在麻埠鎮的祝家人，於是她自製的閨房茶，便帶進了婆家。又因為祝家送茶給親眷，其中包括嗜好品茗的袁世凱，因為獲得大家的好評，「六安瓜片」的名聲鵲起，此後並躋身十大名茶之列，在許多人的心目中，它或許還遠勝於信陽毛尖呢！

至於說到六安瓜片蜚聲於麻埠，此處卻是值得一提。麻埠乃是一座千年集鎮。距今一千六百多年前，此地稱為「邊城」，是北魏的國防重地。至於麻埠與茶文化結下不解之緣，則至少也有一千年以上的歷史。北宋太祖乾德年間，全國設置了十三個茶場，其中一個就是麻埠。其實「麻埠」顧名思義，這裡最大宗的物產是麻，正因為步步皆麻，於是古地名也稱之為「麻步」。至於麻埠周邊的山區遍植茶樹，則可追溯至唐，當時陸羽已經在《茶經》中將「廬州六安」記上一筆。到了明代，長期與利瑪竇合作漢譯歐幾里德著作的徐光啟，他也是當時科技領域的巨擘。這位重視中西文化交流的國之重臣也好品茗，他也給予六安茶至高的肯定：「六安州之片茶，為茶之極品。」

也是在明朝，屠龍著《茶箋》云：「六安茶：品亦精，入藥最效，但不善炒，不能發香而味苦」，因此當時有人以徽州休寧的松蘿茶來搭配六安茶，這可能才是真正六安瓜片的緣起。此外，大家別忘了，明代小說《金瓶梅》裡，已經多次出現「六安雀舌芽茶」，我們可以從屠龍的說法來想像明代的六安茶因為不香而且微苦，潘金蓮因此調配了許多佐料來中和這款茶，而這也可能是六安瓜片的前身。

六安片茶的興盛，源於茶農一代又一代辛勤開闢山場，逐漸增進產量，每年固定銷往津、京、山東、河北，乃至於內蒙。同時既有文人學者的背書，又受到皇室的青睞，在明、清時期，安徽六安茶同時也進入宮廷，成為貢茶。它之所以能夠常勝，當然也是因為與時俱進，作精緻化研發的緣故，這便逐步提升了六安茶的價值，也創造了新的品項與品牌。

令人感慨的是，如今麻埠已經是一座深埋在水底的死城。上個世紀五十年代末期，隨著響洪甸水庫蓄水以後，這座茶與麻的故鄉便永遠了失去生命力。

麻埠鎮與朱家小姐俱往矣。唯有六安瓜片尚飄香。

寒木續新煙

——給茶葉一個好名字

我欣賞許多物品的命名美學。宋代蘇東坡等人稱呼生魚片為「白玉鱠」，清代故事大王蒲松齡指著餅乾叫「薄脆」，日本人稱粉絲或蒟蒻為「春雨」，《紅樓夢》裡，賈寶玉喜歡的一款茶，叫做「楓露茶」。紅學家們因而興發了想像力，有人認為這是以楓葉上的露珠來點茶，因而得名。這個聯想發揮得真好！使我們對古人的茶品，有了更多低迴的空間。當然最有名的例子還是賈寶玉所喝的「女兒茶」，這茶名亦曾引發許多的學者給予鋪陳以及討論。但除了作家在文學裡的表現之外，其實還有很多我們日常飲用的好茶，是經過文采斐然的人予以定名的。清代康熙皇帝將「嚇煞人香」改名為「碧螺春」，就是一個很經典的例子。而且從茶品的定名史看來，有許多我們所熟悉的茶葉名稱，其實就是帝王風雅品茗的見證。例如：位列十大名茶首席的西湖龍井，就因為如同《紅樓夢》裡林黛玉所說：「天下水共一源」，那麼西湖水與當地的名泉以及大海便是同源。而海中有龍，陸上有井、有泉、有寺、有村，皆名龍井，因此當地所產的茶也就取名為龍井了。其後乾隆皇帝六下江南，四度轉進龍井村，連封十八株御茶，並且題了六首詩，從此穩固了西湖龍井首座的地位。

其實真正由乾隆皇帝所命名的茶是鐵觀音。關於這個故事，還有另一位主人翁——安溪南岩人王士讓，他是清朝初年的清流名士，曾經在南山結廬，書房取名為「南軒」。有一天，王士讓在南軒外，發現一株小茶樹，他真心喜愛，像是《紅樓夢》裡的神瑛侍者為絳珠仙草澆灌，王士讓也在荒草間發現了人間至寶，於是悉心照顧，萬般呵護，猶如法國里昂作家安托萬．迪．聖修伯里筆下的小王子與他的玫瑰，那戀人般的依存，終於使得這茶的氣息馥郁，而且口感醇厚。不是只有王士讓自己覺得如此，連乾隆皇帝也同感這茶與眾不同。原來當初王士讓入京，將茶葉送給桐城古文大家方苞，當時任禮部侍郎的方苞又將此茶轉送內廷，呈獻給皇上，乾隆細看此茶葉顏色如鐵，而且由王士讓養護得非常貴重，不是一般普通的茶，因此賜名為「鐵觀音」。

事實上，乾隆晚年退位之後，過著品味茶之底蘊的養生生活。他在茶與水的對位關係上，也很有獨到的欣賞力。他的茶舍稱為「焙茶塢」。這個名稱來自於唐朝詩人顧況的〈焙茶塢〉詩：「新茶已上焙，舊架憂生醭。旋旋續新煙，呼兒劈寒木。」

乾隆貴為皇帝，可是他卻羨慕顧況這樣風雅的詩人能夠在山裡自結茅庵，撿拾松柏等耐寒的枯木來生火焙烤茶葉。而我們彷彿也從乾隆的茶舍裡，拉開了一個茶文化的意象空間，從碧螺春到鐵觀音，文字本身乘載了物品的內涵與意象，物品本身已經夠好了，如果再有一個優美，而且能打動人心的好名字，那麼就讓茶伴隨著我們一同度過許許多多在文字與茶香之間雙重享受的美好時光，在自我療癒的生命茶園裡，採摘馨香恬靜的每一天。

國家圖書館出版品預行編目資料

流光浮雲 / 朱嘉雯著. -- 初版. --
臺北市 : 聯合文學出版社股份有限公司, 2024.09
300面 ; 14.8×21公分. -- (聯合文叢 ; 755)

ISBN 978-986-323-635-1 (平裝)

863.55　　113013835

聯合文叢 755

流光浮雲

作　　者／朱嘉雯
發 行 人／張寶琴
總 編 輯／周昭翡
主　　編／蕭仁豪
資深編輯／林劭璜
編　　輯／劉倍佐
資深美編／戴榮芝
業務部總經理／李文吉
發行助理／詹益炫
財 務 部／趙玉瑩　韋秀英
人事行政組／李懷瑩
版權管理／蕭仁豪
法律顧問／理律法律事務所
陳長文律師、蔣大中律師
出 版 者／聯合文學出版社股份有限公司
地　　址／(110)臺北市基隆路一段178號10樓
電　　話／(02)27666759轉5107
傳　　真／(02)27567914
郵撥帳號／17623526 聯合文學出版社股份有限公司
登 記 證／行政院新聞局局版臺業字第6109號
網　　址／http://unitas.udngroup.com.tw
E-mail:unitas@udngroup.com.tw
印 刷 廠／約書亞創藝有限公司
總 經 銷／聯合發行股份有限公司
地　　址／(231)新北市新店區寶橋路235巷6弄6號2樓
電　　話／(02)29178022

出版日期／2024年9月　初版
定　　價／380元

ISBN 978-986-323-635-1 (平裝)